追放者食堂へようこそ。
~追放姫と
イツワリの王剣~
3
君川優樹
[illust.] がおう
エステル
王位継承権第二位である
レオノールの策謀により、
王家を『追放』された姫。
デニスの食堂へ流れ着き、
住み込みで働くことになる。

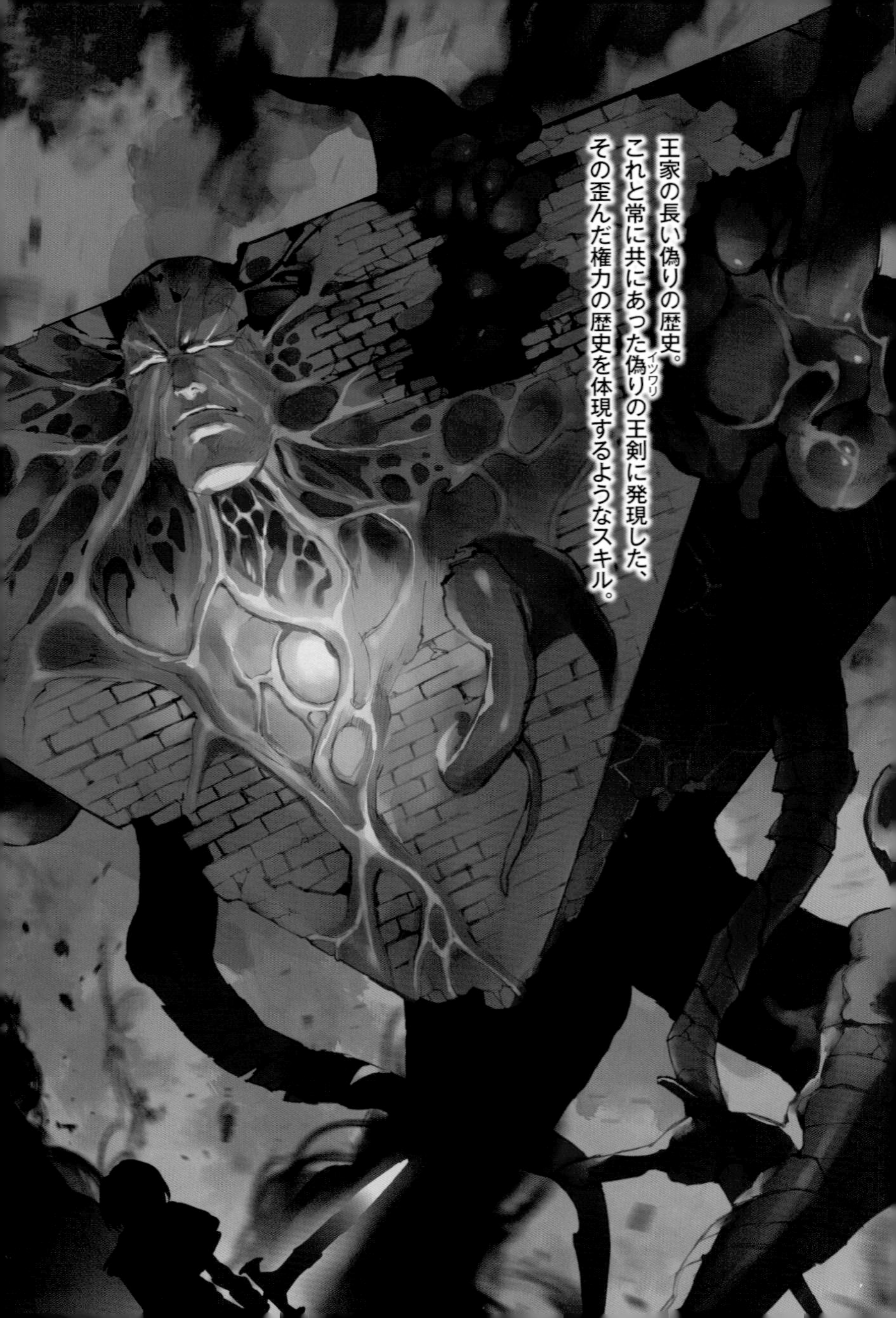
王家の長い偽りの歴史。
これと常に共にあった偽《イツワリ》りの王剣に発現した、
その歪んだ権力の歴史を体現するようなスキル。

強制変化スキル、
『偽王たちの顕現』。

Contents

WELCOME TO CHEAP RESTAURANT OF OUTCAST!

Yuuki Kimikawa
illust.Gaou

Welcome to cheap restaurant of outcast!

追放者食堂へようこそ

③ 君川優樹

[illust.] がおう

~追放姫とイツワリの王剣~

Character

WELCOME TO CHEAP RESTAURANT OF OUTCAST!

MENU

デニス

『銀翼の大隊』を追放された最強の料理人。得意料理は炒飯。

ビビア

追放者食堂の常連。得意な魔法は『柔らかい手のひら《バーム》』。

バチェル

ビビアたちに助けられた後、現在は王都の学校で講師をしている。

エステル

王位を簒奪され、王家を追放されたお姫様。デニスに雇われる。

アトリエ

奴隷だったところをデニスに拾われる。追放者食堂の看板娘。

ヘンリエッタ

追放者食堂を離れ、今は騎士団に勤めている女剣士。

オリヴィア

メイドの魔法人形《オートマタ》。ハームとの戦闘の折、自身の記憶を取り戻す。

ティア

デニスらの街で暮らす少女。生まれつき病弱。エステルと仲良くなる。

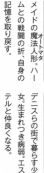

序劇　貴種流離

Welcome to cheap restaurant of outcast!

そこは、ある日の追放者食堂。

デニスは昼の営業を仕舞いにしようとして、皿洗いをしながら呼びかける。

「オリヴィアー？　店閉めるから、テーブル拭いといてくれー」

そう言った後で、デニスは違和感を覚えて顔を上げた。

見てみると、カウンターに座り込んだアトリエが、きょとんとした無表情を浮かべている。

「オリヴィア。もういない」

「ああー……そうだった。アトリエ、頼んだわ」

デニスがそう言うと、アトリエは椅子からピョコンと跳んで手際よく店仕舞いにかかる。

あの一件以来、王都の魔法学校に引き取られたオリヴィアは、研究者たちの調査やら構造の解析やら修復やらに忙しくしているらしい。なんだかよくわからない新機能が付くとか付かないとかいう話でやや心配な部分もあるのだが、その辺はバチェルがついているので、大丈夫だろう。

研究者の面々とも仲良くなって、とにかく元気にやっているらしい。あれからしばらく経《た》ったというのに、デニスはいまだに感覚を取り戻せないでいた。そんな風にしていると、突然、追放者食堂の扉が勢いよく開かれる。もはやその光景も、恒例行事然としているところがないわけではない。

扉の前には、息を切らせた様子のビビアが立っていた。

「おうビビア、どうした」

「た、大変ですよ！　デニスさん！　もう聞きましたか!?」

「いや知らん。何がどうした」

ビビアは一呼吸置くと、叫ぶように言う。

「王様が崩御《ほうぎょ》されたんですよ！　つい先日！」

「ほうぎょ？」

と首を傾《かし》げたアトリエが聞く。

「ビビア、俺は学校出てねえからよ。あんま難しい言葉を使うな。王様がどうしたって？」

「亡くなられたってことですよ！　大変なことになりますよー！」

◆◆◆◆◆◆

王都の中心部に位置する王城。

その中の荘厳な『王の間』に、王国中の有力諸侯たちが緊急に招集されていた。

国王が急死……崩御されたといっても、その王位が空位となったわけではない。

否、国王位が空位となることなどあり得ない。国王は肉体的に死なれても、その王たる神聖な、抽象的な身体《からだ》と精神はいまだ生き続け、この王国を変わらず庇護《ひご》している。そういう解釈になっている。しかしそんな歪《いびつ》な状況が、いつまでも続くわけにもいかない。

事態は急を要していた。つまり、早急な王位継承……正常な国王位の回復は、王政府の最優先事項であった。

「…………」

そのために招集された諸侯たちが待つ『王の間』の目の前に、一人の少女が立っている。

まだ幼い少女。小さな顔の周りで切り揃《そろ》えられた、やや癖のある淡紅《ピンク》がかった金髪。少女はその細い脚を微《かす》かに震わせながら、大きな扉の前に立ち尽くしている。

その少女を囲むようにして、二人の使用人が声をかけていた。そのうちの背の高い、緑色の髪をショートカットに纏《まと》めたメイドが、青白い顔で少女の肩を摑《つか》みながら言う。

「え、エエエエエステル姫、ど、どうかお心を落ち着けて、大丈夫です、だ、だだだだだだだ大丈夫ですよ、落ち着いてくださいね」

「デラニー、大丈夫だ。余はお前よりは落ち着いている」

エステルと呼ばれた少女がそう答えると、後ろから丸々と太った、いやに顔がベタベタとした従者が声をかける。

「ついに、エステル姫が王位継承とは……麻呂《まろ》は前王の死を嘆けばいいのか、姫の即位を喜べばいいのかわからないでおじゃる……」

「エピゾンド、お前も気が早い。余の即位は、『王剣の儀』が終わってからだ。あと、エピゾンドのその喋《しゃべ》り方は……もうちょっとなんとかならないのか？」

「麻呂は声帯の作り方がちょっと違うので、この方が喋りやすいのでおじゃるよ」

エピゾンドと呼ばれた背の低い太った従者は、そう言いながらハンカチで額の粘着質な油をぬぐい取った。

「だ、だだだだだ大丈夫です、え、エエエエエエステル姫であれば、必ず！　必ず王剣を発動できます！　前王の娘なのですから！　ええ！　絶対できます！　ど、どどどどうか緊張なさらず！　どどどどどうかおおおおおおおお落ち着いて！」

「お前が落ち着けデラニー！　あと、お前手めっちゃ汗かいてるから！　滝みたいに汗流れてるからな！　普通に気持ち悪いから触らないで！」

「そ、そんな、姫！　う、うううっ、わたくしは姫の身を案じているだけですのに！　あと、即位前のドサクサで姫にベタベタ触れようと思っていただけですのに！」

メイドのデラニーが服の袖で涙を拭うような仕草をすると、エピゾンドが諫《いさ》めるように声をかける。

「姫……デラニーは姫の専属メイドである以前にクレイジーサイコレズレディ……いやレディなのですから。さすがにひどいでおじゃるよ」

「ああもう面倒くさいなお前らはぁ！　というかレディの前に何か省略してなかった!?　余にきちんと説明してくれる!?　いややっぱ怖いからいいわ！」

エステル姫と、メイドのデラニーに、太った従者のエピゾンド。その三人が『王の間』の前でそんな会話を交わしていると、背後から一人の男が歩いてくる。

「エステル殿下」

歩いてきた男にそう呼びかけられて、少女――エステルは、ハッと振り向いた。廊下の奥からやって来たのは、細かな金色の刺繍《ししゅう》が施された黒色礼服を身に纏う、若い男。

艶のある黒髪をオールバックに撫《な》でつけた男は、エステルに優しく微笑《ほほえ》みかける。

「緊張しておられますか？」

「……そ、そんなことはない。口を慎め、ヒースよ。余は落ち着いている」

「失礼いたしました」

ヒースと呼ばれた男は顔に微笑を張り付けたままそう言うと、白手袋をした両手の上に、地面と水平になるようにして置かれた金色の剣を一瞥《いちべつ》した。

「それでは、諸侯らに顔を見せてあげましょう。みな、この時が一刻も早く訪れることを願っておられます」

「……わ、わかっておる」

エステルが歯切れ悪くそう答えると、傍《そば》のデラニーと呼ばれたメイドに耳打ちされる。

「姫。あのヒースとかいう男、気を付けてくださいね」

「どうしてだ、デラニー。ヒースは騎士団の、一等王族護衛官であるぞ」

エステルは、耳打ちするデラニーにコソコソとそう答えた。

「そうですけど……とにかく！　黒い噂《うわさ》がたくさんあって、何考えてるかわからないって有名なんです！　『儀』の慣例とはいえ、あんな奴《やつ》に姫を任せないといけないとは……わたくしは心配です！　あと、もうちょっとこうして顔を寄せていていいですか!?」

「余はお前の方が心配だわ！」

エステルはそう返しながらも、その実、大量の冷や汗を背中に噴出させていた。

現実感がない。脚がすくむ。

いつかこうなることはわかっていたが、こんなに急に。

父王の死を、十分に嘆く暇もなく。

◆◆◆◆◆◆

王の間の重い扉が開かれると、左右に並んでいた諸侯たちが、一斉に跪《ひざまず》いた。

この王国の貴族社会の頂点に立つ、有力諸侯の当主たち。その中央に敷かれた赤い絨毯《じゅうたん》の上を真っすぐ通った先に玉座があり、その周辺には、エステルよりも王位継承権の低い王族たちがすでに控えていた。

エステルはその赤い道を、背筋を伸ばし、顔を硬直させて、なんとか歩く。

足が地面を捉えている感覚がなかった。緊張で顔面が蒼白《そうはく》となり、今にも倒れそうだ。しかし、その長い道をなんとか歩き切ったエステルは、玉座の前に立ち、跪く諸侯らに振り返る。

その脇に金色の剣を持ったヒースが立ち、諸侯らの背後に立つ王政府の最高役職の面々を一瞥する。この重要な儀の場に参列しているのはみな、王政府の擁する序列最上級位の臣民たちである。

その中に、王国騎士団のジョヴァン騎士団長の顔もあった。長い白髪の団長は、エステルの横にヒースが立っているのを見て、やや目を細める。全ての準備が整い、場が静まり返ったことを確認すると、玉座の傍に立っていた髭《ひげ》の老人が口を開く。

「これより、王位継承に伴う『王剣の儀』を執り行います」

総白髪で豊かなヒゲを蓄えた老人は、威厳のある声色で王の間全体に語り掛ける。

「慣例通り、『儀』の進行は現王政府参謀長、オベスリフ伯爵たるわたくしが。『王剣』の譲渡役は、現一等王族護衛官たるヒース騎士官殿が務めることとします」

伯爵がそう言うと、ヒースは流麗な所作によってエステルに向かって跪き、頭《こうべ》を垂れると、両手の上に置かれた金色の剣を差し出した。

「初代王ユングフレイ・キングランドより代々継承する、王剣スキルグラム」

伯爵は低くとも、よく響く声でそう語る。

「『スキル』を世界より発見せし初代王の力……『この世界の全てのスキルを支配し、無効化する力』。その王たる証《あかし》を、継承権第一位たるエステル殿下が継承することにより、『王剣の儀』、および王位継承といたします」

伯爵は、玉座の前に立つ小さなエステルのことを見やった。その脇から一人の役人が歩み出て、ヒースの差し出す金色の剣に対して鑑定スキルを発動させる。

「間違いありません。『王剣スキルグラム』、神話級《ミソロジー》の宝剣でございます」

鑑定スキルの結果が燃える文字で空中に映し出されると、諸侯たちは黙って頷《うなず》いた。

エステルはその金色の剣を目の前にして、頭が真っ白になっている。

この剣を発動させる。純血王族として。前王、父上の一人娘として。

足が震えているエステルに、跪いて頭を垂れたままのヒースが、こっそり声をかける。

「エステル殿下、何も心配はいりません」

「………」

「この剣を握り、王たる名乗りを上げればいいのです。国王の娘であるエステル殿下であれば、必ずできます」

ヒースにそう言われて、エステルは自信を取り戻そうとした。

そうだ。

私はエステル。エステル・キングランド。父上の誇り高き一人娘。王位を継ぐ者。

エステルはヒースの差し出した剣をそっと握ると……その重さにいささか驚きつつも、ついにはその剣を両手でしっかりと握りしめた。

握った剣をゆらりと掲げると、並んで跪く諸侯たちに向かって、叫ぶ。

「よ、余は、エステル・キングランド！　前王の娘にして、お前たちの新しい支配者である！　余は国王！　余こそが、エステル・キングランド女王である！」

エステルは、渾身《こんしん》の力でそう叫んだ。

父上……父上！

余は、エステルは、エステルは父上の後を立派に……！

そこで、エステルは不意に、王の間がざわつき始めたことに気付いた。

一体どうしたのだろう。エステルが不思議そうにしていると、焦った様子の伯爵が歩み寄ってきて、ヒースに摑みかからんとする勢いで詰め寄る。

「ヒース！　それは……『王剣』なのか？　たしかに『王剣スキルグラム』なのか!?」

「何を言っておりますか、オベスリフ伯爵」

ヒースは悠然と立ち上がると、伯爵に微笑みかける。

「逆に、あの剣が『王剣』以外のなんだと？　鑑定の結果もご覧になったでしょう」

「そういうことでは……私が聞きたいのは……！」

伯爵は言葉に詰まりながら、何かを言いたげにして老顔を歪《ゆが》めた。

エステルには、会話の意味がわからない。王政府の役人たちの囁《ささや》き声も聞こえてくる。

『発動』、していない？」

「どうなる？　この場合……」

「ええっと……」

エステルはわけがわかっていない様子で、自分が握っている金色の剣を眺めた。

何も変わっていない。ええと……『発動』すると、七色に発光して……？

え？　それじゃあ、これって？

ざわつき始めた諸侯たちに向かい、伯爵が叫ぶ。

「お、『王剣の儀』を！　一時中断させていただきます！」

伯爵がそう言うと、王の間は完全に混乱状態に陥った。

その中で蒼白な顔で立ち尽くしているエステルから、ヒースが剣を取り上げる。

「ヒースよ、余は、余は……どうすればよいのだ？」

泣きそうな顔をするエステルに向かって、ヒースが微笑みかける。

「ご心配なく、エステル殿下」

「よ、余は、その、父上の……」

「こういうこともありますよ。こういうこともね」

ヒースは剣を体側に寄せながら、そう言った。

エステルは涙目になりながら、錯乱状態に陥っている。視界が涙でぼやけて、目の前に立つヒースの手元の王剣が一瞬、二本に分かれたようにさえ見えた。

「この後、すぐに正式な『儀』を再開いたします！　諸侯のみな様は……」

「待て、伯爵よ」

そう言って立ち上がったのは、王族の席に座っていた金髪の男。

「れ、レオノール殿下……」

「神聖なる『王剣の儀』を汚すわけにはいかない……貸してみろ、ヒース」

レオノールと呼ばれた金髪の王族……継承権二位のレオノール・キンググランドは、ヒースに対してそう言った。するとヒースは、笑いかけたような顔をして、レオノールに聞き返す。

「貸すっていうのは……どれを？」

「意地悪を言うな、ヒース」

レオノールは諸侯たちに背を向けながら、ヒースに向かって微笑んだ。

金色の剣がレオノールに手渡されると、彼の手の中で、剣が七色に輝きだす。その眩《まばゆ》い光を見て、ざわついて混乱していた諸侯たちが、一斉に静まり返った。

その様子を、エステルは茫然《ぼうぜん》として眺めている。

レオノールはしばし、剣が発する七色の光にうっとりするように見入る。彼は唇を歪ませて、一瞬だけエステルのことを一瞥すると、その七色に発光する金色の剣を掲げて、王の間に叫び声を上げる。

「俺はレオノール！　レオノール・キンググランド！　お前たちの新しい支配者！　俺こそが国王！　レオノール王である！」

◆◆◆◆◆◆

「エステル殿下が、『王剣』の発動に失敗したらしい」

「本当にか？　上層部ときたら、『王剣の儀』があったはずなのに何も通達がない」

「どちらにしろ、何か問題があったのだろう」

「王位継承は？　もし本当なら、第二位のレオノール殿下に移るのか？」

「それが、レオノール殿下がその場で『王剣』を発動させて、その場を収めたらしいぞ」

「それじゃあ？」

「決まってるだろう、そういうことだよ」

「エステル殿下はどうなるんだ？」

「前例がない」

「いや、もはやこれはそういう問題では……」

「レオノール殿下の継承で、決定なのか？」

「そもそも、『発動』させた時点ですでに王位は継承されたという解釈になるだろう」

「『王剣』に何か間違いがあったというのは？」

「おい、あまり大それたことを言うなよ」

「鑑定スキルで証明済みだ。『儀』の一環であり、覆ることはない」

「エステル殿下はどうなる？」

「我々はどちらに付くべきだ？」

「こうなってしまっては、すでに……」

◆◆◆◆◆

その夜。エステルは一人、ベッドの中で震えていた。

自分はどうなるのだろう。これから、一体どうすればいいのだろう。答えのない問いが、ぐるぐると頭の中で巡り続けている。どうしてこんなことに。生きた心地がしない。

エステルが枕に顔を埋《うず》めながら、布団の中で恐怖と不安に身を縮こまらせていると、不意に扉がノックされて、エステルはビクリと飛び上がった。

「な、何者だ！　名を名乗れ！」

エステルがそう叫ぶと、扉の奥から男の声が響く。

「エステル殿下。参謀補佐のイスタルです」

「何用だ……？」

「ご安心ください、吉報です！　『王剣の儀』の執り直しが提案されまして……」

エステルはそれを聞いて、ベッドから跳ね起きた。

ぺたぺたと素足で寝室を歩いていくと、『儀』の時以来、初めて顔を綻ばせて扉を開ける。

「本当か！　それでは、余は……」

扉を開くと、エステルはふと違和感を覚えた。開けた先に立っている、参謀補佐のイスタル。彼の表情が、いやに強張《こわば》っているように見えたからだ。

「い、イスタル……？」

「すみません、殿下。すみません……」

イスタルが悲痛な表情で謝った時。

誰かが、彼の横っ腹に飛びついて通路に押し倒した。

「ぐがぁっ！」

イスタルはメイド服の人影に床に倒されて、呻《うめ》いて暴れる。エステルはその様子を眺めながら、混乱しきっていた。

「え……え……？」

「お逃げください！　姫！　危険です！」

イスタルに飛びついたのは、エステル付きの専属メイド……デラニーだ。彼女はイスタルを床に組み伏せながら、彼が後ろ手に握っていた刃物を素早い動作で取り上げる。そのまま武術の手技によって彼の首筋に一撃を食らわせると、デラニーは刃物をその辺りに投げ捨てながら、エステルに歩み寄る。

「ど、どうなってる。何が……」

「王城からお逃げください、姫！　一刻も早く！」

「エステル姫は無事でおじゃるか！　姫！　ご無事でおじゃるか！」

そう叫びながら、腹を揺らしてやって来たエピゾンドを含め、エステルの身の回りの世話にあたっていたメイドたちや近しい役人たちが、息を切らせた様子で集まってくる。

エステルはその様子を見て、頭をクラクラとさせながら、声を震わせた。

「え、エピゾンドよ。余にきちんと説明しろ、何が、どうなって……」

「レオノール王が、姫の処刑を命令されたのでおじゃる！　秘密裏に！　ここは危険でおじゃる！」

◆◆◆◆◆◆

閉め切られた、エステルの寝室。

その扉が、スキルの発動によって粉々に破壊された。

扉が破壊されると同時に、その中へと剣を握った甲冑《かっちゅう》の騎士たちが殺到する。騎士たちは広い寝室の中で、中央の二人を取り囲むように散開した。剣を握った複数の騎士たちに囲まれたデラニーは、エステルを背にしながら、じっと彼らの出方を窺《うかが》っている。

そして、破壊された扉から……最後に入ってくる男。

「デラニー……一体どういうつもりだい？」

黒色礼服のヒースは、騎士たちに囲まれる二人に対して首を傾げながら、そう聞いた。

「正気ですか……ヒース一等王族護衛官」

「それはこっちの台詞《せりふ》だよ、デラニー」

ヒースはそう言って、困ったように鼻をかく。

「新王の勅命だ。大人しく、そちらのエステル殿下をこちらに引き渡したまえ。今ならお咎《とが》めなしだぞ」

複数の騎士たちを部屋中に控えさせたヒースは、彼らの様子を見るようにそう言った。

デラニーの後ろで、エステルが彼女のメイド服のスカートを摑んでいる。それを一瞬だけ確認しながら、デラニーが口を開く。

「……姫を渡すつもりはありません。どうして、新王はそんな命令を？」

「どうして？　当然の判断と言って欲しいがな」

そう言って、ヒースの後ろから顔を見せたのは、レオノールその人だった。桃色がかった金髪に碧眼《へきがん》のレオノールは、ヒースの背後から部屋の中を覗《のぞ》き込むようにして腕を組む。

その顔を見て、デラニーが歯嚙《はが》みした。

「レオノール……！」

デラニーが向けた強い殺意を無視して、レオノールがヒースの背後から言う。

「仮にも王位継承権第一位であった姫が……王剣を発動させることができなかったとなれば、混乱は避けられん。血統の疑惑……王政府を揺るがす大スキャンダルになりかねないよなあ？」

レオノールは、ヒースの背後で笑いながらそう言った。

「これは当然の判断だ。あの小娘……エステルは、『王剣の儀』の前に急死されたということにする。前王である父の死を嘆き、その後を追って気高く自死したのだ。そうであれば、なんの問題もない。むしろ美談になるだろうよ」

「決断の早い新王で助かりますよ、まったく」

「そうおだてるな、ヒースよ」

「き……貴様ら……！」

デラニーは怒りを露《あら》わにすると、突然、服の袖の仕掛けで自分の両手首をかっ切り、動脈から血液を噴出させた。彼女の手首から流れ出した大量の血は、外気に触れると同時に彼女の制御下に置かれ、左手側の血液が網目状の盾のような形状を取って腕全体を覆い、右手側の血液が前腕部に沿って巨大な刃物のような形状を取る。

「貴様らは、わたくしがこの命に代えても打ち倒す！　レオノール、貴様に王たる資格があるものか！」

「口を慎め！　卑しいメイドの分際で、新王たるこの俺を愚弄するか！」

「わたくしは、貴様のような性根の腐った王族に忠誠を誓ったわけではない！　わたくしの背後にいらっしゃるのは、真王であるエステル姫である！　口を慎むのは貴様の方だ！」

「ヒース……殺せ！　この腐れメイドめ……殺してしまえ！」

「了解いたしましたよっと……」

ヒースは面倒くさげに呟《つぶや》きながら、スキルを発動させているデラニーに向かって歩み寄る。それを見て、デラニーは血液の制御によって両腕に出現させた武器を構えた。

「来い……ヒース！　命に代えても、貴様らは道連れにしてくれる！」

「大した忠誠心だな……お前の忠誠に敬意を払い、この僕が直々に相手をしてやる」

「たとえわたくしを殺せたとしても、わたくしの忠義まで殺せるものか！」

「見せてみろ、お前の『スキル』」

二人が両手を伸ばせば届く距離まで接近した瞬間、先に動いたのは、デラニーの方だった。

「『流動性の致命《フェイタル》』！」

デラニーが踏み込み、右腕の血刃を振りかぶった瞬間。その巨大な血刃が弾《はじ》け、瞬時に大小様々な禍々《まがまが》しい刃の形に再構築された。爆発するかの如《ごと》き勢いで切っ先を向ける無数の血刃は、ヒースの身体を一瞬にして圧《お》し潰さんと襲い掛かる。

それを見て、両手をだらりと垂らしたままのヒースも、スキルを応発させた。

「『ガラクタ趣味《アンパルフィクション》』」

◆◆◆◆◆◆

たったの数秒後。

デラニーらを取り囲んでいた騎士たちの甲冑には、大量の鮮血がべったりと付着していた。その光景を見て、恐怖で甲冑の中の脚を震わせている騎士もいる。

部屋の中にいて、血を浴びていないのはヒースだけだった。数瞬前までデラニーだった塊があちこちに散らばる寝室に立つヒースは、振り返ると、レオノールに尋ねる。

「これでいいですかね？　新王陛下？」

「ヒース……貴様のスキル、いつ見ても身震いするな……」

「色々と持っているんですがね。これが一番楽なんで」

レオノールは寝室に足を踏み入れると、一人残されたエステルを前にして、腰に提げていた金色の剣を抜いた。

「くくく……エステルよ。貴様はこの俺が、直々に処刑してくれる」

レオノールが邪悪な笑みを浮かべながらそう言うと、その手の中で金色の剣が光り出す。

「新王である俺に『王剣』で殺されるならば、名誉なことだろう？　〝元〟王位継承権第一位には、これくらいの礼を尽くしてやらねばな」

「では、あとは任せましたよ、新王陛下」

ヒースが後ろに下がると、レオノールはエステルの前で金色の剣を振りかざした。

鮮血で汚れた白い寝間着を着たエステルは、その様子を黙って見つめている。

「怖くないのか……？」

レオノールがそう聞いても、エステルは表情を変えずに、じっと立っているだけだった。

その様子を見て、レオノールは唾を飛ばして叫ぶ。

「泣き叫べ！　怖いだろう⁉　貴様のことはずっと気に入らなかったのだ！　序列一位だからといって、俺の上であるように振舞いやがって！　それがどうだ、今は俺が王だぞ！　馬鹿め！『王剣』の秘密も知らずに、哀れな奴だ！　泣き叫べ、このガキが！　どうだ！」

レオノールがそう叫んでも、エステルはじっと彼のことを見つめるだけだった。

ピキピキ、と彼の額に青筋が浮かび立つ。

「こ、この……ガキ！　ぶち殺してやる！」

レオノールはそう叫びながら、振りかざしていた金色の剣を……その小さな身体めがけて、一直線に振り下ろす。発光する剣がエステルの首筋にめり込み、そのまま胸のあたりまで斬り刺さった。

その瞬間。エステルだった……エステルの服を着た身体の輪郭が突如として弾けて、膨張し、不定形な塊となってぶよぶよと膨れ上がる。

「なっ……？」

突然エステルの形を崩したその不定形の塊は、苦しくもがくようにして粘着質な身体の輪郭を震わせると、身体に金色の剣を刺しながら、その場に倒れる。段々とそれは形を変えて……最後には、丸々と太ったエピゾンドの姿になっていった。

「な、なんだ!? これは!?」

レオノールが驚愕《きょうがく》しながら叫ぶと、その輪郭をぶよぶよと震わせるエピゾンドは、身体に突き刺さった剣に顔を苦痛に歪めながら笑う。

「く、くくく……馬鹿はお前でおじゃる……く、く……ぐ……」

レオノールが目の前の事態を理解できないでいると、その後ろに立っていたヒースが、突然拍手を始めた。

「ど、どうなっている、ヒース!? なんだ、これは?」

「いやいや、お見事」

ヒースはパチパチと拍手をしながら、感心したように言った。

「エステル姫の傍に常にいるデブはなんだろうと思っていたら、まさか流体性幻獣《スライム》だったとは。いやはやお見事。最高の影武者というわけか。こりゃ納得だなあ、凄《すご》く面白い。フィオレンツァにも見せてやりたかったなあ」

「質問に答えろ、ヒース! どうなっているんだ!? これは!」

「まだおわかりでないんですか? 新王陛下」

ヒースはやや呆《あき》れたようにして腰に手をやると、にっこりと微笑む。

「我々は、一杯食わされたというわけですよ。文字通り命を賭して主人を守り抜くとは、なんと気高い使用人であるか。こいつらは、丁重に埋葬してやりましょうかね」

◆◆◆◆◆

月明かりの中。王城の裏手では、召使いたちがエステルを馬に乗せていた。

「エステル殿下！　お逃げください！　どうかこのまま、振り返らずに！」

「い、嫌だ！　デラニーは!?　エピゾンドは!?」

「彼女らは、自身の忠義を全うしています！　我々も、ここで追っ手を食い止めます！　どうか、どうか、姫！　ご無事で！」

「そんな！　嫌だ！　余は逃げぬぞ！　お前たちを置いては逃げぬ！　あいつらを置いては逃げぬ！」

「姫！　お許しください！」

馬から降りようとするエステルを押さえつけて、メイドの一人がエステルの腕に手綱を回し、きつく結んでしまった。その背後で、遅れて駆け付けてきた騎士たちが裏手の扉を開けて、エステルらを見つける。

「『恐慌』！」

召使いの一人が魔法を発動させると、エステルを乗せた馬に状態異常が付与される。馬の目が一瞬赤く光り、突然前脚を上げていななくと、興奮状態となってその場から一目散に走り出した。

突然暴れて走り出した馬にしがみつくエステルは、やっとの思いで後ろを振り返る。

「そんな！　みんな！　みんな！　デラニー！　エピゾンド！」

走り出した馬は、その場からどんどん離れていく。背後の闇夜の中で、自分を送り出した召使いたちが騎士たちに囲まれ……その後は、暗闇に飲まれてわからなくなった。

「そんな、なぜ、なぜだ！　ヒース！　レオノール！　貴様ら！　貴様らぁ！」

エステルの悲痛な叫び声が、闇夜に溶けていく。

彼女の身体を結び付けて乗せた馬が駆けていき、闇の中へと消えていく。

これは、そうして始まった。

貴種流離は、こうして始まった。

◆◆◆◆◆

一方その頃。繁盛時の追放者食堂では、デニスが大量の注文を捌《さば》いている。

「アトリエー！　そっちのお客さんにこっちの定食セットと、あっちのお客さんに炒飯《チャーハン》セット持っていってくれー！」

早足で歩くアトリエは、二つのお盆を器用に両手で支えてカウンターから出ていく。

「あー、アトリエ！　あとこっちも頼む！　あとあのお客さんのお会計！」

デニスが鍋を振りながらそう叫ぶと、アトリエが一瞬だけ振り返って、やや焦ったような無表情で返した。そんな慌ただしい店内の中で、デニスはふとため息をつく。

「はー……やっぱ足んねえなあ」

デニスがそう呟くと、カウンターに座っていたビビアが反応する。

「従業員ですか？　オリヴィアさん、いなくなっちゃいましたもんね」

「ああ。そろそろ、新しい奴を雇わねえとなあ」

「あはは、また追放された人かもしれませんね」

「馬鹿言えこの。そうそういるか、そんな奴よ。しかし……」

デニスは鍋から皿に料理を移しながら、やや疲れ気味の表情を見せた。

「どっかにいいねえかね、ちょうどいい奴がよ」

1章　無礼者！　余をどの追放姫と心得る！

——Welcome to cheap restaurant of outcast!

1

『追放者食堂　スタッフ募集
未経験者歓迎！　アットホームな職場です！
年齢・スキル・レベル・素性・学歴不問！
給料応相談・まかないあり・休みの取りやすい職場です！』

追放者食堂の店先と店内に貼られた紙を眺めていたビビアは、「ほう」と呟《つぶや》いた。

「いいじゃないですか、デニスさん。結構応募とか来てるんじゃないです？」

尋ねられたデニスは、厨房《ちゆうぼう》でガシャガシャと皿を洗っている。

「来たには来たんだがな。前科持ちみたいな奴《やつ》ばっかりで、決まってねえ」

「あー……他所《よそ》で働けない人が、とりあえず集まっちゃってる感じですね」

「俺だけならいいんだが、アトリエもいるからよ。バチェルとかオリヴィアみたいな、ちゃんとした奴を雇えればいいんだがなあ……雇用ってのは難しいな」

二人がそんな風に話していると、食堂の扉がカラカラと開かれる。

入ってきたのは、薄汚れたローブを羽織って、フードを目深に被《かぶ》った子供のようだった。フードを深く被っているせいで顔はよく見えないが、その奥から垂れる淡紅《ピンク》がかった金髪の雰囲気と華奢《きやしや》そうなシルエットで、どうにか少女らしいということはわかる。

「おっと、お客さんか」

デニスがそう言うと、アトリエがぴょこんと椅子から下りて、店仕舞いにかかる。

昼の営業はこれで終わりということだ。もはや阿吽《あうん》の呼吸である。

来店した少女はややふらついた足取りで店内を歩くと、特に遠慮する素振りもなくカウンターに座ろうとした。その直前に、ちらりとデニスのことを見やると……「ひっ」と小さな悲鳴を上げる。

「ひっ？　ひ、ヒース……？」

「あ？　なんだ？　ヒース？　誰だそりゃ」

デニスがそう聞くと、少女はフードの奥から覗《のぞ》く目で、デニスのことをしばし見つめた。そして何かを確認したように、ほっと胸を撫《な》でおろして呟く。

「い、いや。なんでもない。人違いである……世の中には、似ている者がいるものであるな」

「何？　誰と間違えたって？」

「いや、よいのだ……今の話は忘れよ」

少女はそう言って、気を取り直して椅子に座ると、しばらくそのままじっとしていた。

「…………」

メニューを見ようとする気配もない。しばし、何もせずにじっとするだけだった。

隣に座っていたビビアが、その様子を見かねて尋ねる。

「ええと……どうしたんですか？」

ビビアがそう尋ねると、少女はフードから覗く小さな口元を動かした。

「待っておる」

「待つって……人を？」

「料理に決まっておろう。余は知っているぞ。『食堂』とは、料理を出すところであろう？」

「……でも、何が食べたいか決めないと、出てこないですよ」

「余が決めるのか？」

「ええと、そこのメニューで……」

ビビアがカウンターの前に差されたメニューを指さすと、少女はそれを恐る恐る指でつまんで、自分の目の前に広げた。しばらくメニューを睨《にら》みつけるように眺めると、少女はその中の一つを指さして、ビビアに尋ねる。

「定食とは？」

「定食っていうのは……メインのおかずがあって、それにご飯と汁物が付いてるものです」

「このカツ丼というのは？」

「ええと、お肉の上に卵とか玉ねぎを載せたもので……どう説明すればいいのかなあ」

「腹は膨れるか？」

「まあ、ボリュームのある方では」

「……わかった。これでよい」

「あ、カツ丼ですって、デニスさん」

「ん？　ああ、了解」

デニスは料理に取り掛かる前に、ビビアをさりげなく引っ張って、耳打ちする。

「おい、大丈夫かあの娘《こ》？」

「ええっ……ちょっと、世間知らずなお嬢様なのでは？」

「世間知らずなお嬢様が、あんな身なりしてるか？　たっぷり数週間は放浪してきましたたって感じだぜ」

「僕に言われたってわかりませんよ……放浪系お嬢様なのでは？」

とにかく、デニスはカツ丼を作ってやると、それをお盆に載せて少女に出してやった。

それを見た瞬間、少女は飛び跳ねるようにして突然立ち上がる。

「な、なんであるか！　このグチャグチャな料理は！」

「何って、カツ丼ですよ……」

ビビアがそう言った。

「うちは卵の半熟感が強いけど、もうちょい火通した方が良かったか？」

デニスがそう聞くと、少女はわなわなと震えながら、トロトロの半熟部分と火が通ってフワフワな部分の二重奏が紡ぎ出しているカツ丼を見つめた。

「な、なんじゃこの料理……こんなグチャグチャな料理、エピゾンドも食わんぞ……」

「犬も食わないじゃなくて？　どんな人なの？」

デニスがそう聞くと、少女はその質問は無視して、椅子に座り直す。

「せ、背に腹は代えられん……しょ、食してやろう……」

「大丈夫か？　ちょっと期待と違ったか？　無理して食う必要ないぞ？」

「黙れ！　余を愚弄する気か！　一度出された物は食べるわ！」

「愚弄されてるのはカツ丼の方だけどな！」

少女は覚悟を決めたようにカツ丼を睨むと、置かれた箸をふと手に取って、やはりビビアに尋ねる。

「これはなんであるか」

「ええと、それは箸ですね……」

「何に使う？」

「その、料理を食べるために」

「ナイフとフォークは？　スプーンは？」

「それじゃあ、ご飯とかカツが食べづらいでしょ？」

「……そうか。よい。ご苦労であった」

少女は二本の箸を握ると、それをカツに突き刺そうとして、何かが違うことに気付く。

「……？……？」

そこからしばし試行錯誤して、しばらく格闘した後、少女は諦めた様子で箸を置いた。

「そこの者、そこの者」

「は、はい。なんでしょう」

「この〝ハシ〟とやらは、どうやって使う」

「ええと、それは……」

ビビアは少女から箸を受け取ると、手の中で箸を持って見せた。

「こうやって、挟むようにして」

「……なるほど」

少女は箸を受け取ると、自分でもビビアのように箸を持ってみようとする。

しかし、どうにも上手《うま》くいかない。

「……何か、これを使うためのスキルが？」

「いえ、箸のスキルはちょっと……聞いたことないですね」

少女はそれを聞くと、諦めた様子でため息をつく。

「……わかった。もうよい」

「スプーンとフォーク出すか？」

「余を愚弄する気か……余ができぬことなどない……ないはず……ない……ない……？………あるかも……余、できないことあるのかも……」

「うん、スプーンとフォーク出すわ。そんな自信喪失しなくていいから」

デニスがスプーンとフォークを出してやると、少女はフォークでカツを刺して、恐る恐る一口食べてみた。すると少女は大きく目を見開いて、次々にカツを食べ始める。

「うむ！　美味《うま》い！　美味いではないかぁ！」

「そりゃどうも」

「心配させおって！　グチャグチャで嵐が過ぎ去った後の黄色い泥沼みたいな見た目をしとるのに、これがこんなに美味いとは！　見直したぞ、食堂の主《あるじ》！」

「俺よりも、カツ丼に謝った方がよくない？」

「うむぅ！　美味い！　卵の半熟の部分と火の通った部分がジューシーな肉に絡みついて、余の舌

を絶えず楽しませてくれるぞ！　肉汁と甘い卵が染みたご飯もたまらん！　柔らかくも歯ごたえのある玉ねぎと控えめな椎茸《しいたけ》の触感が、これまた主張しすぎずとも飽きさせぬ絶妙な塩梅《あんばい》よのう！」

「放浪系食レポお嬢様なの？」

スプーンとフォークを使い分けながら食べたおかげでいくらか時間はかかったが、少女はそのカツ丼をペロリと食べ終わると、満足げな様子でほっと息をついた。

「うむ。非常に美味であったぞ。よい仕事である」

「そりゃどうも、お嬢さん」

デニスがそう答えると、少女はフォークとスプーンをこつりとも音を立てずに静かに置いて、椅子から立ち上がると、そのまま流れるようにして食堂の扉を開き、優雅な歩みでスタスタと退店していった。

ボロボロのローブを羽織っているというのに、なんと優雅な歩き方なのだろう。その辺の子供じゃあこうはいかない。あの威風堂々とした雰囲気とピンと伸びた背筋、そして威厳のある足運びは、上流階級層として生まれた者でないと身につかないものだ。

語らずとも溢《あふ》れ出す気品とは、まさにこのこと。

口元に米粒が付いていた気はしたし、なんだか色々とお騒がせな少女ではあったが、それらを帳消しにするような高貴な佇《たたず》まいがそこにあった。デニスとビビアは互いに、やはりあの少女は何か事情を抱えた、どこか良家の出のお嬢様に違いないと思い耽《ふけ》る。

それもきっと、とびきりのお嬢様に間違いない。

「………………」

「…………」

それはあまりに迷いのない、自然な流れの退店だったので……デニスとビビアは、退店していった少女の気品の塊のような所作に浸るばかりで、大事なことに気付かなかった。

そんなデニスの前掛けを、アトリエが引っ張る。

「どうした？　アトリエ」

「お代」

「ん？」

「お代。もらってないよ」

デニスとビビアが事態を察するには、いささかの時差が必要だった。

「…………く、食い逃げだー!?」

「ええっ!?　今のつまり、食い逃げ!?」

2

デニスが食堂から慌てて飛び出す頃には、ローブを羽織った少女は、すでに通りの向こうへと一目散に走り去ろうとしていた。

「待ちやがれ！　食い逃げ野郎！」

そんな叫び声が、背後から聞こえてくる。少女は数日ぶりにお腹《なか》いっぱいになった重い身体《からだ》を抱えながら、とにかく全力で走っていた。

「ふーっ！　は、はあっ！　お、追いつけまい！　余に追いつけるものか！　余はこれでも、駆けっこで負けたことがないのだ！」

少女……エステルは全力で走りながら、王城での日々を思い出していた。

エステルが駆けっこをしようと言ったら、メイドのデラニーや従者のエピゾンドは、すぐに捕まってくれたものだ。エステルがそんなことを考えながら走っていると、次の瞬間には背後から首根っこを摑《つか》まれて、いつの間にかパタパタと空中で脚をばたつかせていた。

「はっ!?　な、なぜ!?」

「捕まえたぞ、この食い逃げ犯！」

エステルが摑まれながら振り返ると、そこにはエステルの小さい身体を片手で摑んで持ち上げたデニスが立っていた。

「は、速すぎる！　あり得ない！　俊足の余が捕まるなんて！」

「いや、普通に遅かったからな！　スキル使おうかと思ったけど、普通に追いついたわ！　追いついていいのか逆に迷ったわ！」

「な、なんじゃと!?　余は、余はあの風よりも速いデラニーよりもずっと足が速いのに！　駆けっこで負けたことなんてないのに！」

「そのデラニーとやらは足が遅すぎたんだな！　井の中の蛙《かわず》はなんとやらだ！」

「貴様、デラニーを馬鹿にするな！　馬鹿にするなあ！　余のメイドは、余のデラニーはレベル70であるぞ！　王都のどこにいようとも、余が呼べば一分以内に駆け付ける俊足の忠臣であるぞ！」

「それは手加減されすぎだ！」

◆◆◆◆◆◆

デニスに捕まって食堂に連れ戻されたエステルは、頬《ほ》っぺたを膨らませながら不満そうにしていた。

「……お嬢さんよ、名前は？」

「エステル……余の名前はエステルである」

「親御さんは？」

「いない」

「いねえってこたねえだろ。母親は？」

「いない。余を産んで、すぐに死なれたと聞いている」

「そいつは悪いことを聞いたな。父親は？」

「もういない。先日崩御された」

「ほうぎょぉ？　あんまり難しい言葉を使うんじゃねえ」

デニスとエステルのそんな会話を聞いていたビビアは、恐る恐るエステルに尋ねる。

「あの……エステルさんって……ファミリーネームはなんていうんですか？」

「キングランド。エステル・キングランドである」

「………………」

ビビアはそれを聞いたきり、一度黙りこくる。

「なんだビビア、聞き覚えでもあるのか？」

「逆に……本当に聞き覚えないんですか？　デニスさん」

「ねえなあ。有名人なのか？」

「この人の、極端な知識の偏りはどういうことなんだ……？」

「興味ねえことは頭に入れない性質《たち》でね」

「レベル70以上に到達する人って、ちょっと頭おかしいって言うからなあ……これくらい極端じゃないと駄目なのかなあ……」

ビビアがそう言って頭を抱えていると、デニスの横に立っていたアトリエが、デニスの前掛けを引っ張った。

「どうした、アトリエ」

「キングランド。キングランド王家」

「おうけ？」

「この国の、王様の家」

アトリエがそう言った。それを聞いたデニスは、このボロボロのローブを身に纏《まと》ったエステルという少女を再度眺めてみる。この小さい食い逃げ犯が？　王族？

「その……王位継承するはずだったエステル姫が、継承権を放棄して失踪したとは聞いてたんですけど……」

「なんだ。じゃあこいつ……お姫様なのか？」

「いや……わかんないですけど。たぶん、狂言の類だと……でも淡紅金髪《ピンクブロンド》って……」

ビビアはそう言いながら、恐る恐るエステルのことを見た。

「ああ……どうする？　とりあえずこういう場合、騎士団に引き渡した方がいいのか？」

デニスがそう言うと、エステルはパッと顔を上げる。

「い、嫌である！　騎士団は駄目である！」

「いや、お前が姫だろうとなかろうと、食い逃げには変わらんし、親もいないなら……」

「な、なんでもするから！　頼む！　見つかったら、殺されるのだ！　余は、余はこのまま捕まるわけにはいかないのだ！」

エステルは、カウンターから縋《すが》り付くようにデニスに懇願する。

「デラニーが、エピゾンドが！　みんなが！　きっと捕まってる！　助けてやらないと、余が助けてやらないといけないのだ！　余は、このまま捕まるわけにはいかないのだ！」

「つってもなあ……」

「頼む！　余が、余がこれだけ頼んでいるのだ！　なんでもする！　余はなんでもするぞ！　命を賭けて余を逃がしてくれた忠臣たちを助け出すためならば、余は泥水を啜《すす》ろうとも、どんな苦汁でも飲み干してやる！　だから！　だから！　だから！」

「…………」

デニスは、必死で懇願するエステルのことを見つめた。

この少女の話すことを、どこまで鵜呑《うの》みにするべきだろうか。

しかし、ともかく。この迫真の様子……何か深刻なことがあるだろうことは、間違いない。

「……なんでもするのか？」

「なんでもだ！　余は覚悟を決めているぞ！　どんな辛酸を嘗《な》めようとも、どれだけの苦難があろうとも、余は必ず、王座に返り咲いてやる！　そして、忠臣たちを救い出す！」

「なら……」

「くっ……余の身体が目当てか!?　好きにするがいい！　汚れなき余の純潔……彼らの忠誠に応えるためならば……っ！」

「……とりあえず、食い逃げ分。皿洗いでもしてもらおうか」

デニスがそう言うと、エステルはポカンとした。

「……皿洗いって、なんじゃ？」

「お皿を洗うんだけど、そこからわからない？」

「お皿って、勝手に綺麗《きれい》になるものじゃ？」

「……なるほど。お姫様には皿洗いという概念は存在しないのか」

デニスはアトリエの方を見た。

「ということで、アトリエ。後輩育成は頼んだぞ」

デニスがそう言うと、アトリエは自信の無表情でピースサインを返した。

3

「くっ……なぜ、なぜ余がこんなことを……」

エステルがぶつくさと呟きながら、泡のついた皿を水で流している。その傍《そば》に立っていたアトリエは、エステルのすすいだ皿の腹を指でなぞった。

「ここ。油が取れてない。やり直し」

「な、何!? 余はきちんと洗ったぞ！」

「やり直しはやり直し」

その様子を眺めながら、デニスはテーブルに座り込んでいる。

「……アトリエ、ああいうのちゃんと教えられるんだな」

「わりとレアな光景ですね……というか、アトリエちゃんってわりとなんでもできますよね」

「……拭き方が雑。やり直し」

「ぐわーっ！ なぜだ！ なぜだあ！ デラニー！ エピゾンドォ！」

「やり直しはやり直し」

◆◆◆◆◆◆

ということで。カツ丼分の皿洗いや雑務を終えたエステルは、水仕事でややあかぎれした指を眺めながら、カウンターでわなわなと震えていた。

「ぐぅっ……このような、このような辛《つら》い試練が待っているとは……余は負けぬぞ、決して負けぬぞ……」

「試練というより、お前が不器用なだけの気もするが」

デニスはそう言うと、エステルに小袋を手渡した。

「なんじゃ？　これは」

「たっぷり三時間くらいは働いてもらったからな。カツ丼以上の給料は発生してるぜ。ま、その差額ということった」

エステルが小袋を開けてみると、中には銀貨や銅貨が十数枚入っていた。

エステルには正直、その銀貨や銅貨の価値というのはピンと来ない部分があったのだが……おそらくそれが、この労働の対価としては多いだろうということは察する。

「……よいのか？」

「まあ、これでお前は食い逃げ犯でもねえし、騎士団に突き出す必要はなくなったわけだ」

「う、うむ……」

「お姫様だかなんだか本当のところはわからねえが、それ持ってどこかに消えちまいな」

デニスがそう言って手を振るような仕草をすると、エステルは顔を上げた。

「……感謝するぞ、食堂の主よ。余が王座に返り咲いた時には、王城に迎えてやろう」

「王城で働く気はねえが。その時はうちの設備でも、一新してくれることを期待してるぜ」

「ふん。期待して待っておれ」

エステルはそう言うと、小袋を握って、食堂から出ていった。

その姿を見届けてから、デニスがアトリエに聞く。

「どうだ？　ちょっとは楽しかったか？」

「新鮮。楽しかった」

「なんだか不思議な子でしたねー」

カウンターに座るビビアが、ふとそう呟いた。

「本当に、あのエステル姫だったのかなあ……」

「まあ、本当かどうかは知らんが。お騒がせな奴だったよな」

デニスとビビアがそんなことを話していると、ガラガラと食堂の扉が開いた。

見てみると、そこには今しがた出ていったはずの、エステルの姿。

彼女は両腕を組むと、仰々しい調子で宣言する。

「……ふ、ふはは！　よく考えてみたら、余、行く当てとか特になかったわ！　もう寒い夜に草むらで寝るの嫌だわ！　そういうことで、高貴なる余を宿泊させる名誉をやろう！　あと、王座を取り戻すまで余を雇う栄誉もやろう！　光栄に思うがいい、食堂の主よ！」

「………………」

口をポカンと開いているデニスを見て、ビビアがおかしそうに笑う。

「新しい看板娘、見つかったじゃないですか」

「ま、マジで？」

2章 ぐはははがぁはぁっ！　私こそが、追放悪役令嬢！

—— Welcome to cheap restaurant of outcast!

1

追放者食堂に、新しいウェイトレスの姿。

アトリエと同じ白とピンク色の前掛けを着けた淡紅金髪《ピンクブロンド》のお姫様……エステルは、用意してもらった黒縁眼鏡をかけ白色の丸い給仕帽を被《かぶ》り、「どうだ！」とでも言いたげに自信満々な様子で立っていた。

それを眺めていたデニスは、隣のビビアに尋ねる。

「なあビビア。こいつの格好は、一体どういうことだ？」

「素性がバレたくないみたいですよ。追われてるんですって」

「それで、この眼鏡と帽子？」

「ポルボさんのお店で用意してきました」

「安直すぎないか？」

「まあそもそも、田舎の食堂にお姫様が勤めてるなんて誰も思わないのでは？」

「そりゃそうだが……そもそも、エステルって名前はどうするんだよ。偽名でも使うのか」

「まあ、大丈夫じゃないですか？　相当ありふれた名前ですし」

「……追われてる身なのに、本名で潜伏するってヤバくないか？」

デニスがげんなりしながらそう聞くと、エステルは「えっへん」と胸を張った。

「ふふふん！　食堂の主《あるじ》よ！　まだまだお主も甘いのう！　これはむしろ、あえて本名を使うことにより、捜査を攪乱《かくらん》する狙いであるぞ！」

エステルは得意げにそう言った。

「なんだそりゃ」

「よいか？　まさか奴《やつ》らも、追われる身である余が堂々と本名を使って、食堂のウェイトレスをしているとは思うまい！　何事も裏をかくのが、戦術の基本である！」

「そこで裏をかく必要はないと思うのだが……」

そんなことを話していると、来客があった。追放者食堂の常連様、馬車屋の親父《おやじ》だ。

挨拶もそこそこにテーブル席へと座り込む親父さんに向かって、カツカツと威風堂々な調子で歩み寄った黒縁眼鏡のエステルは、エッヘンと薄い胸を張る。

「さあなんであるか!?　注文を申すがよいぞ！　庶民よ！」

「待て、エステル」

その第一声を聞いて、デニスがカウンターから口を挟む。

「なんであるか!?　食堂の主よ！」

「お客様に庶民はないだろ」

「事実であろう？」

「まあ庶民なんだけどな。俺も含めてな。でも庶民呼ばわりはやめなさい」

「面倒くさいものであるなあ。それでは何を注文する!?　客！」

「お客様と呼べ！」

エステルに接近されている馬車屋の親父は、困った様子で鼻をかいた。

「い、いやあ。この食堂のウェイトレスは、いつもレベルが高いねえ……アトリエちゃん然《しか》り、オリヴィアちゃん然り」

「レベルが高い？　はーはっは！　こいつめ口の上手《うま》い奴じゃな！　自慢ではないが、余のレベルは6であるぞ！　お世辞が過ぎるわこのぉ！」

「本当に自慢できない！　アトリエより低い！　あとお前フランクすぎない!?」

デニスがカウンターから叫んで、馬車屋の親父は困ったように笑った。

「そういう意味じゃなくて……じゃあ、このカツ丼を」

「おおーっ！　お主、カツ丼が好きなのか？　無類のカツ丼好きか？」

「ま、まあね。いつも食べてるんだよ。ここのカツ丼は、卵の具合が神懸かり的で」

「カツ丼は、余も大好きであるぞぉ！　お主とは気が合いそうじゃのう！　余が王座に返り咲いた時には、お主を食堂大臣に迎えてやろうぞ！」

「ええと……おうざ？」

「まあまあよいではないか。余もついこの前に、カツ丼とやらを初めて食べたのだがの？　これがもう……！」

「エステル！　お前が客商売向きの性格してるのはわかったから！　仕事に戻れ！」

デニスに一喝されたエステルは、ひらりと身を翻して馬車屋の親父から離れると、後ろでその様子を見ていたアトリエに歩み寄った。

「アトリエ殿、どうであるか!? 余の〝セッキャク〟はどうであった?」

「花丸百点満点。見込みあり。将来性あり」

アトリエはそう言って、胸元で親指をビシッと立てる。

「本当か！ やっぱり余、才能あるのだなあ！ 当ったり前であるなあ！」

「でもお水。出し忘れてる。マイナス百点満点」

「下げ幅大きすぎない!?」

「花丸ゼロ点満点」

アトリエとそんな風にわちゃわちゃとしながら、エステルはなんだかんだで、笑っていた。

デラニーよ、エピゾンドよ。我が使用人たちよ！

余は健在であるぞ！ 今は、この食堂のウェイトレスに身をやつしているとはいえ……すぐに、必ず！ 機を窺《うかが》って王都へと舞い戻り！ あの王位簒奪《さんだつ》者レオノールを打ち倒し！ お前たちのことを、絶対に助けてやるからな！ 余が必ず助けるからな！

◆◆◆◆◆◆

自称であり、実のところ他称でもあるお姫様のエステルが、追放者食堂にて働き始めてから、一週間後。

甲斐甲斐《かいがい》しくも一生懸命に看板娘二号として働いていたエステルであったが、誰にでもやって来る労働生活の最初の限界は、不意にして唐突に、そしてわりとすぐに訪れた。

「働きたくない！」

昼下がりの食堂で、エステルがそう叫ぶ。彼女は変装用の黒縁眼鏡をかけ白帽子を被った格好で、テーブル席の椅子を並べて寝っ転がっていた。もう凄《すさ》まじく堂々と寝っ転がっていた。

「突然どうした、エステル」

カウンターの奥で、何やら料理をしているデニスがそう聞いた。

エステルはパッと上体を起こすと、デニスに訴える。

「だって！　週に六日も働いておるぞ!?　働きすぎじゃない？　余、そろそろおかしいことに気付き始めちゃったぞ！」

「つっても、楽しそうに働いてるじゃねえかよ」

「それとこれとは別であるー！　余は気付いたの！　他のお店とかは週に二日は休んでおるわ！なんでウチだけ週休一日なのだー！」

「飲食店は二日も休んでられねえんだよ」

掃き掃除をしていたアトリエは、エステルの肩をポンと叩《たた》く。

「大丈夫」

アトリエがそう言った。

「何が？」

「慣れる」

「嫌であるー！」

また並べた椅子の上に寝っ転がって駄々をこね始めたエステルに、デニスが言う。

「そもそも、なんでもするからいさせてくれっつったのはお前の方じゃねえか」

「まあそれはそうである。しかし余はだな！　この店の業務改善を求めているのだ！　どうであるか!?　週休二日にしてみない!?」

「しねえ。ウチは今までもこれからも、定休日は週に一日だ」

「ぐわー！　この仕事中毒めー！　お主のような三百六十五日働いても平気な者がいるから、王国の働き方改革は進まないのだー！」

「その辺の改革は、お前が王様になってから頑張れ」

「決めたぞ！　余が王様になったら、完全週休二日制を義務化してやる！　破ったら厳罰にしてやるぞ！」

「支持率の伸びそうな王様だな」

デニスはそう言うと、出前用の取っ手が付いた銀箱に弁当箱を仕舞い込んだ。

「まあ、元気もあり余ってるようだし。出前にでも行ってくれ」

「出前？　出前ってなんであるか？」

「料理を客の家まで届けてやるんだよ」

「ほーん。そういうのもやっておるのかー」

「普通はやってないんだが、ちょっと頼まれてるところがあってな」

デニスはエステルに、銀色の岡持ちを渡した。

「いつもはアトリエが行ってるんだが、そろそろお前も行ってみろ。土地勘も付くだろうしな。それとも、お姫様はこんな田舎の街を覚える必要はねえか？」

「何を言うか！　この王国は、なべて余が統べることになる領土であるぞ！　王都も田舎もあるものか！」

◆◆◆◆◆◆

エステルは出前の岡持ちと渡された地図を眺めながら、一軒の家に辿《たど》り着いた。

「うーんと、ここでよいかな？　地図が雑すぎて、いまいちよくわからんなあ」

エステルはそう呟《つぶや》きながら、とりあえず家の戸をノックする。まあよい。違ってたら違ってたで、謝ればいいだろう。

「しかし、お金を稼いで生活するというのは、とっても大変なことであるなあ」

王城で数え切れぬほどの従者たちに囲まれて生活していた頃には、まったく想像もできなかった生活。なるほど、これが庶民の生活。なかなか大変である。エステルは王座に返り咲いたなら、必ずやこの経験を国政に生かそうと思っていた。

そんなことを考えていると、ノックした扉の向こう側で足音が聞こえて、扉が開いた。

覗《のぞ》いたのは中年の、体格のがっしりとした髭面《ひげづら》の男性だった。

「おや？　アトリエちゃんじゃないのか」

髭の男が不思議そうに聞くと、エステルは岡持ち片手にふんと胸を張る。

「有難く思うがよい！　本日は特別に、アトリエ殿の代わりに余が出前とやらを運んできてやったのだ！」

「ははは、元気の良い子が来たものだな」

「新人である！　よろしくな！」

髭の男性は微笑《ほほえ》みながら、懐から取り出した巾着袋から代金を支払おうとした。すると、奥から何やら女の子の声が聞こえて、男性が後ろを振り向く。

「ああ、ティア。今日はアトリエちゃん、来てないんだと」

「なんであるか？　誰かおるのか？」

エステルがそう聞くと、髭の男性は銀貨を何枚かエステルに渡した。手元でちゃりんという音が鳴る。

「娘がいてね。アトリエちゃんが来るのを、いつも楽しみにしてるのさ」

「待ってなくとも、会いに行けばいいであろう」

「そうもいかないんだ……ウチの娘《こ》は身体《からだ》が悪くてね」

そう言った彼の表情に、やや影が差す。

「外を出歩けなくて、なかなか友達も作れないから。アトリエちゃんが遊んでくれるのを楽しみにしてるのさ」

「なーんだ、水臭いのう！　それなら、余も友達になってやろうではないかあ！　どれ、その娘さんとやらの部屋に案内せい！」

「ええと……きみ、大丈夫なのかい？　仕事の途中だろ？」

「ふはは！　これも仕事の一環というやつである！　市井の者を訪問し！　日々の悩みを聞いてやるのも王の務め！」

「お、王……?」

髭の男性は何がなんだかわかっていない様子ではあったが、小さくて元気いっぱいなエステルを、奥の部屋に招き入れた。それほど広くない室内にベッドが置いてあり、そこに一人の少女が寝ている。横になっていた少女はエステルを見つけると、上体を起こして驚いたような表情を浮かべた。

「えっと、お父さん。その娘は……?」

「出前を運んできてくれたんだよ。うちの娘のティアだ。よろしくね」

「我が名はエステルである! お主はティア殿と申すか! 初めましてであるなあ!」

「あ、ええと……どうも、初めまして……」

エステルがずかずかと歩み寄って握手を求めると、ティアと呼ばれた少女はやや困ったような様子でその手を握り返す。ティアは透き通るような緑色の髪をした少女で、肌は白く、やや痩せた印象のある娘だった。

◆◆◆◆◆◆

「なるほど。ティア殿は、胸の調子が悪いのであるな」

ベッドの横に丸椅子を置いて、そこに座り込んだエステルがそう尋ねた。

デニスが作ったお弁当をちびちびと食べるティアは、それに静かな声色で答える。

「うん。歩いたりすると、すぐに胸が苦しくなって、倒れちゃうんだ」

「そーれは難儀なことであるなあ。余なんて、小さい頃は王城を駆け回ってエピゾンドを困らせていた記憶しかないのに」

「王城？」

「いや、こっちの話である」

エステルはそう答えると、ティアに聞く。

「それで、食堂の出前を取っているのだな？」

「うん。一回だけ、調子が良かった日に……食堂に連れていってもらったことがあって。美味《おい》しすぎて、びっくりしちゃったんだ。そうしたら、店長さんが出前にしてくれるって」

「なるほど、そういうわけであったか」

あのデニスという店長、なかなか粋なことをするではないか。感心感心である、とエステルは思った。そんな風に話し込んでいると、いつの間にかすっかり時間が過ぎてしまう。エステルはティアに再会を約束してから部屋を出た。家を後にしようとするエステルは、ティアの父親に声をかけられる。

「ありがとうね、エステルちゃん」

「いやはや、余にとっても良い時間であったぞ！　なんか、普通の女の子と話すのって初めてであったかもしれんのう！」

アトリエ殿は……何か微妙に精神年齢が違うし、とエステルは心の中で付け加える。

「よかったら、また来てくれるかい？」

「もちろん！　余の出前という名の凱旋《がいせん》を心待ちにしているがいい！」

エステルは空の弁当が入った銀色の岡持ちを片手に、そう答えた。

出前の帰り道を歩くエステルは、ウキウキで、足取りが軽くって、胸が高鳴っている。

これが友達というものか！　ずっと王城で暮らしていた時には、知らなかった！

また来よう、とエステルは思った。明日《あした》も来よう。きっと行こう。

「おや？」

その帰り道で、エステルは奇妙な物を見つけた。

街の広場に立つ、一軒の露店。

何やら長蛇の列ができており、相当な人気店のようだ。

『一度食べたら病みつき！　特製シロップのラララかき氷はいかが!?』

「ほほう？」

そよ風に揺られるのぼり旗を見て、エステルはそんな声を上げた。「かき氷」というものを売っているらしい。食べてみたいのう、とエステルは思う。どんな物なんだろう。やや涎《よだれ》を垂らしながら露店の前を横切ろうとすると、露店の方からペタペタと歩いてくる、銀髪の少女の姿があった。

「アトリエ殿ではないか」

「出前。終わったの？」

シャリシャリと何かを食べながら、アトリエはそう尋ねる。見てみると、彼女の手元にはかき氷が。手のひらサイズの氷山には、紫色の毒々しい色をしたシロップがかかっている。食欲をそそる見た目ではないが、あの人気ぶりを見るに、さぞ病みつきになる味なのだろう。

「…………」

「一口、食べる？」

「本当に!?　分けてくれるのであるか!?」

「いいよ」

かき氷を分けてもらったエステルは、それをシャクッと頬張ってみる。すると、なんとも不思議で冷たい味が口内にドロリと広がった。甘ったるい粉薬を混ぜたような、一瞬吐き気さえ催してしまう、オエッと来る味。お世辞にも美味しい！　というわけではないが……これがどうして、次へ次へと食べたくなってしまう。

「なるほど。これはなんとも……奇妙な味であるなぁ」

「美味しい。デニス様にも分けてあげる」

「うーん、たしかに病みつきである……もう一口だけ、くれないかの？」

「お金あげる。もう一つ買ってきていいよ」

「本当か！　必ず返すぞ、アトリエ殿！」

銅貨を何枚か譲ってもらったエステルは、嬉《うれ》しそうにパタパタと駆けて、露店へと並びに行った。

それを見送ったアトリエは、かき氷を突《つつ》きながら食堂に戻る。厨房《ちゆうぼう》では、デニスが夕方の準備をしていた。カウンターに座り込んだアトリエは、デニスに買ってきた紫色のかき氷を見せる。それを見たデニスは、顔をグシャリとしかめた。

「なんだその……黒魔術で生まれたような毒々しいかき氷は」

「露店。売ってた」

「露店……？　そんな店、いつできたんだ？」

「ちょっと前。なかなか美味《うま》し」

デニスはアトリエに差し出されたかき氷をスプーンで一口掬《すく》って、食べてみる。その瞬間、デニスはゴボォッ！　と咳《せ》き込んで、口に含んだかき氷を床に吐き出してしまった。

「？」

「な、なんじゃこりゃぁ!?　おいアトリエ！　お前、これ食ったのか!?」

「食べた」

「今すぐ吐き出せ！　アトリエ！　吐けコラァ！」

「やだ、やだ。どうして」

「このかき氷、麻薬みたいなのが入ってるぞ！　妙なスキルがかけられてやがる！」

デニスとアトリエが格闘していると、食堂の扉がガラガラと開かれた。

そこに立っていたのは、ゲッソリとした様子のビビア。

「デニスさん……広場の露店で売ってたかき氷を食べてから……なんか、調子がおかしいんですけど……」

その後ろからは、紫色のかき氷をモシャモシャと食べているエステルまで続いてくる。

「美味《うま》くないけど美味いのだ……やめられない止まらないのだ……頭痛いけどやめられないのだ……」

「ぐわぁあーっ！　すでに手遅れになってるー!?」

2

「かき氷が食べたい……あの甘ったるくて薬っぽい、紫色の魔法のかき氷が食べたいのだぁ……！」

一心不乱にかき氷を食べ続けていたエステルを縛り上げて、デニスは冷や汗をかいていた。彼女は小さな身体をガタガタと震わせて、口の端から泡を吹いてしまっている。

「すげえ中毒症状だ！　あのエステルが、一発でジャンキーみたいになってる……！」

「僕もあのかき氷がまた食べたくて、仕方ない……！　うぐぐ……今月の生活費、もう全部あのかき氷屋に突っ込んでしまった……！」

「食べたい。食べたい」

「こいつら、もうダメだな……」

震えているビビアとアトリエにそう呟きながら、デニスは紫色のかき氷を恐ろしげに眺めた。シロップの原料に何かを混ぜ込んで、それに特殊なスキルを施した……軽い中毒症状を発生させるかき氷。デニスほどの料理スキルの使い手であれば一発で察知できるが……普通の者ではまずわからない。知らず知らずのうちに美味しい、美味しいと大量に摂取してしまい、最後にはひどい依存症を引き起こす。そうなると……。

「うごご……！　な、なんでもするからあのかき氷が欲しいのだぁ……！　一口だけで良いから食べたいのだぁ……！　縄をほどいて欲しいのだぁ……！」

「デニスさん……僕、最後にもう一回だけ買ってきます。これで最後にします」

「アトリエも付いてく。お小遣い欲しい」

「待て待て」

とまあ、こうなってしまう。あのかき氷を食べていないと、まともに思考回路が働かなくなってしまうのだ。あらゆる欲求の最上位を常にかき氷が占めるようになって、あのかき氷を食べることが最優先になる。そうなってしまったらもう終わり。立派な毒かき氷ジャンキーの出来上がりである。

「こんなドラッグかき氷を作りやがったのは、どこのどいつだ……？」

◆◆◆◆◆◆

デニスが広場に着いた頃には、かき氷の露店はすでに畳まれて、退散しようとしているところだった。店を閉めて帰ろうとしているかき氷屋の女主人に、町民が何人も縋《すが》りついている。

「お願いだ！　もう一杯だけ！　もう一杯だけ作ってくれ！」

「おーっほっほ。ダメダメ。今日の営業は、もう終わったんですから」

「後生だから、あと一杯だけ食べさせてくれ！　このままじゃあ、夜も眠れない！」

「だからまとめ買いしなさいと言ったのに。おバカなこと」

「かき氷をまとめ買いできるか！」

「シロップだけでもいいんだ！　いくらでも出すから、分けてくれ！」

「おーっほっほっほっほっほほほほほ！　ダメダメェ！　また明日の開店を待ちなさぁい！」

高笑いしながら中毒状態の客をあしらう女主人に、デニスが近づいていく。

「おい、お前」

「あらぁ？　あなたもかき氷が欲しいわけぇ……？」

露店の女主人が、荷車を押しながらデニスを振り返った。クルクルと巻かれた紫色の髪。その髪は乱れっぱなしで顔を覆い隠していて、口元しか見えない。しかしその、みずみずしい唇と輪郭は……彼女の顔かたちが、相当な美人のそれであることを匂わせている。

「そうじゃねえ。ウチの街で、妙なものを売りつけやがって……一体なんのつもりだ？」

「おやぁ？　クスクス……タネに気付いたってわけね。街の料理人かしら」

「てめえ……何者だ？」

「私《わたくし》は、しがない露店の主……ただかき氷を売ってるだけ」

「あんな危険なシロップを製造できる奴が、只者《ただもの》のわけがねえ……病毒術師だな？」

「……ふふぅん？　ちょっとは使えるみたいじゃない」

荷車を押していた女主人が立ち止まり、スッ……と指で前髪を除《よ》けた。乱れ放題の紫癖毛の奥から、大きくパッチリとした二重瞼《ふたえまぶた》の瞳が覗く。その綺麗《きれい》だが妖しげな眼《め》でデニスのことを眺めた女主人は、クスクスと笑った。

「私の名前はポワゾン……ラ・ポワゾン」

「ポワゾンか。一体何が目的だ？」

「知っても無駄無駄。おーほっほっほ！」

そう言って上品に笑うポワゾンに、デニスはサーチスキルを発動させた。

レベルは57……かなり使える奴だ。しかし、こちらはレベル１００の格闘料理人。

この踏み込めば手が届く至近距離で、後れを取りはしない。

「街の連中を、ジャンキー紛《まが》いにしやがって……」

「許されなくて結構コケコッコーってやつだわぁ」

「この……！」

デニスが摑《つか》みかかろうとした瞬間、彼の身体が逆に、何者かに摑まれた。それは、先ほどまでポワゾンにしがみついていた……中毒状態の町民たちだ。

「やめろデニス！　手を出すな！」

「なっ……お前ら！」

「この人を倒したら、かき氷が食えなくなるだろ！」

「やめろ！」

町民たちに必死に止められて、デニスは呆気《あっけ》に取られる。

その様子を見て、ポワゾンは高らかに笑った。

「おーっほっほっほっほっほぼぼがぁ！　滑稽なこと！　私をやっつけようとしても無駄よ！　すでに町民の多くは、私のかき氷の虜《とりこ》になってしまっているのだから！」

「てめえ……まさか……！」

「おーっほっほほほおほほぐはぉ！　その通りぃ！　気付いた頃にはもう遅い！　私をぶちのめしたって、こいつらはかき氷の中毒症状に苦しむだけ！」

バッ！　とローブを脱ぎ捨てたポワゾンは、身に纏《まと》っていた貴婦人風の衣装を露《あら》わにした。薄汚いローブの下に着ていたのは、上等な生地のパープル・ドレス。グシャグシャにしていた髪もスッと櫛《くし》で素早く整え、手鏡で化粧を直しながら叫ぶ。

「この病毒術師、ラ・ポワゾン！　この町は、私の復讐《ふくしゅう》のための足掛かりにさせていただくわぁ！　おーほほっほっほっほっほっほっほっほごぼぐはぁっ！」

「さっきから思ってたけど、笑いすぎて喉壊れてない!?」

◆◆◆◆◆◆

「ラ・ポワゾン!?　本当であるか!?」

デニスからその名前を聞いて、いまだに特製シロップの中毒症状に苦しんでいる様子のエステルは、驚愕《きょうがく》してそう叫んだ。

「何か知ってるのか、エステル」

食堂に戻ってきて状況を説明したデニスは、思い当たる節が満載らしいエステルにそう尋ねる。

「ラ・ポワゾンといえば……余から王位継承権を奪ったレオノールの、元婚約者であるぞ！　王家を追放されていたはずであったが……！」

「追放された……？　何があったんだ？」

「ポワゾンというのはな。上流階級の貴婦人たちの中では、その悪行と性格の悪さを知らぬ者はいないほどの悪女であったのだ。やれ王族が集まるお茶会に睡眠薬を混入させて、参加した貴婦人たちを全員蹴落としたとか、レオノールの花嫁候補を裏から手を回して潰しまくったとか、庶民上がりの娘をいびりまくっていたとか」

「それで、どうして追放されたんだ？　上手いこと立ち回ってたように聞こえるが」

「策謀を巡らせてライバルを蹴落とし回り、レオノールの婚約者になったまでは良かったのだがな。後にレオノールの新しい婚約者によってその悪行を全て告げ口されて、婚約は破棄。王家からも貴族社会からも追放されてしまい、悪評が祟《たた》って助ける者もおらず仕舞い。すでに野垂れ死んだものかと思われていたが……こんな所に流れ着いていたとは」

「復讐がどうとか言っていたが、そのことか」

なるほど、とデニスは思う。

つまり彼女は……かなり自業自得ながらも王家に強い恨みがあって、何やら壮大な復讐を画策しているのだ。それで手始めに、この町の人間を毒スキルで中毒状態にして……自分の言いなりになる手先を作ると共に資金を蓄え、復讐の足掛かりにしようとしているわけか。

話を聞いていたビビアが、中毒症状にやや身体を震わせながら頷《うなず》いている。

「王家を追放された、伝説の悪女か……しかもレベル50級の病毒術師となれば、相当厄介ですね」

「そんなにか」

「元々病毒術師っていうのは、そういうタイプなんですよ。治癒を司《つかさど》る白魔導士の派生職なんですけど、毒や病気を操るという特性上……初見必殺のわからん殺しを押し付けることで、格上とも十分に戦えるレア職なんです。何せ毒や病気を付与するんですから、絶対に戦いたくない相手ですよ」

「……たしかに。怪我《けが》するならまだしも、病気にしてくる奴とは絶対に戦いたくねえな」

「その分、習得には医学薬学に錬金術と色んな方面への高度な知識が必要なので……なかなか実用的な使い手はいないんですけどね。治癒系を始めとして、色んな職業の基礎応用を習得していないといけないので。相当勉強したんだと思いますよ」

「意外と努力家なんだな」

「上昇志向の塊みたいな奴であったからなぁ……余も小さな頃にちょいと会ったことがあったが、なんか怖かった記憶しかないものなあ……」

そんな風に話し合っていると、がま口財布を胸の前に抱えたアトリエが、ふらふらと歩いていくのが見えた。

「………もう一回だけ、食べる……」

「待てアトリエ！　くそぉっ！　かき氷ジャンキーどもめがぁ！」

「デニスさん、どうするんですか!?　このままだとこの町は、あの紫かき氷女に乗っ取られてしまいますよ！」

「ビビア！　てめえもかき氷の入れ物を舐《な》めるな！」

「ぬわーっ！　一体どうすればよいのだぁー！」

「どうするもこうするも！　こうなったら……戦うしかないだろ！」

「戦うっていったって……中毒症状をどうにかしないことには、どうしようもないですよ！」

「いいかこの野郎！　料理人には、料理人の戦い方があるんだよ！」

3

ということで、翌日。広場のかき氷屋の横には、もう一つの露店が出現していた。

その名も『追放者クレープ』。

傍《そば》に掲げられたのぼり旗には、『かき氷よりもゴージャスで美味しい！　デニス店長お手製のクレープをどうぞ！』の文字がデカデカと記されている。その露店の設備一式、雑貨商ポルボの店で調達したものだった。

「あらあら。そういう勝負に出たってわけねえ？」

そんな露店を横に作られているポワゾンは、露店の中で腕を組んで立っているデニスたちを見て、そう呟いた。彼女はもはや、ローブや髪型で正体を隠す気はサラサラないようだ。王族の元婚約者に相応《ふさわ》しい気品高い紫色のドレスに、キラリと光るエナメル革の上等なハイヒール。昨日までグシャグシャに乱されていた癖毛には丁寧に櫛が通されて、化粧が厚塗りの美しい顔をさらけ出している。

というよりもはや、自分が店に立つ気すらないようだった。適当な従業員を雇って露店を回し、自分は店の傍で優雅に涼みながら、客の一人を四《よ》つん這《ば》いにさせ、その背中に座り込んでいる。すでに彼女によってジャンキーにされた町民の一部は、完全に彼女の言いなりになってしまっている。

「おーっほっほっほっほ！　ま！　無駄ですけどもねぇー！　そんなチンケな店で、ウチから客を取れるとでも思ってるのかしらぁ！」

「ぐぐぐ……！」

言いたい放題に言われて、苦虫を噛《か》み潰したような表情をしているデニスであるが。

ポワゾンが高らかに笑うのも、仕方がない。

非合法に大人気な『ラララかき氷』と、新興『追放者クレープ』の人気の差は、それほど歴然としているのだ。この広場に来た町民たちの目的は、あの特製中毒シロップがかかったかき氷であって、デニスたちが即興で開いたクレープ屋ではない。その証拠に、オープンしたてだというのに一人も客が付かない『追放者クレープ』に比べて、『ラララかき氷』には早朝から、すでに長蛇の列ができていた。

「早く……はやくかき氷を食わせてくれ……」

「もう辛抱たまんねえよ……おかしくなっちまう……」

彼らはみな血走った目で中毒症状に耐えながら順番を待ち、自分の番が来たら物凄《ものすご》い勢いでかき氷をかき込み、また列の最後尾に並んでしまう。恐怖のドラッグかき氷、中毒の無限ループである。店としての回転率だとかリピート率だとか、もはやそういう問題ですらなかった。

「美味しいクレープでかき氷から遠ざければ、中毒症状を緩和できるとでも思ったのかしらぁ!? ぜーんぜん無駄無駄無駄ァ！　一人だって客が付いてないじゃなぁーい！　おーっほっほっほっほっほっほっほっほほほほぼぼぐばぁ！」

高笑いしすぎて喉を壊しているポワゾンに苦々しい目線を送っているデニスは、「ちっ」と舌打ちする。

「舐めやがって……だがな、こっちにだって秘策があるんだぜ！」

店長デニスは自信ありげにそう言うと、木の幹のように太い両腕を組んだ。

「アトリエ！　エステル！　ビビア！　出番だぞ！」

何もデニスとて、まったくの無策でここまで来たわけではない。

彼は作戦を実行に移すため、『追放者クレープ』の精鋭従業員たちの名を呼んだ。

「……………………」

しかし、返事がない。

あれっ？　と思って見てみると、いつの間にか『追放者クレープ』の精鋭従業員三名は、ポワゾンの『ラララかき氷』の列に組み込まれてしまっていた。

「あっ！　てめえら！」

「ぐぐぐ……一回だけ、あと一回だけ食べたらそっちに行くのだ……！」

「デニスさんすみません……！　僕も一回だけ食べさせてください……！」

「すまぬ」

『ラララかき氷』の列から三人を引きずり出すと、デニスは『追放者クレープ』の前に設置した丸テーブルに、アトリエとエステルを座らせる。

「おごごごご！　余は、余はクレープじゃなくてあのかき氷が食べたいのだぁ……！」

「おごごごごごご」

「いいから食え！　美味いから！」

中毒症状でガクガクと震えている二人にクレープを持たせて食べさせると、少女二人はパッと表情を明るくした。

「美味しぃー！　何これー！　このクレープ、すっごく美味しいのだぁー！」

「美味《うま》し」

デニスの作ったクレープをハムハムと食べるエステルとアトリエは、中毒性のかき氷のことなど一瞬忘れてしまったようで、幸せそうにクレープを頬張り始める。

「特製のチョコソースとホイップクリームがなんとも絶妙！　ちょっと酸味のある爽やかなアイスも添えられて、なんとも絶品であるなぁ！　こーんな上等なスイーツは、王城でもなかなか食べられないぞ！」

「美味《うま》し」

そんな風に凄まじく美味しそうにクレープを食べている二人を見て、『ラララかき氷』に並んでいた客たちが興味をそそられ始めたようだった。

「美味そうだな……あのクレープ」

「デニスが本気出して作ってるんだからな。美味くないわけねえだろ」

「というか……アトリエちゃんと一緒にいる、あの黒縁眼鏡の淡紅髪《ピンク》の子は誰だ？」

「あの子も可愛《かわい》いな」

そんな話し声が聞こえてくると、デニスはクレープを食べているビビアと一緒に、ガッツポーズをした。

「よぉし！　作戦成功だ！」

「名付けて、『可愛い女の子二人を客寄せに使おう大作戦』ですね！」

「身も蓋もないが、そういうことだ！」

「ぶっちゃけ無策に近いな！　これ！」

「うるせえ！　可愛いは正義なんだよ！」

『ラララかき氷』に長蛇の列を作る客たちが二人に注目し始める中、エステルとアトリエは無邪気にクレープを頬張っている。

「うーむ！　このクレープ、生地も特別であるな！　ほんのり甘みが強くて、それでいて味を邪魔しない！　あぁ！　これをイチゴとソースと一緒に口に入れたら……！　頭からつま先まで、どこをどう食《は》んでも絶品のクレープである！」

「美味《うま》し」

そんな二人の食レポに、デニスとビビアが勝機を感じていた。

「よし……！　あのエステルの野郎、なかなかいい食レポをするじゃねえか！」

「さすが放浪系食レポお姫様！　ロイヤル階級の舌だけあって、デニスさんの繊細な味をしっかり理解してる！　凄い食レポ力だ！」

「アトリエは『美味《うま》し』しか言ってないがな！」

「寡黙さが裏目に出てる！　でもそれはそれで美味しそうだぞ！」

そうこうしていると、『追放者クレープ』にもまばらながら客が付き始めた。少数とはいえ客が流れ始めた露店勝負を眺めながら、ポワゾンは悔しそうに歯噛みしている。

「ぐぬぬぬ……！　このままだと、少しずつ客が取られちゃうわねぇ……！　こうなったら、奥の手！」

バッ！　とポワゾンが片手を翻し、従えさせている従業員たちに指示を飛ばす。

「従業員たち！　あののぼり旗を揚げなさい！」

ポワゾンが指示すると、『ラララかき氷』の脇に新たなのぼりがかけられた。

『ラララかき氷、大感謝祭！　お一人様一個限定で五十％オフ！　三人以上のお客様は百％オフ！』

そののぼり旗を見て、デニスが驚愕する。

「だ、大感謝祭!?　そんな手法があったのか!?」

「いや、わりとよくあるやつだ！　経営に疎すぎだ！」

「おーっほっほっほほほほほほほぼがばぁ！　さあさあ今だけよ！　みんな家族に友人に恋人に愛人に、誰でも連れていらっしゃい！　三人以上の団体様は無料の出血大サービスよぉ！　おほほほほほぼほほほぼごばぁ！」

「大出血してるのはお前の喉の方じゃない!?」

「あの人ほんとに喉大丈夫か!?　あんまり笑わない方がいいんじゃないのか!?」

デニスとビビアがそんなツッコミを入れている間にも、『追放者クレープ』へと流れ始めていた客が、強力な磁石に引き付けられるようにして『ラララかき氷』へと引き戻される。彼らはダッシュで家に帰り、大感謝祭のために家族まで呼ぼうとしていた。

店前でクレープを頬張っていたアトリエとエステルも、クレープを食べながらスタスタと歩いて行き、列に並ぼうとする。

「いやいや待て！　お前らまで行くのはおかしい！」

「だって、五十％オフであるぞ！　これは凄いことであるぞ！」

「お得。お小遣いでやりくりする子供にも優しい」

「わかったから！　お小遣い増やしてあげるから！」

◆◆◆◆◆◆

早朝から繰り広げられているデニスとポワゾンの露店勝負は、『ラララかき氷』の身を削った大感謝祭によって大勢が決しつつあった。『追放者クレープ』には昼になってもほんの少ししか客がつかず、一方の『ラララかき氷』は、相変わらず買った直後から列の最後尾に並び直す恐怖の薬物エンドレスリピート状態となっている。

さらに『追放者クレープ』の唯一の強みである、店前の客寄せ少女二人組にも……限界が訪れようとしていた。

「おぇぇ……こんなにクレープばっかり、食べられないのだぁ……美味しいけど……」

「胃もたれ」

「ぐぐ……まずい……このままじゃ、ウチの強みすら潰れてしまう……！」

「まずいですよデニスさん……あの二人が駄目になったら、もう勝ち目ないですよ……」

苦しい状況のデニス陣営を眺めながら、ポワゾンは四つん這いにさせた客の背中に座り込んで、優雅に扇子で煽《あお》いでいる。

「おーっほっほっほ！　これは勝負あったというところかしらねぇ！」

ポワゾンの勝利の笑い声が、街の広場に高らかに響き渡る。

勝敗は完全に決したかと思われた、そんな時。

「うむ？　そういえば」

渋々顔でクレープを舐めていたエステルが、ふと思いついたように顔を上げた。彼女は突然、椅子からピョンと飛び下りると、タタタと走ってどこかへ行こうとする。

「エステル!?　どこに行く気だ！」

「ちょっと行ってくるぞ、食堂の主よ！　良いことを思いついたのだ！」

急に元気を取り戻した様子のエステルは、そのまま大通りを駆けていき、見えなくなってしまう。

そんなてんやわんやの『追放者クレープ』陣営を見て、ポワゾンはおかしそうにククと笑う。

「あらぁ？　頼みの綱の客寄せ娘もいなくなっちゃって、一体どうするつもりかしらぁ？」

「ぐぐぐ……まだだ……まだこっちには、アトリエがいる……！」

そんな頼みの綱のアトリエは、椅子の上で伸びていた。

「胃もたれ」

「ぐわー！　お前だけが頼りなんだぞ！　しっかりしろ！」

「おーっほっほっほっほっほっほっほっほほほほ！　もうどうにもならないようねえ！　メシウマメシウマぁ！　このポワゾン様に歯向かおうなんて、ザッと十年は早いのよぉ！」

グッ！　とポワゾンが拳を握りしめる。

「こうなれば、この街は制圧したも同然！　私の大いなる復讐計画の、足掛かりとしてやるわぁ！」

「この街をクスリ漬けにして、一体どうするつもりだ……！」

デニスが尋ねると、ポワゾンはふんと笑った。

「まずはこの街でジャンキーどもを大量生産し、市政自体を私の支配下に置くわ。その後にこの毒かき氷の大量生産体制とフランチャイズ化を設備。王都に上陸し、商人ギルドを叩き潰して『ララかき氷』の王都支店を大量出店。最初は毒性の弱いかき氷からスタートして騎士団から睨《にら》まれないようにしながら、数年から十年かけてじわじわと毒性と中毒性を上げていき、気付いた頃には王都の七十〜八十％の国民を中毒状態にする予定よ。そのまま王都の公衆衛生と経済と医療制度を破壊し、逆に経済を握ると同時に各種権勢を掌握。最終的にはあのにっくきレオノールを王位から追い落とし、この私が女王としてこの王国に君臨するのよ！」

「予想以上に具体的だった！」

「実現可能なんじゃないかと思わせるほどの計画性だった！　王位簒奪コンサルかよ！」

そんな『ララかき氷』と『追放者クレープ』がバトルを繰り広げる広場に、一人の……いや二人の少女が、舞い戻ってくる。

「待たせたな！　食堂の主よ！」

誇らしげに胸を張って登場した、エステルの隣に立つ人物。

その少女の姿を見て、デニスは眉をひそめる。

「あいつは……」

それは昨日、エステルに出前を任せた家の病弱少女……ティアだった。

◆◆◆◆◆◆

「ええと……私は、どうすればいいのかな？」

突然に二つの露店が繰り広げる戦場《バトルフィールド》の真っただ中に放り込まれてしまったティアは、困ったようにそう言った。この広場における露店戦争の結果が、よもや王国の未来を左右しかねないとは、彼女は夢にも思うまい。

「このクレープを、美味しそうに食べればよいのだ！　それだけであるぞ！」

「クレープ？　どうして？」

「ほれほれ、よいからよいから！」

「む」

エステルが、ティアの小さな口にクレープを突っ込む。

モグモグと食べてから、ティアは簡単に感想を口にしてみた。

「へえ……美味しいね、これ。とっても美味しい」

「そうであろうー！　食堂の主が作ってくれたのであるぞ！」

「あ、ありがとうございます。デニスさん」

ティアがペコリと感謝を伝えると、デニスは難しい顔をしながら頷いた。

「……エステル？」

「なんであるか？」

「ティアちゃんを連れてきたのはいいのだが……これで、どうするんだ？」

「決まっておろう。食べるのだ」

「食べてどうする？」

「看板娘は二人よりも三人の方が良いであろう？」

「つまり、ノープランってことだな!?」

美味しいクレープ屋さんに、新しいお友達を連れてきただけだった。

ほんの少しだけエステルに期待していたデニスは、ついに頭を抱え始める。

「もう駄目だ……この街は終わりだあ……！」

「デニスさん、諦めないで！　いやでも、もうどうしようもないかもなあ！」

絶望するデニスをビビアが応援しているのを傍目《はため》に、ティアはクレープを続けて頬張っている。

「本当に美味しいね、このクレープ。なんのクリームだろう……不思議な感じ……」

「そうであろうー！　何せ生地とクリームは店長特製！　サッパリとした甘みの中に隠れる酸味！　まさに甘味の宝石箱《ジュエリーボックス》であるなあ！」

「エステルは舌が肥えてるんだね。私はなかなか、そうやって言葉にできないや」

「いやはや！　いやあ、こんなに美味しいスイーツが食べられて、幸せであるなあ。都落ちしてきた甲斐が、ほんのちょっとはあったというものである」

「都落ち？」

「いや、こっちの話である」

「美味《うま》し」

そんな風にクレープを食べ続ける、『追放者クレープ』の看板娘二人とその友人。そんな三人の美少女たちの様子に、『ラララかき氷』に並ぶ客の目が奪われ始める。

「ううむ……一回だけ、向こうのクレープも食べてみようかな」

「よく考えたら、こっちのかき氷ばっかり食べてるしな」

「デニスの作ったクレープだぜ。美味いに違いない」

「見てみろよ、あの三人。あんなに美味そうに食えるかね？」

ティアの参入によって雲行きが変わりつつある広場の様子に、デニスとビビアがグッ！　と握り拳を作った。

「な、流れが変わってきたぞ！」

「ティアちゃんとエステルちゃんの化学反応だ！　今までは、エステルちゃんがめっちゃ食レポしてもアトリエちゃんが寡黙なせいで空ぶってたけど……的確な相槌《あいづち》を打ってくれるティアちゃんが隣にいることで、まるで実況席と解説席みたいに機能してるんだ！　これは名解説席だ！」

「なんかよくわからんが、やったぞ！」

『ラララかき氷』の客が、再び『追放者クレープ』に流れていく。

最初は少数がデニスのクレープ屋に並び始めただけであったが、そこは流行《はや》り物と同調意識に弱い人間の性《さが》。一度客が流れ始めると、堰《せき》を切ったようにして『追放者クレープ』へと鞍替《くらが》えして並び始める。それはちょうど、本能的に求めてしまう『ラララかき氷』のドラッグかき氷の味に、さすがに飽きが来始めた頃合いとも重なっていた。客の多くは、立ってかき氷をモシャモシャと食べながら並んでいる。

「おお、本当に美味い！　さすが食堂の店長お手製だ！」

「味は断然こっちの方が美味いな！」

「さすがはデニス！　王都の一流レストランで副店長張ってただけはあるぜ」

絶品クレープに舌鼓を打つ町民たちを眺めながら、ポワゾンは目を細めていた。防御力が上がりそうなレベルにまで厚化粧されたその額には、青筋がビキビキと浮き始めている。

「ぐっ……！　ま、まあいいですけどお？　そーんなことで客を取り返したって、こっちのかき氷は特製なんですからぁ……」

そう言いかけた頃、ポワゾンは客の様子がおかしいことに気付く。

「………ん？　あれは……？」

どの客も……顔色が良くなっている。

いや、元の顔色に戻っているのだ。ポワゾンの病毒かき氷に侵されていた町民たちの体調が、みるみるうちに回復しているようだった。

「なっ!?　なあっ!?　これはぁ!?」

「くくく……料理人レベル１００のこの俺を、舐めるんじゃあない！」

デニスがふんっと鼻を鳴らした。

「一度料理を食べさせればこっちのもの……そのクレープには、俺が強力な解呪のスキルを付与してある！　この性悪毒女め！　料理の土俵で俺と戦ったのが間違いだったなあ！」

「おお、さすがデニスさん！　いつも事件を腕力で解決するから忘れてたけど……この人元々、凄腕の後方支援職だった！」

デニスがズンズンと、ポワゾンへと歩み寄る。

目の前に立ったのは、白シャツの下に筋肉の鎧《よろい》を身に纏い、片手に肉切り包丁を握ったレベル１００の男。その圧倒的な暴力から身を守っていた毒の盾が崩壊したポワゾンは、思わず尻もちをついて、地面に両手をついてしまった。

「えっと……許してもらえたり、しないかしらぁ？」

「一発は吹っ飛ばさせてもらおう」

「ぎゃあーっ！　ごめんなさいー！　もうしませんからぁー!?」

レベル100の制裁が加えられているのも傍目に、少女三人はクレープを頬張っている。

「うーむ！　美味いのであるー！」

「ほんと美味しいね。アトリエちゃんはどう？」

「美味《うま》し」

4

その日の夕方。

デニスによって捕らえられたポワゾンは、食堂の椅子に縛り付けられていた。

「きぃぃいいいいっ……！　この私の、超具体的な復讐の王政打倒計画が……！」

「かなり危ないところだった……いやマジで」

「かき氷屋さんに、あやうく街を乗っ取られるところでしたね……ロストチャイル以来の危機だった……」

冷や汗をかいているデニスとビビアは、このポワゾンをどうしようかと話し合っている。

「とりあえず……騎士団にでも突き出すか？　いや証拠がねえのか……」

「証拠といったら、ドラッグ入りのかき氷くらいですけど……溶けちゃいましたもんね」

「まあ、とにかく突き出すか。こんな危険人物、街には置いておけねえ。俺の手にも余る」

「デニスさんの手に余るって相当ですが、僕も賛成です」

「きぃぃぃいいいいっ！　覚えてなさい！　ちっぽけな店長の分際で！　この恨み、いつか必ず晴らしてくれるわぁ！　グッチャグチャのドロドロベタベタにしてくれるわぁ！　ぜぇったいに復讐してやるわぁ！」

「こええ……あの女こええよ……」

「デニスさん、しっかりしてください。正面きっての戦闘なら負けないんですから」

「こいつ絶対正面から来ねえだろ……」

デニスとビビアが、捕らえたはずのポワゾンの剣幕に恐れおののいていると。

店の二階から、一人の少女が下りてきた。

「待たぬか、食堂の主よ」

階段を下りてきたエステルは、ポワゾンを見ると、ふんと胸を張る。

「悪名高き令嬢、ラ・ポワゾンよ。久しぶりであるな」

「あらぁ……一体どこの誰かしらぁ……？　あんたみたいなチビガキに、呼び捨てにされる筋合いはないんだけどぉ？」

「いいや。筋合いならばある」

そう言って、エステルは黒縁眼鏡と給仕帽を外した。

その御顔《おんかお》を見たポワゾンは、一瞬何がなんだかわからないような表情を浮かべたが。

変装を解いたエステルが何者かに気付くと、驚愕して絶叫する。

「でっ!?　でぇえええええっ!?　エステル王女ぉ!?」

「いかにも。余こそはエステル。エステル・キングランドであるぞ」

「王位継承権第一位の姫が、どうしてこんなちっぽけでみすぼらしい片田舎の食堂なんかにいるのよぉ!?」

「あいつは何かの悪口を枕詞《まくらことば》にしないと喋《しゃべ》れないのか?」

デニスがそんなことを言っていると、エステルは「ふむ」、と鼻を鳴らした。

「王家から追放されていて、いまだに情報が届いていないと見えるな」

「情報って……なんのことかしらぁ……?」

「実は、であるのだがな」

エステルが事の経緯を説明すると、ポワゾンはまたもや吃驚《びっくり》仰天して、ひっくり返ってしまう。

「でぇええええっ!?　継承権第一位のあんたが追放されて、あのクソレオノールが王になってるの!?　まぁじでぇ!?」

「そこで、お主に一つ聞きたい。あのレオノールは、以前から余を追い立てようと画策していたのであるか?」

「そんな話、聞いたこともなかったわよぉ……でも……」

「でも?」

「私の代わりに奴の婚約者となった女……そいつがそそのかしたのかも」

「そのレオノールの現婚約者とやら、その名前は?」

「エスティミアって女よ。私が追放されてからは、あいつがレオノールと婚約したの。清楚《せいそ》ぶった奴だけど、この私を追い落としたあの手腕……何かあるかもしれないわぁ」

そこでふと、ポワゾンは何かに気付いたかのように顔を上げた。

「前王は、病気で亡くなったのよね？　いつから病んでたの？」

「一年ほど前からである。公務中に突然喀血《かっけつ》し、それから体調を崩してしまったのだ」

「つまり、私が追放された直後ってことよね」

ポワゾンとエステルは、奇妙な符合に目を見合わせた。

「……ポワゾンよ、何が言いたい？」

「タイミングが良すぎるわ。毒を盛られた可能性は？」

「それは、王政府お抱えの医師団が否定しておる。純然たる病であったと聞いた」

「あの医師団に配属されてるのは、みんな治癒術師でしょ？　ちゃんと私みたいな病毒術師の検死を受けたの？　新種の毒薬や超遅効性の薬物については、普通の病とほとんど見分けがつかないのよ？」

「それは……確認してはおらぬが。きっと受けたのだろう」

「怪しいわね。病毒術師は死ぬほどレアなの。私がレオノールの婚約者になれたのは、王家の親族に一人は、毒による暗殺を防げる高度な病毒術師を迎え入れておきたいっていう意図もあったんだから。そのせっかく招き入れた貴重な病毒術師が王家を追放されて、その直後に国王が喀血？　一年後に病死？　何か関係があると考える方が自然じゃない？」

「つまり……前王の死が暗殺であったとしたら。お主の追放は、その暗殺計画の一環であったと？」

「断言はできないけれど、そう考えれば筋は通るかも。そうしたら、間違いなくあの新婚約者は計画に一枚噛んでるわ。さらに裏から糸を引いてる黒幕がいるかもしれないけれど、何か知ってることは確かね」

「あり得なくはないな……よし、決めたぞ」

エステルは何かを決心したように頷くと、ポワゾンを縛る縄を解き始めた。

「お、おい、エステル。一体どういうつもりだ？」

「このポワゾンは、我が陣営に引き入れる」

「えっ？」

デニスとビビアは、二人揃《そろ》ってそんな声を上げた。

ポワゾンの縄を解いてやったエステルは、彼女に握手を求める。

「ポワゾンよ。我らはたしかに反目し合った仲ではあるが、レオノールを打倒しようという目的は同じである。奴を打倒するため、ともに戦おうではないか？」

「ふん……悪の令嬢と、正統な姫様の共闘ということね……いいじゃない！」

エステルの手を握ったポワゾンは、その場に立ち上がってふんと胸を張る。

「この追放病毒令嬢ラ・ポワゾン！　復讐の王位奪還計画に、ひと役買ってあげるわぁ！」

まるでこうなるのは当たり前とでも言いたげな二人を前に、デニスとビビアは「えっ」と声を揃える。

「……こいつ、仲間にするの!?」

「ええっ!?　ぼく嫌ですよ!?」

「俺だってこんなこええ奴、嫌だよ！」

3章 追放されかけ騎士団長

Welcome to cheap restaurant of outcast!

1

昼の食堂で、アトリエとエステルが忙《せわ》しなく駆け回っている。

「パープル唐辛子もやしステーキ炒《いた》め、四つ」

「客、いやお客様！　こちら、炒飯《チャーハン》セットになっておるぞ！」

「カツ丼。お待ち」

注文を聞いて回りながら、パタパタと料理を運ぶ二人の看板娘。

その姿を、常連たちが楽しそうに眺めていた。

「新しい眼鏡のウェイトレスも、元気があって可愛《かわい》くていいなあ」

「オリヴィアちゃんがいなくなっちまって、俺っちはいまだに悲しいけどなあ。元気にしてるのかなあ」

「俺、王都で教員やってる奴《やつ》から聞いたんだけどよ。なんか今新しい機能搭載して、空飛んだりしてるらしいぜ」

そんな会話が飛び交う店内で、注文を聞きに回ってきたエステルに、客の一人がニヤニヤ笑いながら聞く。

「あれ？　もしかして君……逃亡中だっていうお姫様じゃない？」

「な、なはは！　面白いことを言うものじゃなあお主！　そんなわけないじゃろ！」

エステルがギクリとしながら笑って答えると、冗談で聞いた客も高笑いする。

「そうだよなあ！　お姫様が、田舎の食堂で堂々と働いてるわけねえよなあ！」

「そうだぞお前、ちょっとは考えろ！」

「でもこの食堂って、どっかこっか追放された奴らが集まってくるって評判だからよお」

「それにしたって、お姫様が食堂で働いてるわけねえだろうが。今頃、きっと国外にでも逃げてるんだよ」

「それかこんな田舎じゃなくて、どっかの大貴族に匿《かくま》われてるとかな」

「おい、あんま変なこと言って迷惑かけるなよ」

「わりぃわりぃ」

そんな風に活気づいている店内を、カウンターに座り込んだビビアが眺めている。

「まあ、そうだよなあ。普通そうなるよなあ。僕が心配しすぎなのかなあ」

ビビアがそう言ってため息をつくと、食堂の扉が開かれて、ポワゾンが現れた。

あれ以来すっかり露店を畳んでしまったポワゾンは、この街に居つくようになって、食堂へと足《あし》繁《しげ》く通ってくる。

「おっすー。お昼食べに来たんだけど、何か出してくれないかしら？　おや？　ビビア君じゃなーい！」

「うわっ。ポワゾンさん……」

「うわって何よ、うわって。隣いいかしら？」

「いいですけど……」

遠慮なしに隣へと座ってきたポワゾンに、ビビアが尋ねる。

「なんか、ポワゾンさんの家から夜中に高笑いが聞こえて怖いって言ってる人がいますけど、あれってなんなんです？」

「高笑い？　ああ、別になんでもないわよ。ただ、お酒を飲むとついね」

「笑い上戸なんですか？」

「そういうわけじゃないんだけどね。酔っぱらうと、昔にザマァしてやった連中の顔を思い出しちゃって。ついつい腹がよじれるほど笑っちゃうのよねえ」

「聞かなきゃよかったなあ。怖いなあ」

◆◆◆◆◆◆

昼の営業が終わり、すでに店仕舞いをしてしまった店内。

客が引けるのを待っていたポワゾンは、空いたテーブル席に座っていた。

「それで？　これから、どうするつもりなの？」

テーブル席にだらりと腰かけたポワゾンが、エステルにそう聞いた。

「とりあえずは、レオノールの周辺に関する情報集めであろう」

「ま、そこからよね」

「それに、もう一つ気になっていることもある」

「王剣についてである。余が失敗してしまった『王剣の儀』……アレにも、何か策謀が巡らされていたに違いない」

エステルがそう言うと、ポワゾンは背中を丸めて頬杖《ほおづえ》を突いた。

「策謀って……どんな？」

「ええと……たとえば、偽物とすり替えられていたりだな」

「でも、きちんと鑑定スキルの結果が出てたんでしょ？　さすがに鑑定の結果まで偽装できないわよ。スキルなんだから」

「ど、どうにかしたのだろう……なあ、ポワゾンよ。何か知らないか？　余の知らない王剣の秘密とか、ないものか？」

「うーん」

ポワゾンが唸《うな》ると、カウンターに座っていたビビアが聞く。

「そういえば、王剣を整備していた鍛冶屋一族がいるって話を聞いたことがありますけど」

「ああ、ベルノーの鍛冶一族ね。彼らなら、もうかなり前に王家を追放されてるわよ」

「追放？」

ビビアがそう呟《つぶや》いた。

「なんでも、当主が謀反を企てたとかで処刑されたのよ。そのまま一族郎党追放刑。今はどこで何をやってるかも、誰も知らないわ」

「謀反ですか？　一体どうして」

「知らなーい。でも、王家にえらい信用されてたからね。王族との関係がかなり古くて、ほぼ王家の始まりの頃からって話だったんだけど」

「それじゃあ、なおさらどうして？」

「国王以外で唯一、王剣の整備だなんだっていう理由で、平時に『王家の宝物庫』に出入りすることを許された一族だったし。そのあたりで調子に乗ったりしたんじゃないの？　別に金と権力が絡めば、理由なんていくらでも思いつくわよ」

ポワゾンは、肩をすくめながらそう言った。その作戦会議の様子を眺めていたデニスは、傍《そば》に座って足をぷらぷらとさせていたアトリエに聞く。

「なあアトリエ。うちの食堂で王位簒奪《さんだつ》の計画が練られてるって、普通にヤバいよな」

「今さら」

2

一方場所は変わって、ここは王都の中心たる王城にて。

王国騎士団の長たるジョヴァン・ホワイツ団長は、王城内の幅広い通路を歩いていた。

通常の騎士団幹部礼装は王国の国色である明るい青と黄色だが、ジョヴァン団長の礼服は、それよりも一段深い鉄紺と黄褐色の布地で織られている。その胸元には勲章の大型星章を着用し、帯章である赤い大綬《だいじゅ》を肩から襷《たすき》掛《が》けにしていた。

部下たちから鉄芯が入っているのではないかと訝《いぶか》られるほど真っすぐな背筋をさらに伸ばして歩

きながら、ジョヴァン騎士団長は浮かない顔をしている。

「はぁ……」

珍しく、ジョヴァンは一人ため息をついた。

部下の目の前では、決して漏らさぬ類の吐息。

レオノールが新王を継承してから、一切合切ろくでもないことばかり。

新王と癒着している様子のヒースも、一体何をしているのか摑《つか》めない。

頭こそ良くなかったが、おおらかな気性であった前王の時代が懐かしい。思い返してみれば、良い時代だった。賢王とは言えないまでも、議会の裁量を保護し認めた良王。なんの問題もなく、前王の娘たるエステル殿下が王位を継承していれば……あの幼王を補佐して、これまで通りの王国運営ができただろうに……。

「はぁ」

「ため息なんてつかれて、どうされたのですか？」

突然そんなことを言われて、ジョヴァンはギョッとする。

見てみると、ジョヴァンの傍らにはいつの間にか、あのヒースが並んで歩いていた。

ヒース・ホワイツ一等王族護衛官。

王国騎士団の出先組織の一つである、王族護衛官。騎士団所属の武官でありながら、同時に国王補佐として国政にも強い影響を及ぼす、王政府の最上級役職の一つ。

その王族護衛官職の長たる一等護官にして、『王剣の儀』を始めとする各種重要式典を任されているのが、このヒース一等護官であった。

「……ヒースよ。気配を消すな」

「僕の気配に気付かないなんて。お義父さんも、前線から退いて久しいようですね」

そう言って目を細めたヒースは、おかしそうに笑う。

「昔なら、すぐに気付かれていたのに。今じゃあここまで接近しても気付かれない」

「お前の方が腕を上げたんだ」

「そうかもしれません。さあ、新王陛下に呼ばれたんですよね？　一緒に行きましょう」

「………………」

ジョヴァンはヒースの親しげな口調には応じず、代わりに厳《いか》めしげな表情を浮かべる。

二人はそのまま、並んで王城の『王の間』に参上した。

国王陛下が居座るその空間に足を踏み入れると、二人は同時に跪《ひざまず》く。大きな扉の先には絨毯《じゅうたん》が延びており、その先には背の高い玉座が据えられている。

即位したばかりのレオノール新王陛下は、そこに座っていた。

「王国騎士団、第二十六代団長ジョヴァン・ホワイツ。参上いたしました」

「王国騎士団、一等王族護衛官ヒース・ホワイツ。参上いたしました」

「よい。頭を上げい」

揃《そろ》って名乗りを上げると、姿勢を直すことを許されて、二人は立ち上がった。

ジョヴァン・ホワイツとヒース・ホワイツ。ホワイツという姓こそ同じであれ、二人はまったく似ても似つかない。そんな二人が並んでいるのを見て、レオノール王は微《かす》かに笑う。

「聞いたぞ、ジョヴァン騎士団長よ」

「何をでしょうか？」

「隣のヒース一等護官を拾い育てたのは、お前であるらしいな」

「誰からそのことを？」

「本人だ」

そう言われて、ジョヴァンは隣に立つ青年をちらりと見た。

こいつ……レオノール王に、何を話した？

「たしかに、その通りでございます」

「聞くところによると。このヒースは元々裏路地で残飯を漁《あさ》るような、薄汚い孤児だったらしいじゃないか。どうして育てようと思ったのだ？」

そう聞かれて、ジョヴァン団長は一瞬、答えに窮した。

「……才能がありそうだったからです。秘めたものがありました」

「そうか。ジョヴァンよ、お前は良い仕事をしたな。お前には人を見る目がある。今ではヒースは、俺の右腕として……王国運営の支柱として活躍してくれているぞ」

「ご重用に、感謝の限りでございます」

最後にそう言ったのは、ジョヴァンの隣に立つヒース護官だった。丁重にお辞儀をする彼の姿を見て、ジョヴァン団長は微かに眉をひそめる。

ヒース……調子に乗りおって。

小さい頃からわんぱくなところはあったが……昔は、あんなに素直な子だったのに。

「して、ジョヴァンよ」

レオノールの声色が、いささか変調する。

「あの逃亡者……エステルは、いつになったら捕まえるのだ？」

「警騎部隊に命じて、目下捜索中です」

「あれからどれだけ経《た》ったと思っている。孤立無援の小娘一人に、何を苦労しているのだ？」

「……お言葉ですが。王都を逃げ去ってどこに消えたかもわからないとなれば、小娘一人といえども捜索は難航します」

「口の利き方に気を付けろよ、ジョヴァン。今のは反抗的に聞こえたぞ？」

レオノールはすっと玉座から立ち上がると、二人に向かって歩みだした。それを見て、ジョヴァンはすかさず、再びその場に跪く。

「俺の言葉尻をオウム返しにして、してやったつもりか？　ああ？　ジ、ジョヴァ、ヴァン騎、士、団、長！」

突如として激昂《げきこう》し始めたレオノールに対し、ジョヴァンはひたすら平伏する。

「申し訳ございません。言葉が過ぎました」

「あのエステルの逃亡先。その当て推量すらないのかぁ？」

「私の見立てでは、エステル殿は前王の長女であるがゆえ、前王派の諸侯が匿っているのではないかと……」

「ならば、諸侯たちの領地をひっくり返せばよかろう？」

「諸侯と我々のパワーバランスには、微妙な領域もあり……」

その瞬間、レオノールは腰に提げていた金色の剣で、突然ジョヴァンの頭部を殴打した。ガツン、という鈍い音が響く。鞘《さや》に納められたままの剣で殴られて、ジョヴァン団長は一瞬目を丸くしたが、すぐに表情を硬くした。

「ああジョヴァン？　お前は組織運営には向かないんじゃないのかぁ？」

「申し訳ございません」

「前王からはいたく気に入られていたようだが、俺の治世にはゴマ擂《す》りでは通用せぬぞ」

「申し訳ございません」

「騎士学校の教官にでも退くか？　俺は、王国騎士団の次期団長には……あのヒースをと思っているのだ。有能な男だからなあ？」

　ジョヴァンは頭《こうべ》を垂れたままで、自分の隣に立つ養子……ヒースとレオノール王を一瞬見やり、口を開く。

「しかし、ヒースはまだ若く……」

「黙れ。引退を命じられたくなければ、あの小娘をすぐに捜し出せ！　俺の目の前に、早くあのガキを連れてくるのだ！」

「……かしこまりました」

「生死は問わぬが、できれば生きたまま連れてこい。あのエステルは見せしめに、公衆の面前で大いに辱めながら処刑してやる。素っ裸で手枷《てかせ》足枷を着けて王都を練り歩かせ、斬首の前には王城前の大広場に首輪で繋《つな》ぎ、兵たちの慰み者にしてくれるわ」

　それを聞いて、ジョヴァン団長はハッと顔を上げた。

「エステル殿下は、前王の御息女でございます。そのような仕打ちは……」

「黙れ！」

レオノールは、また剣の鞘でジョヴァン団長の頭を殴打した。

殴られたジョヴァンはそれ以上続けず、黙って頭を垂れる。

「ふん、もう下がってよいぞ。いいか？　お前にも面子《メンツ》というものがあるだろうから、もうしばらく様子を見てやるが……進展がなければすぐに解任し、後釜にはこのヒースを就けてやるからな」

レオノールはそう言って笑うと、ジョヴァンの隣で涼しげに立つヒースの肩を、親しそうに抱き寄せる。それを見て、ジョヴァンはいささか歯噛《はが》みした。

「……わかりました」

「もうよいぞ。下がれ、ジョヴァン。俺はまだ、このヒースと話がある」

「…………」

ジョヴァン団長は無言で立ち上がると、静かに『王の間』の扉を開き、退室した。

それを確認したレオノールは、ヒースに歩み寄ると、彼に対して親しげに話しかける。

「……まったく。あのジョヴァンは、反抗的で困るな」

「実直な人柄ですから。ついつい具申してしまうんですよ」

「ふん、まあよい。これ以上俺様の気分を害するようなら、すぐにでも罷免してくれる」

そう吐き捨てたレオノールは、ヒースに顔を近づけると、辺りを憚《はばか》りながら囁《ささや》き声となる。

「それで……ヒースよ。任せていたあの件については、首尾よく進んでいるのであろうな」

「ご心配なく。証拠は全部、一切合切潰していますから」

「万が一にも……あの件がバレることは、ないのだな？」

「新王陛下も心配性ですね」

ククク、とヒースが憎らしげに笑う。

「ご心配なさらず。我々が前王に毒を盛ったなんてことは……誰にも、わかりっこありませんから」

「……そうか。信頼しているぞ、ヒース」

「ただし、可能性があるとすれば」

ヒースは薄く微笑《ほほえ》みながら、レオノールに忠言する。

「あの件に関わった誰かが……うっかり喋《しゃべ》ってしまったり、ですかね？」

「俺様も、あのエスティミアも……絶対に喋らん。そのあたりは、大丈夫だ」

「存じております。もしエスティミア様が口を滑らせてしまっても、僕がなんとかしますよ」

「なんとかする……？　どうやって」

レオノールがそう尋ねると、ヒースはさらに口角を上げる。

「もしもエスティミア様が喋ってしまい、事態が明るみになった時は……彼女を国賊として捕らえ、処刑してしまえば良いだけです。そそのかされて新王の座を脅かすため、口から出まかせを言ったとしてね。その際には、適当な臣下も何人か粛清すれば済むでしょう」

「……エスティミアは、曲がりなりにも俺様の婚約者であるぞ」

「ご心配なく。よっぽど下手なことをしない限りは、そうはなりません」

ヒースはニヤつきながら、まるで本心ではその時を待ちわびているかのような邪悪な笑みを浮かべる。その底知れぬ笑みに、レオノールは肝が冷える思いだった。

「ああそれと、陛下」

「なんだ……？　ヒースよ」

「以前に申し上げておりました、『奴隷勝負の契約書』の件ですが。アレについては、僕の好きにしても構いませんか？」

そう尋ねたヒースに、レオノールは眉をひそめた。

「構わないが……あんな危険な物を、一体何に使うのだ？」

『奴隷勝負の契約書』。

それは以前に騎士団によって逮捕された、『収集家』ロストチャイルの邸宅から発見された魔道具《マジックアイテム》だった。

それは一見単なる羊皮紙にしか見えないが、諸々《もろもろ》を直筆によって書き込むことによって、署名した者の精神と身体《からだ》を支配下に置く強力な魔法が仕掛けられている。それは賭け勝負を成立させるため、そして賭けの契約内容を必ず履行させるために開発されたものだった。

しかしその効力があまりに強力なため、現在は使用と所有が固く禁じられている。下手をすれば、賭けに負けた相手を、一生言いなりの奴隷にしてしまうことすら可能なのだ。

「ちょっと、裏工作に使いたくって。大丈夫ですよ、陛下には使いませんから。それじゃあ、僕はここで失礼しても構いませんかね？」

「ああ……去るがよい、ヒースよ」

「それでは、失礼いたします」

軽くお辞儀をして、『王の間』から上機嫌に退室していくヒースの後ろ姿を眺めながら、レオノールは薄ら寒い思いを感じていた。

ヒース……恐ろしい奴。冷淡にして有能。傲慢にして忠実。最強にして最恐。用い方を誤れば、飼い主であるレオノールの首元にすら噛みつきかねない狂犬。しかし、奴が俺の右腕として動いてくれている限り……俺様の地位は安泰だ。奴には、存分に働いてもらおう。

◆◆◆◆◆◆

『王の間』から解放されたヒースは、王城の広い通路を歩きながら、鼻歌交じりに独り言を呟いている。

「まったく、国王陛下も心配性で参るな」

長身のヒースは、長い脚を優雅に前へと振りながら歩いていた。彼は王城における自分の職務室に向かうため階段を上り、自身に与えられた一等王族護衛官室に足を踏み入れた。そこでは、自分の腹心である銀髪の女性騎士幹部が書類仕事をしている真っ最中であった。

「ヒース様、お帰りなさいませ」

「おうおうフィオレンツァ。仕事はどうだい?」

「本日の分は、もうじき終わります」

「そうか。それは良い」

ヒースは自分の席に着くと、机上のグラスの中に蓄えていたナッツを手に取って、ポリポリと齧《かじ》り始める。彼は唇の端をニヤつかせながら、フィオレンツァと呼んだ自分の腹心のことを眺めた。

「それが終わったら、昼飯を食いに行こうぜ。いつもの喫茶店でさ。たしか今日のランチメニューは……サラダとパスタのはずだったよな。あれが美味《うま》いんだ」

「了解いたしました。すぐに終わらせます」

「焦らなくていい。どうせ時間はたっぷりある。ステップはまだ、半分も終わっちゃいない」

「ヒース様」

「なんだ？」

「申し忘れておりましたが、客人です」

フィオレンツァがそう言った瞬間、部屋のクローゼットの一つが、音を立てて崩壊し始めた。部屋にはクローゼットが一つしかないはずだったのだが、なぜかその時ばかりは、二つ存在したのだ。

ヒースはナッツを齧りながら、その二つ目のクローゼットが崩壊する様を眺めている。木製のクローゼットはバキバキという音を立てて朽ちていき、それは初めから存在しなかったようにして、破砕して散らばった木片が蒸発するように消えていく。

その中から、一人の赤毛の少女が現れた。

「複製《コピー》スキル……ベルノーの鍛冶一族か」

ヒースが何かに納得したかのように、そう呟いた。

突如として空間に出現した赤毛の少女は、ヒースの目の前まで歩み出て、その場に跪く。

「ヒース様。鍛冶一族のベルノーはジュエル。命を受けまして参上いたしました」

「ご苦労。すでにフィオレンツァから、話は聞いているか？」

「掌握しています」

「よし。それじゃあ早速行ってくれ」

ヒースはひょいとグラスに手を伸ばすと、ナッツをいくつかつまみ上げて、その大きな手のひらの中に転がした。塩気の強い硬い実をバリバリと齧りながら、彼は赤毛の少女を指さす。

「成功した暁には、お前の一族の名誉を回復させ、お前の地位を復活させてあげよう。王家お抱えの鍛冶一族の末子よ。お前の〝複製《コピー》〟スキルによって、我が命を完遂しておくれ」

「仰せの通りに」

「相応の資金は持たせる。僕が独自に掌握している機密も教えてやろう。ああそれと、これを持っていくと良い」

ヒースは机の上から、一枚の羊皮紙を取り上げた。

それをジュエルと呼ばれた少女に手渡すと、彼はニヤリと笑う。

「きっと役に立つはずだ。上手《うま》く使えよ？」

4章　運命のドロー！　デュエル＆ダンジョンズ！

Welcome to cheap restaurant of outcast!

1

手配書　エステル・キングランド
国家反逆の咎《とが》により、王政府が身柄を捜索中。情報求む。有力な情報提供者には、騎士団から高額の謝礼あり。捕らえた者には、親族を含めて一生の安泰を王政府が保障。生死問わず。

そんな手配書が、街にばらまかれていた。似顔絵自体はエステルに微妙に似ているか似ていないかという代物ではあるが、たしかに特徴は捉えている。手配書の一枚を持ってきたエステルは、それを食堂のテーブルの上に置いて、神妙な面持ちでいる。

「なんというか……」

無言で手配書を見つめるエステルに対し、デニスが声をかける。

「今まで正直、お前がお姫様だどうだってのは、半信半疑だったわけだが……どうやらマジみたいだな」

「……そうである。余こそが、エステル・キングランド……この手配書にて捜索されている、元王位継承権第一位の王族であるぞ」

俯《うつむ》いたエステルはやや悲しそうに、そう呟《つぶや》いた。緊張感のある空気が、営業前の食堂を満たしている。そこに、ドタドタとやかましい足音を立てて駆けてくる者。ガラリと食堂の扉を開いて現れたのは、同じ手配書を持ったポワゾンだった。

「見た見たぁ!? チビ姫! すっごいことになってるわよぉー!」

「……し、知っておるわ。ついに王国騎士団が……余の捜索に本腰を入れたのであろう」

「死ぬほど真剣に手配されてて、マジウケるんですけどぉ! マジメシウマだわぁ! おーっほっほっほっほほほほぼぼごばぁっ!」

「ポワゾン。茶化しに来たのか……?」

デニスがやや怒気を交じらせてそう聞くと、ポワゾンは喉を破壊する系の心からの高笑いを引っ込める。

「別に。おかしかったから笑ってあげただけよ。私、裏表とかないのが取り得だからぁ」

「ちっとは人の気持ちってのも、考えろよ」

「それで何か事態が良くなるなら、そうしてあげたいわぁ。ああ、かわいそうなこと。捕まったら処刑確定だわぁ。なんてかわいそうなのぉー、こんなにか弱いチビ姫ですのにぃー」

手配書を眺めながらテーブル席に座ったポワゾンは、ニヤニヤと口角を上げている。

「でも大事なのは、そんな言葉だけの同情よりも……これからどうするか、ってことじゃない?」

彼女の口調は、まるでこの状況を愉《たの》しんでいるようにも聞こえる。

「じゃあ、お前は……どうすればいいと思う?」

「そんなの決まってるわよ。わからないの?」

「ぜひ教えて欲しいね」

デニスが尋ねると、ポワゾンは勢いよく立ち上がり、バン! とテーブルに手を突いた。

「手配書のことなんて、忘れちゃうのよぉー！　どうせまだ、打開策なんてないんだし！　どうしようもないことで四六時中悩んでたらそれこそ心を病んじゃって、イザッて時に使い物にならないわぁ！」

「……簡単に言うけどな」

「とにかくね。こんな片田舎の食堂で匿《かくま》ってもらえてるだけ、超絶ラッキーなのよ。チビ姫はなんだかんだで上手《うま》く溶け込めてるし、今のところはそこまで心配ないでしょ。ということで、私《わたくし》からのベストな案は……とにかく！　見つからないことを祈って忘れる！　元気に幸せに過ごす！　以上ぉ！」

「まあ……言い方はともかく。たしかにそうするしかないよな。エステル、できそうか？」

「難しいが……頑張ってみる」

「なんか、上手い気晴らしでもあればいいんだけどな……そうだ」

デニスは厨房《ちゆうぼう》の棚を開けると、そこからとあるカードを取り出した。それを差し出してみると、エステルは神妙な面持ちで、色々な絵柄が描かれたカードの束を眺める。

「なんであるか？　これは」

「『デュエル&ダンジョンズ』っていうカードゲームだ」

「カードゲーム？」

「最近流行《はや》ってるらしいぜ。これでビビアとでも遊んで、息抜きしたらどうだ。俺はもう半分飽きたから……そのままくれてやるよ。ビビアに一緒に遊ぼうって言われて、結構買ったんだけどな」

「……ふん。要は、トランプみたいなカード遊びではないか」

エステルは不満げに俯くと、そのカードをペラペラとめくり始める。

「余はこんな子供騙《だま》しのカード遊びで、満足できるほど単純な人間ではない……」

◆◆◆◆◆◆

その数日後。『デュエル&ダンジョンズ』の流行に伴い、ポルボの雑貨店に急遽《きゅうきょ》設置されたプレイスペースには、エステルの元気な姿があった。

「ふーははは！　余は【英雄カード】『地獄王ゼキス』を戦闘状態で召喚！　同時に『奇械王の魔法』を発動！」

「うっ、うぁあ！　モンスターが全滅した！」

「ガラ空きであーる！　『地獄王ゼキス』で攻撃！　余の勝ちであるなぁ！」

「あ、あの子つええ！」

「もう何連勝してるんだ!?　誰か挑戦しろよ！」

そんな風にカードゲームで盛り上がっている子供たちの中で、エステルは一人、途方もない連勝記録を積み上げていた。

その様子を遠目から見ていたビビアは、自分のカードを整理しながら、一人呟く。

「……エステルちゃん、死ぬほど『デュエル&ダンジョンズ』にハマってるな……」

あれからというもの、エステルは完全にカードゲームの虜《とりこ》になっていた。デニスから譲ってもらった大量のカードでは飽き足らず、ポルボの雑貨店に通い詰めてはカードを買い集め、未知のコンボを発見しては連勝を積み重ねることに至上の喜びを見出《みいだ》しているのだ。

街の子供たちのヒーローにして、最強の『デュエル&ダンジョンズ』プレイヤーとして君臨しているエステルは、同世代のチビッ子カードゲーマーたちから質問攻めにされている。

「ねえねえ！　どうやったらそんなに強いデッキ組めるの？」

「教えてやろう。よいか？　まずはみんな、ドローカードの戦略的価値を過小評価しているのだ。余の分析によれば、現在の『デュエル&ダンジョンズ』で最強なのは、大量の手札を補充するドローデッキ！　さらには、実はこのカードの性能が壊れていて……一見地味に見えるこのカードであるが、二つ目の能力が……」

「すげえー！　納得！」

「俺もそのデッキ組んでみよっと！」

そんな風に子供たちのカードゲーム王に君臨しているエステルを、ビビアはただただ眺めていた。

「僕、このゲームやめようかな……」

◆◆◆◆◆◆

病弱少女ティアの家を訪れることは、ほとんどエステルの日課になっている。彼女は食堂で働きながらも、営業時間の中休みにはほとんど必ず、一日一回は会いに行くのだ。

「このコンボがな、すっごーいのだ！　上手くハマれば、最速四ターンで勝負が決まるのだぞ！こいつは破格のスピードであるぞ！」

ティアがいつも寝ているベッドに『デュエル&ダンジョンズ』のカードを並べて、エステルは興奮気味に捲《まく》し立てていた。

「なんかよくわからないけど……とにかく、すごいんだね！」

エステルの熱弁する複雑怪奇なコンボがいまいち理解できていないティアは、とりあえずそう返していた。そんな彼女の枕元にも、エステルが絶賛ド嵌《はま》り中の『デュエル&ダンジョンズ』のカードの束が置かれている。毎日やって来てくれるエステルと遊ぶために、父親にカードを買ってもらって、一応はルールを覚えたのだ。

「そういえばね。私もデッキ、作ったんだよ」

「おうおうおーう!?　本当か！　見せてみるとよい！」

「これなんだけど……強いかな？」

ティアが自作したというデッキを、エステルは食いつくようにチェックし始める。「ふむふむ」と言いながらカードをめくっていくエステルの表情は、だんだん、険しいものになっていった。

「……ティアよー。こんなデッキでは、世界一のデュエリストにはなれないのであるぞー」

「世界一は目指してないんだけど……駄目かな？」

「うーん。強くて重いカードばっかりで、まともに動けぬではないか。ほら、この『王剣の威光』とか。こんなカード、その辺のチビッ子ですらデッキには入れておらぬわ」

エステルが難色を示したのは、眩《まぶ》しい光を放つ黄金の剣が描かれた、一枚のレアカード。

【伝承カード】『王剣の威光』。場の【人間カード】四枚と、墓地の【英雄カード】三枚をコストに捧《ささ》げる。相手の盤面の全てのカードのコントロールを得る。

「だって……相手のカード、全部取れちゃうんだよ？　強いじゃん」

「たしかに効果は強いけど！　コストが重すぎて、まともに使えないのだ！　というか！　これを使える盤面なら、普通に勝ってるのであるぞー！」

「うーん、そういうことかあ」

「俗に言うハズレカード、ロマン砲ってやつであるな！　こーんな派手派手しいばっかりのカードに騙されおって！　ティアもまだまだであるなあ！」

「うーん……難しいね……」

ティアが悲しげにそう言った瞬間。

エステルは不意に、背中に氷柱《つらら》を突き刺されたかのような悪寒に襲われた。

……言いすぎたかも？　調子に乗って、駄目出ししすぎたかも！

ティアが、このゲーム嫌いになっちゃうかも！　そしたら、一緒に楽しく遊べない！

そんな嫌な予感を覚えたエステルは、とっさに首をブンブンと横に振りまくった。

「い、いやいやいやいやいや⁉　でもでもでもでも！　他のカードはとっても良くできているぞ！　駄目なのはこのカードだけ！　これさえ変えれば、すっごく強いデッキになる！　やるのうティア！　センスの塊ではないか！」

「あ、ほんとに？　良かったあ」

「うむうむうむ！　きっとこのデッキなら、ポルボの店の大会でも優勝間違いなしである！　とっても強いデッキであるぞ！　うんうん！　ティアは凄《すご》い！」

「それじゃあ私も……大会、出てみよっかな。体調が良かったら」

「行く!?　行こう行こう！　一緒に行こうではないかー！」

そんな風にして『デュエル&ダンジョンズ』の大会に一緒に出る約束を取り付けたエステルは、帰り道をウキウキしながら歩いていた。

変装しているとはいえ、王国最大の指名手配犯とは思えぬ上機嫌ぶりである。というよりもここ数日は、カードゲームに熱を上げすぎてその事実を忘れかけている。そして今のエステルにはそれよりも、大事なことがあったのだ。

「うむうむ！　これでティアも『デュエル&ダンジョンズ』にハマれば……もっとたくさん遊ぶことができるぞ！　余が手取り足取り教えてあげれば、ティアもすっごーく強くなるに違いないぞ！」

エステルの頭の中には、華やかな未来予想図が描かれて羽ばたいていた。

ティアがもっともっとハマって強くなったら、ポルボの雑貨店で開催されている大会に一緒に出たりして……そこでティアが、優勝をしたりすれば！　病気がちなティアも自信が付いて、めっきめきと身体《からだ》の調子が良くなるかもしれない！　病は気から！　元気があればなんでもできる！　凄い！　凄いぞカードゲーム！

そんな全てがドミノ倒しで好転していく凄《すさ》まじい未来を妄想していたエステルは、一人で「エヘヘ」と笑みを浮かべながら、夕方の営業前に追放者食堂へと帰ろうとしている。

そんなエステルの姿を、遠目から見ている少女が一人。

「エステル……エステル・キングランド……見つけた……」

その赤毛の少女は、視線などに気付く様子もないエステルを、路地の陰から見つめていた。

その手には一枚の羊皮紙が握られていて、それをピラリと翻すと、彼女は日の光から逃れるようにして、暗い陰の中へと消えていった。

2

それから数日後。

「うーん。うーん。うーん……」

定休日の食堂では、椅子に座り込んだエステルが、うんうんと頭を悩ませている。

「うーむどうしよう……優勝できるとは言ったものの……あのデッキでは初戦敗退濃厚である。なんのカードを追加すれば……」

「一体何を悩んでるんだ？」

そう聞いたのは、出かける支度をしていた様子のデニスだ。

テーブルにカードを並べて考え込んでいたエステルは、ふと顔を上げる。

「ティアに使ってもらうための、デッキを考えているのである」

「あの子も始めるのか？」

「余が誘った」

「お前、本当に滅茶苦茶《めちゃくちゃ》ハマったよな……最初は子供騙しとか言ってたのによ」

「うむ。この『デュエル&ダンジョンズ』。子供向けのカードゲームに見えて、なかなかに奥が深いゲームであるぞ。カードの多様な能力と複雑な戦略性に、デッキ構築の無限の可能性！　これは国家運営にも通ずるものがあると思ってプレイしておるのだ。余は別に、遊んでいるのではない。

王座に返り咲くための勉強をしているのである」

「物は言いようだな……」

「そこでだな。折り入って、主《あるじ》に頼みがあるのだが」

「なんだ？」

「金貨二十枚くらい、借金させてはもらえぬかの？」

エステルにそう言われて、デニスはとりあえず借金の申し出を無視すると、そのまま無言で外出しようとする。その長い脚に、エステルがズバッと飛びついた。

「待つのだぁー！　お願いであるー！　話を聞いておくれー！」

「待たねえよ！　お前そんだけの大金、一体何に使うつもりだ！」

「どうしても欲しいカードがあるのだぁー！」

「いくら気晴らしとはいえ、たかがカードゲームにんな大金を注《つ》ぎ込むのは許さねえ！」

「たかがカードゲームとは何事かぁ！　これは超緻密な戦略カードゲームであるぞぉー！　借金ではなく、いわば融資であるぞぉー！　立派な投資であるぞぉー！」

デニスのズボンにしがみつくエステルは、そのまま店の外まで引きずられていった。

「うるさい！　とにかく、手持ちのカードで満足しろ！」

「うぐぐぐぐー！　待つのだぁ！　待つのだぁー！」

縋《すが》りつくエステルを振り切ると、デニスは肩をいからせて歩き去ってしまう。

おそらく、ビビアか誰かと約束しているのだろう。

一人ぽつんと食堂の前に残されたエステルは、ポロポロと涙を流した。

「うぅ……余が国王であれば……！　金貨二十枚ぽっち、なんとでもなるのにぃ……！」

　思わぬところで挫折を経験したエステルには、目下どうしても欲しいカードがあった。

　それは『デュエル&ダンジョンズ』で最も希少なレアカード、『奇械王ユヅト』。

　他のカードに比べて性能が俄然《がぜん》高いこの神話級《ミソロジー》レアは、カードゲーマーの間で値段が高騰し、現在金貨二十枚というとんでもない値段になっている。エステルもこのカードは持っていないので、仕方なく『奇械王ユヅト』がなくても強い、複雑なコンボデッキを作っていたのだが……初心者のティアにプレイさせるならば、しかも無策に褒めちぎってしまったティアのデッキを雑に強化するならば、やはりこの雑に強力な最強カードが必須である。

「欲しい。どうしても欲しい……」

　エステル自身はいらないのだが、彼女が勝手に夢見ている、ティアの『デュエル&ダンジョンズ』大会優勝には、確実に必要になる一枚である。一枚といわず、できればデッキに投入できる最大枚数の四枚欲しい。最低でも四枚は入れないと、ティアの作った初心者丸出しデッキでは、善戦どころかボロボロに負けまくって終わりだろう。

　そんな結果に終わったら……ティアはすっかり自信を失《な》くしてしまって、もう遊んでくれなくなるかも……弱いデッキを褒めちぎったエステルに不信感を募らせて、疎遠になってしまうかも……塞ぎ込んでしまって、病は気からで寝込んでしまうかも……。

「どうすればよいのだ……」

　否定しすぎたかと思って焦って褒めまくったは良いが、そのせいで自分の首を絞める羽目になっているエステルは……店の前で一人、膝を汚しながらへたり込んでいた。

そんな彼女に、声をかける者がいる。

「ねえねえ、君？」

エステルがふと顔を上げると、そこには彼女よりも少し年長の、赤毛の女の子が立っていた。ガチャガチャとした金属製のアクセサリを身に纏《まと》った、少し背の高い少女。気の強そうなそばかす顔。その少女は、地面に座り込むエステルを見下ろしている。

エステルは、その顔には見覚えがなかった。話したことはない。街のどこかで会ったこともないし、ポルボの雑貨店でも見かけたことはないだろう。

「……なんであるか？」

エステルがやや怪しみながらそう尋ねると、その赤毛の少女はニコリと微笑《ほほえ》んだ。

「君……『奇械王ユヅト』のカードが、欲しいんだよね？」

「ほ、欲しい！　その通りである！」

エステルがぶんぶんと首を縦に振ると、その少女はクスリと笑う。

「あたし、そのカード持ってるんだけど……譲ってあげよっか？」

「なんとぉ!?　ま、真《まこと》であるのかぁ!?」

「嘘《うそ》つくわけないじゃん？」

「い、いいいい一枚だけでもよい！　なんとか、なんとか譲っておくれ！　頼む！」

「一枚と言わず、四枚ぜーんぶ譲ってあげちゃうけど？」

「ななななんとぉ!?　四枚も持っておるのか!?　どうすれば譲ってくれるのだ!?」

「うふふ。あんたのカードも見せてよ。あたしんちでさ、交換《トレード》しよ？」

「と、交換《トレード》してくれるのか!?」

驚いて慌てふためいているエステルは、そこでふと思考がつっかかった。

「しかし……なぜ？　そんな高価なカードを、どうして譲ってくれるのだ？」

「実はあたし、もう『デュエル&ダンジョンズ』やめようかと思っててさ……どうせなら、誰かにあげた方が良いかな？って思ってるんだよね」

「う、うむうむ！　そそそそういうことであったか！」

一瞬で腑《ふ》に落ちたらしいエステルは、興奮気味に頷《うなず》いて立ち上がる。

「了解である！　今、余のカードを持ってくるからな！　そこで待っておれよ！　いなくなるでないぞー！」

食堂へとすっ飛んでいったエステルを尻目に、その少女は安心したような吐息を漏らす。

「……噂《うわさ》に違《たが》わず、ちょろくて助かったぁ……」

◆◆◆◆◆◆

「あたしの名前はジュエル。よろしくね」

「余の名はエステルである！　デュエリスト同士、よろしくであるぞ！」

ジュエルと名乗った少女の家に付いてきたエステルは、胸の高鳴りを少しも隠さずに、鼻をふんすかと言わせながら椅子に座っていた。棚から牡丹餅《ぼたもち》ならぬ、赤の他人から超高額レアカードである。エステルは見るからに、興奮して期待に昂《たかぶ》っているようだった。

「それでそれで!?　奇械王のカードは、どこにあるのだ!?」

「心配しなくてもさ。ほら、これ」

ジュエルが持ってきたのは、四枚の金縁カード。

そのどれもが神話級《ミソロジー》レアカード、『奇械王ユッド』であった。

しかし完全に新品の状態なのは一枚だけで、他は色あせてしまっている。四枚の内一枚はかなりダメージがひどかったが、それでも高級なレアカードであることに違いはない。

「おおおおおっ!?　なんということだ！　ジュエルは凄いコレクターであるな！」

「あはは。最初の頃にね、偶然手に入れたのさ。その時は価値がよくわかんなくて……こーんなボロボロにしちゃったけど。あーあ。もっと大切にしとけばよかったなー」

「なるほど、そうであるのか……」

頷きながら、エステルは神妙な面持ちで四枚のカードを眺める。

「しかし、美品ではないとはいえ紛《まが》うことなき超絶レアカード……これを譲り受けるには……余の手持ちでは、到底釣り合わぬだろうな……」

難しい顔をしたエステルは、意を決して机の上に額を押し付け、ジュエルに頭を下げた。

「頼む！　どうにかして譲ってもらえないだろうか……いや、貸してもらうだけでもいいのだ！　必ず返すから！　病に臥《ふ》せる友のためなのだ！　彼女が元気になってくれれば良いと、それだけなのだ！　他に何か、余にできることがあれば……！」

「それじゃあ、こうしない？」

必死に頭を下げるエステルに、ジュエルは意味ありげに微笑む。

彼女はポケットの中から、自分のデッキを取り出した。

「あたしにデュエルで勝ったら……そのカード、四枚全部あげちゃうけど」

「……デュエルで？　そんなことで……よいのか？」

「もっちろーん！　真剣勝負のデュエルほど楽しいじゃん！」

「なるほど……お主、生粋のデュエリストというわけであるな!?」

「そういうこと。巷《ちまた》のぬるいデュエルには飽きちゃってさ……でも、もしもあんたが負けたら、あたしの言うこと聞いてもらうけど、それでいい？」

「よいとも！　どんな命令でも従うぞ！　この真剣勝負……余としても血が滾《たぎ》るわ！」

「よし来た！」

ジュエルは嬉《うれ》しそうに微笑むと、机の上にカードプレイ用のシートを敷いて、自分のデッキを素早くシャッフルし始めた。それに合わせて、エステルも自作のデッキを手慣れた手つきでシャッフルする。

「それじゃあ、シャッフルどうぞ」

「こちらもよろしく頼む」

スッ、と互いのデッキを差し出し、相手にシャッフルを要求する。交ぜ合わせたように見せかけて、作為的にカードの順番を操作するのを防ぐため、互いにデッキを交ぜ合うのだ。念入りにシャッフルした後にデッキを右手側に置くと、ジュエルが先攻後攻を決めるコイントスをしようとして、そこで何かを思いついたかのように手を止める。

今ちょうど思いついた、とでも言うように。

「あ……そうだ」

「……なんであるか？」

突然動きを止めたジュエルに、エステルは少し不安になる。

やっぱりやーめた、とか、言われないだろうか……。

心変わりして、酔狂ともいえる勝負がご破算になってしまわないだろうか……。

エステルが不安に思っていると、ジュエルは一枚の羊皮紙とペンを手に取った。

「一応、なんだけど。あたしだってめっちゃレアなカードを賭けるわけだから……契約書に一筆、書いてもらってもいい？」

「契約書……？」

「うん。こういうのを一筆書いておけば、お互い安心できるでしょ？　これはその辺のトレード勝負じゃなくて……本物の、真剣勝負なんだからね」

「契約書って……そこまでしなくとも……」

固い言葉の響きにやや怖気《おじけ》づいたエステルが、そんな風に渋る。

「余は、ちゃんと約束は守るぞ？」

エステルがそう言うと、ジュエルは「はぁ」とこれ見よがしにため息をついて見せた。

「書いてくれないなら、別にいいよ。でも、この勝負はなしってことで」

「あ、ああっ!?　か、書く！　書く！　書くから！　なんでも書くから！　やろうぞ！」

「よしきた！」

笑顔になったジュエルは、エステルに色々と指示しながら、その羊皮紙に契約を書き込ませた。

「勝負は『デュエル&ダンジョンズ』の一本勝負。先攻後攻はコイントス。あたしが負けた場合は、『奇械王ユヅト』のカードを四枚譲ります……と」

「うむうむ。これでよいか？」

サラサラとペンを走らせるエステルに、ジュエルはさらに細かく指示をする。

「そうそう。あと『私は絶対にイカサマをしません』って、ちゃんと書いておいてね」

「こんなの書かなくとも、余はイカサマなどしないのに……」

「書いた方が雰囲気出るでしょ？　で、君が負けた場合は……この『ジュエル・ベルノー』の言うことを、なんでも実行します、って」

ジュエルがそう言うと、エステルはふと顔を上げた。

「ジュエル……ベルノー？」

エステルが不思議そうに呟くと、ジュエルはほんの少しだけ眉をひそめた。

「……どうか、したの？」

「いや……どこかで聞いたことのある苗字《みょうじ》だな、と思って……」

「き、気のせいじゃない……？　あたし、この街に来たばっかりだし。あと、お互いの持ち時間はこの砂時計で。先になくなったら負け、って書いておいて」

「う、うむ……わかった。あれ？　ベルノー……どこかで……」

「それに、ゲームは絶対に中断しませんって。それも書いておいてね」

「うむ……ええと……わかった」

何かに引っ掛かりつつも契約書を埋めていくエステルは、ついにその最後の項まで書き終えた。

どうやら本名を書かなくとも、直筆であればそれで良いらしい。

「これでよいか!?」

「うん！　ありがと！　これで本当の真剣勝負だね！」

契約書が完成したのを見届けたジュエルは、彼女には気付かれぬように、ニヤリと口角を上げる。

一方のエステルは、毒々しい色の契約書を眺めて、なんだかご満悦な様子だった。契約書とやらが予想以上に本格的だったので、真剣勝負に気分が昂っているのだろう。

「うむうむ！　余も気分が盛り上がってきたぞ！　それでは、よろしく頼むな！」

二人で握手を交わしてから、中断されていたコイントスを再開する。

ジュエルの指がコインを弾《はじ》くと、それは空中でキラリと煌《きら》めきながら落下して、彼女の手の甲へと吸い込まれていく。それをもう一方の手で素早く覆い隠すようにキャッチすると、ジュエルは尋ねる。

「表？　裏？」

「表である」

コインを隠していたジュエルの手が払われた。

表だ。

「先攻どうぞ」

「よし！　それではゆくぞ！」

「デュエル！」

「スタート！」

3

「ん？　エステル？」

そう言ったのは、用事を終えて食堂に戻ってきていたデニスだった。

「はい。知りませんか？」

カウンターの前に立っているのは、最近エステルと非常に仲良くしている少女。ティアだ。彼女はやや心配そうな顔つきで、デニスにエステルの行方を尋ねている。

「わかんねえなあ……俺も今、戻ってきたばかりでよ」

「そうですか……」

「どうかしたのか？」

「いえ、今日は……私の家に来るって言ってたんですけど、来てなくて……それで……」

「あー……あいつなら、ポルボの店でまたカードゲームしてるんじゃないのか？　なんか欲しいカードがあるとか言ってたしな」

「そうですか……ちょっと、聞いてみます」

そう言って店から出ていこうとするティアに、デニスが声をかける。

「あっと……そんな歩き回って、大丈夫なのか？　身体の方はさ」

「今日は、少し調子がいいんです。ありがとうございます」

「まあ、あんまり無理すんなよ。エステルのことだから、どっかほっつき歩いてるさ」

「そうですよね……」

ため息をつきながら食堂から出たティアは、久しぶりに歩き回ったおかげで早くも疲れ始めている両足を感じながら、眩しい太陽の日差しに目を細めた。

「……ポルボさんのお店、捜しに行こ……」

◆◆◆◆◆◆

一ターン目。

開始時点で配られた三枚の手札は、エステルにとって申し分ない物だった。

『地獄王ゼキス』【英雄カード】戦闘力6　戦場の人間二人をコストにして場に出す。

『王城の衛兵』【人間カード】戦闘力3
『冒険王の探索』【伝承カード】カードを二枚引き、一枚捨てる。

「『王城の衛兵』を場に出し、『冒険王の探索』を発動するぞ」

一枚のカードを場に出したエステルは、続けてカードを二枚引いた。引いたカードはもう一枚の『王城の衛兵』と、戦闘力1の【人間カード】『富裕な商人』。このカードは戦闘力こそ最弱だが、場に出すことで手札を一枚補充することができる。

「手札から『王城の衛兵』を捨てて、終了である。お主のターンだ」

「いいカードを持ってるじゃない」

「ふふん。ドローカードこそ、デュエル&ダンジョンズで最強のカードである」

幸先《さいさき》の良いスタートを切ったエステルは、得意げにそう答えた。

デュエル&ダンジョンズは、互いに与えられた15点の生命力を、カードを使っていかに削りきるかというゲーム。先行一ターン目以外は、ターン始めにデッキからカードを一枚引き、【人間カード】と【伝承カード】をそれぞれ一枚ずつプレイすることができる。

エステルは自分の手札を見て、内心ほくそ笑んだ。

次のターンは『富裕な商人』を場に出しながらさらに手札を補充し、二ターン後には二枚の【人間カード】をコストにして、強力な【英雄カード】である『地獄王ゼキス』をプレイすることができる。【英雄カード】は出すためにコストがかかるものの、その分【人間カード】よりもずっと強力な能力と性能を持つのだ。

ドローを回しながら徐々に優位を取っていく戦術を取るエステルのデッキにとって、これは理想的な出だしだった。

ターンを返されたジュエルは、場にカードを一枚追加する。

「あたしは『富裕な商人』を場に出して、カードを一枚引くね。これでターン終了」

「おや？　それだけでよいのか？」

「【伝承カード】がなくってね。残念」

「良いスタートダッシュは切れなかったようであるな……だが！　余は全力でゆかせてもらうぞ！」

ターンは進み、三ターン目。

エステルは満を持して、手札の強力なカードを場に出した。

「場の【人間カード】二枚をコストにして、【英雄カード】『地獄王ゼキス』をプレイ！　戦闘力6であるぞぉ！　攻撃である！」

「『富裕な商人』で防御……こっちの戦闘力は1だから、5点が貫通。あたしの残りの生命力は……10点ね」

「ふははは！　どうしたどうしたぁ！　余の『地獄王ゼキス』が止められなければ、このままゲームが終わってしまうぞ！」

「やるじゃん。でもね……」

ターンを返されたジュエルは、カードを一枚引いてから、半ば勝利を確信しているエステルにクスリと微笑んだ。

「こっちにも対応策はあるのよ。【伝承カード】『ユヅトの英雄殺し』を発動！」

「なぁっ!?」

『ユヅトの英雄殺し』！　そのカードを見て、エステルは思わず怖気づく。

【英雄カード】を消し去る、強力なカードに対するカウンター！

「『地獄王ゼキス』を死亡させる！　こっちは追加で、『富裕な商人』をもう一枚プレイ！　さらに一枚引いて……ターン終了」

「ぐぅ……！　余の最強カードがぁ……！」

「おやぁ？　それで終わり？　案外張り合いがないんだね」

「ま、まだまだ……！　ここからである！」

さらにターンは進み……六ターン目。互いの陣営は、数枚の【人間カード】が並んで拮抗《きっこう》していた。お互いになかなか手が出せない、強力なカードを引くまでの膠着《こうちゃく》状態である。

「ぐぅうう……！」

並べられたカードだけを見れば、互角の盤面にも見えよう。

しかし一方的に表情が険しいのは、エステルの方だった。

「ど、ドロー……！　場に一枚追加して……ターン終了である……」

そう言って、エステルは苦しそうにターンを返す。

彼女の手には、もはや手札が一枚もない。

しかし、もう一方のジュエルは……毎ターン二枚ずつプレイしても一向に尽きない、潤沢な手札を手にしていた。

「それじゃああたしのターンね。『富裕な商人』をもう一枚出して、カードを一枚ドロー」

引いたカードを見て、ジュエルの口角がニヤリと吊《つ》り上がる。

「引き入れた【伝承カード】『初代王の訓話』を発動！　全員の戦闘力を1上げる！」

「がっ！　そんな……！」

ジュエルが発動したカードの効果で、彼女が並べていた【人間カード】の戦闘力に強化《バフ》がかかった。膠着していた盤面は一転して、ジュエルの攻勢となる。

「まだ攻撃は……できないね」

場の戦力の数とそれぞれの戦闘力を確認したジュエルは、そう呟いた。

「それじゃあ、あたしはターン終了。あんたの番だよ」

ターンを返されて、ドローしようとするエステルの手は震えていた。

エステルの陣営は戦闘力だけは高い人間カードが並んでいるため、ジュエルもまだ一斉攻撃には出てこない。しかし問題は、圧倒的に離されてしまった手札枚数の差。一ターンに好きなカードを二枚ずつプレイできるジュエルの盤面と、手札が枯渇して毎ターンのドロー頼みであるエステル盤面には、圧倒的な差がつけられつつある。

一体いつの間に、これだけの劣勢に陥ってしまった……？　知らぬ間につけられていた手札枚数の差は、どうやっても挽回《ばんかい》が不可能なレベルに陥ろうとしていた。

「ど……ドロー……っ！」

祈るようにしてカードを引いたエステルは、そのカードを恐る恐る見ると、一転してパッと顔を輝かせる。

「また来てくれたぞ！　人間カードを二枚コストにして、『地獄王ゼキス』を再びプレイ！」

「おや。いいカードを引いたんじゃない？」

「ふははは！　まだまだ！　余のエースカード、『地獄王ゼキス』がいれば……！」

「でも残念。手札から『ユヅトの英雄殺し』を発動して、『地獄王ゼキス』を死亡させるわ」

「えっ…………」

ジュエルが発動したカウンターカードによって、満を持して引き当てた強カードが容赦なく葬り去られる。あまりに呆気《あっけ》ない進行だった。エステルが茫然《ぼうぜん》としていると、彼女はさらに人間カードを盤面に追加して、ニッコリと微笑んで見せる。

「どうぞ？　もっかいあんたの番だよ」

「あ……え……」

涙目になりながら、エステルはターン開始時のカードを引こうとする。

そこで追い打ちをかけるようにして、ジュエルが口を開いた。

「そういえば、言ってなかったよね」

声をかけられたエステルは、カードを引く前に顔を上げる。

「な……何をだ？」

「あたしが負けたら、カードを四枚あげる約束だったけど……あんたが負けたらどうするか、まだ言ってなかったじゃない」

「そ、そうだったな……」エステルはいささか動揺しながら、震える声で呟く。「余が負けたら、なんでも言うことを聞くという約束であったが……」

エステルは敗色濃厚の盤面を眺めると、涙でうるんだ瞳で、ジュエルのことを見た。

「ど、どうすればよいかな……？　余は、その……あんまり恥ずかしいこととかは、苦手であるのだが……」

「あはは、そんなことさせないよ。あたしだって、鬼じゃないんだからさ」

「よ、良かった……」

エステルはほっと胸を撫《な》でおろすと、ジュエルに尋ねる。

「それじゃあ、余は何をすればよいのだ？」

「あんたが負けたら、あたしと一緒に王城まで付いてきてもらうから。それだけ」

「王城まで？」

キョトンとしたエステルに、ジュエルはさらに微笑みかける。

「その通り。まさか逃げないわよね……？　エステル・キングランド王女？」

そう告げられた瞬間、エステルは全てを理解した。

彼女はガタリと立ち上がると、身体を震わせながらジュエルを指さす。

「ま、まさか！　お主は……王政府の刺客であるのか!?」

「ご名答」

「よ、余を嵌《は》めるために、こんな勝負を持ち掛けたのか!?」

「そういうこと。さあ、早くカードを引きなよ。あんたのターンでしょ？」

「こ、これ以上続けてなるものか！　誰か！　店主よ！　ポワゾンよ！　誰か！」

その場に立ち上がったエステルは、なりふり構わずにその場から逃げ去ろうとする。

しかし一方のジュエルは、椅子に座ってテーブルに着いたまま、その様子をどこか冷淡に眺めていた。

「カードを引きなって言ってんのよ。ゲームはまだ、続いてるんだよ」

ジュエルの冷たい言葉が響き渡った瞬間。

エステルの脳内に、ギンッと太針でも突き刺されたかのような激痛が走る。

「ぎぃぃぃっ!?」

突如としてエステルに襲いかかる、凄まじい頭痛。平衡感覚を失ったエステルの足がもつれて、逃げ去ろうと駆け寄った部屋の木扉に顔面からぶち当たる。鼻から血が噴出し、床にボタリと鮮血が垂れた。しかしそんな鼻の痛みなどは、今の彼女にとっては些細《ささい》なものだ。

「がっ!?　いっっだっぁ!?　ぎぃあああっ!?」

針で脳をかき回されるかのようなおぞましい頭痛に、エステルは鼻血を流しながらその場で転げ回った。その悲痛な様子を眺めていたジュエルは、いたって冷淡に声をかける。

「早く席に着きな。痛みで死んじゃう前にね」

「あだまがっ、頭が！　あだまが割れでじまう！　いぎぃい！　いだいぃ……っ！」

頭蓋がカチ割れんばかりの、あまりに激しい頭痛。不思議なことに、座っていた椅子に近づけば、痛みが和らいでいくのがわかった。エステルは這《は》うようにして椅子に戻り、背もたれに縋りつきながらなんとか席に戻る。すると頭痛が治まっていき、エステルは激痛で涙をボロボロと流しながら、その場で荒い呼吸を繰り返した。

「はぁ……ぐぁあ……！　な、なんなのだ、今のは……」

「忘れたの？　約束したじゃない」

ジュエルがピラリと紙を翻した。

その羊皮紙の正体は、『奴隷勝負の契約書』。

勝負の遂行と契約の履行を両者に絶対づける、危険極まりない魔道具。

「どっちかが勝って負けるまで、勝負は終わんないのよ。そして、約束は絶対に果たしてもらうから。この『奴隷勝負の契約書』に基づいてねぇ！」

◆◆◆◆◆◆

カードを引こうとするエステルの手が、微細に震えている。

先ほど彼女を襲った、脳に焼き火鉢でも突き込まれたかのような激痛が、いまだに尾を引いているのだ。しかし身体を震わせているのは、何も苦痛の余韻のせいだけではない。

引いたのは【伝承カード】『冒険王の探索』。

そのまま発動し、二枚引いて一枚捨てるも、状況を変えるようなカードは引けずに終わる。

「ターン終了である……」

盾となる【人間カード】を場に一枚追加して、エステルがターンを返した。

その力ない姿を見て、ジュエルが笑う。

「それじゃあ、あたしのターン。ドロー……おっ。いいの引いちゃった」

潤沢な手札から、毎ターン好きなように戦力を増強し続けるジュエルを目の前にして、エステルは頭が真っ白になっている。

駄目だ。どうやっても勝てない。この盤面をひっくり返せるわけがない。

あの『契約書』とやらにサインしてしまったせいか……ここから逃げようにも、逃げられない……！　助けを呼ぶこともできない……！

しかも……ゲームを中断しようとして席を立っただけで、あわやショック死してしまうかのような激痛に襲われるのならば……もしもこの勝負に負けたら、契約書に自分が書いた、『この勝負に負けた場合、私はジュエル・ベルノーの言うことを絶対に実行します』という契約が、発動されてしまったら。

自分は一体……どうなってしまうのだ？

「この魔道具《マジックアイテム》はね、あたしの雇い主から譲ってもらったの」

ジュエルがふと、そんなことを言った。

「雇い主……？」

「そう。あんたを捕まえてこいって命令でね。どんな手段を使ってもいいって言われてたけど……こいつが役に立つはずってことでさ。そしたら案の定。こーんなぴったりな便利アイテムなかったね」

クハハ、とジュエルが自嘲気味に笑う。

「一時はどうなることかと思ったけど……あたしの悪運もまだだみたい。あんたを無事王城まで連れて帰れば、あたしは王政府の要職に就き、ベルノー一族の名誉も取り戻せる……！　あんたにはそのための、犠牲になってもらうわ」

「ベルノー……一族？　名誉？　何を言っておる」

そこで、エステルはハッとした。

「ジュエル・ベルノー……お主、ベルノーの鍛冶一族か！」

「その通りだ！　前王……てめえの父親に追放された、王家お抱えの鍛冶一族！　代々『王家の宝物庫』を守ってきた由緒正しき家系！　だが、今はもうあたし一人！」

ジュエルはカードを折らんばかりの力で握りしめながら、エステルを睨《にら》みつける。

「てめえに個人的な恨みはないけど……てめえの父親には恨みがある！　あたしたちに濡《ぬ》れ衣《ぎぬ》を着せて、王家から追放し一族みな殺しにしてくれた恨みがな！　この恨み、ここで晴らさせてもらうぞ！」

「追放……？　濡れ衣……？」

わなわなと震えながら、エステルは全くわけがわかっていない声色で呟く。

「一体何を言ってるのだ？　父上は、そんなこと……」

「したんだっ！」

ジュエルが力の限りに叫び、気圧《けお》されたエステルはビクリと震える。

「『王剣スキルグラム』の秘密を隠すために……！　あたしたち一族を切り捨てやがって！　代々仕えてきたのに！　あたしの父さんは！　ベルノー家当主は！　最後まで、お前の父王のことを慕っていたのにぃ！」

怨嗟《えんさ》を吐き散らすジュエルを前に、エステルはどうしていいかわからなかった。

ベルノーの鍛冶一族。先日にポワゾンから話を聞いた、王家に代々仕えてきた鍛冶職人の頭領たち。王族が身に着ける様々な魔道具《マジックアイテム》や装飾品を手掛け、国王以外で唯一、王国の国宝たる王剣スキルグラムに触れ、これを整備することを許された家系……。

しかし当主が謀反を企てたとかで……一族は追放されたと聞いていたが……王剣の秘密？　切り捨てた？　濡れ衣？

一体、どういうことなのだ……？

そこでふと、エステルは傍らに置かれた砂時計に気が移った。

まずい。あれが全て落ちたら、問答無用でゲームに敗北してしまう。

エステルはとにかくカードを引くと、それをプレイしてターンを返した。

カツン、と仕掛けを押して自分の砂時計が流れ落ちるのを止めると、エステルは混乱していた頭がいくらか整理された気がした。エステルは砂時計に手を置きながら、キッとジュエルのことを睨みつける。

「どうやらお主にも、何か事情があるのだろうが……それは余とて同じこと！」

盤面と手札枚数は、圧倒的に不利。もはや、挽回が不可能なほどに。

しかし、本当に敗北する最後の瞬間まで……諦めるわけにはいかない。

「囚《とら》われているデラニーにエピゾンド、そして余の従者たちのため……余はここで、捕まるわけにはいかない！　貴様のターンだっ、ジュエル・ベルノー！」

◆◆◆◆◆◆

時間は前後する。

ジュエルがエステルに正体を明かす少し前に、ティアは追放者食堂から歩いて移動し、ポルボの雑貨店を訪れていた。カウンターでつま先立ちをしているティアは、丸々と太った店主であるポルボに、エステルの行方を尋ねている。

「あの……エステルちゃん、見なかったですか？」

「ンドゥフフフ……見てないねえ」

カウンターに立っているポルボは、その喉の奥から何かが漏れるような特徴的な息を吐きながら、ティアにそう答えた。

「そうですか……」

「ンドゥフ。最近はいつも、遊びに来てるんだけどね……ンドゥルフフフ」

「わかりました。ポルボさん、ありがとうございます……」

お辞儀をして店を後にしようとしたティアは、そこでふと膝が折れてしまい、その場に倒れてしまった。

「ンドゥルフッ!?　大丈夫かね？」

ポルボがカウンターから歩み出て、突然倒れたティアに駆け寄る。ティアはポルボの手を借りて立ち上がると、苦しそうな息を漏らした。

「あ……はい。すみません。ちょっと、立ち眩《くら》みが」

「ンドゥッ。大丈夫かね。そこで休んでいくかい？」

「あ、ありがとうございます……」

ポルボに『デュエル＆ダンジョンズ』のプレイスペースへと案内されたティアは、子供たちがカードゲームに興じている隅の方で、長いこと歩き回って疲れ果てた身体を休めた。

「はあ」とティアはため息をつく。身体の調子が良いからといって、無理をしすぎた。こんなに遠出するべきではなかったのだ。心臓がドクドクと高鳴って、普通の人よりもずいぶん虚弱な細い身体が、悲鳴を上げているのがわかる。

ポルボさんに頼んで、父親に迎えに来てもらおうか。このまま歩いて帰ろうとしたら、途中で倒れてしまいかねない。そんなことを考えながらしばらく休んでいると、ティアはカードゲームで遊んでいた少年の一人から、声をかけられた。

「ねえ君、エステルを捜してるの？」

「ええと……そうだけど」

「エステルなら、女の子と一緒に向こうの家に入ってったよ」

「女の子?」

ティアはそう聞き返した。聞いたことはないが、エステルの、別の友達だろうか。

「そう、赤毛の子」

「あ……そうなんだ。ありがとう」

ティアがお礼を言うと、少年は仲間の輪に戻り、またカードゲームで遊び始める。

ポケットに入れていたカードの束を、ティアはふと取り出してみた。エステルが褒めてくれたデッキ。まだほとんど遊んだことはないけれど、今日は彼女と一緒に、ここで遊ぼうと思ってたのに。

もしかすると、自分があんまり『デュエル&ダンジョンズ』に乗り気じゃなかったので、別の友達を作ってしまったのかもしれない。それで今日は、自分との約束を忘れて、その新しい友達と遊んでいるのだろうか。そんなことを考えると、ティアは少し胸が痛んだ。

生まれつき具合の悪い心臓の痛みではなく、それは心の痛みだった。家からほとんど出られず、たまに出てみても途中で疲れ果ててしまう虚弱な自分。ティアにはエステルしかいないのに、エステルには他にも、たくさん友達がいるのだろうか。

そんなことを考えるのは意地が悪いとは思いつつも、ティアはなんとなく、不公平だと思わずにはいられない。

「あーあ……」

細すぎる脚を椅子の前に投げ出しながら、ティアはため息をついた。

エステルと一緒に遊ぶために作ったデッキは、彼女が言うところのロマン砲が積まれたカードの束は、ティアにはなんとなく虚《むな》しく見えた。

◆◆◆◆◆◆

時間は前後する。

さらにターンが進み、エステルとジュエルは互いに決定打を欠いたまま、ターンと持ち時間を消費し続けていた。しかし決定打を欠いているとは言っても、盤面は依然圧倒的に、ジュエルが有利なまま。

「どうぞ、エステル姫。あんたのターンよ」

「……ドロー……」

カードを引きながら、エステルは疑問を感じ始めている。

盤面は、圧倒的にジュエルが優勢。もしも立場が逆で、エステルがジュエルの盤面を持っていたとすれば……エステルは多少のリスクは覚悟で、もうとっくの前から攻め始めていただろう。

しかしジュエルは、この『デュエル&ダンジョンズ』の基本的な戦術には、どうにも疎いように見えた。普通であれば攻めても良い盤面なのに、攻めてこない。自分の優位を少しでも崩したくないがために、慎重になりすぎている。攻守の天秤《てんびん》を正確に測れていない。

おそらく……どう見ても絶対に、疑いの余地がないほど完全に勝った盤面に成熟するまで待ち続け……そこで初めて、一斉攻撃に出るつもりなのだろう。

「……【人間カード】『王城の衛兵』を場に追加。ターンエンドである」

自分の持ち時間を表す砂時計を止めながら、エステルは考え続けている。

このジュエル、お世辞にも上手いプレイヤーとは言えない。

しかし……『デュエル&ダンジョンズ』の上級者であるはずの自分が、どうして……この初心者のようなプレイをするジュエルに対して、劣勢に立たされてしまっているのだ？

そんなことを不思議に思っていると、ふとエステルは、ジュエルの手札にあるカードが……不意に、二枚に分裂したように見えた。

「ま、待てっ！」

すかさず叫んだエステルに、ジュエルはきょとんとした目を向ける。

「……どうしたの？」

「今、たしかに見たぞ！　お主！　何か、イカサマをしておるな!?」

「イカサマって……一体なんのことだい？」

「手札のカードが、二枚に増えたではないか！　見逃さなかったぞ！　どこから出した……袖から出したのだな!?」

鬼気迫る表情で追及するエステルに対して、ジュエルはふっとため息をついた。

「あーあ。バレたら仕方ないわね」

そう言ってニヤリと笑ったジュエルは、手元の二枚のカードを、さらに三枚に分裂させる。

それは手品でも細工でも、なんでもなかった。

それは物理的に、単純に、二、枚から三枚に増えた、の、だ。

「…………は？」

「これが私のユニークスキル。複製《コピー》。触れた物体を、複製《コピー》して増やすことができる」

ジュエルの手札が、三枚から四枚へ。さらに四枚から五枚へと複製され、増殖していく。しかし増殖が繰り返されたカードは、ついには劣化してボロボロになり、最後には塵《ちり》と化してしまった。

「といっても、複製《コピー》にも限度があるんだけどね。複製《コピー》はオリジナルの劣化コピーにしかならないから……何度も増殖させると、最後にはゴミッカスになっちゃう」

「それで余にバレぬように、序盤から手札を水増ししていたのだな……！」

思えば、二度三度と殺されたエステルのエースカード、『地獄王ゼキス』であったが……毎回、出してすぐに対処されていた。

『デュエル&ダンジョンズ』の初期手札は三枚。手札にも対応手段にも、限界はある。

ああも都合よく、その時々に必要な対応札を引けるわけがない。つまりは。

「そのスキルでカードを複製《コピー》し……堂々と手札に加えていたわけであるな！　道理で手札が尽きぬわけである！」

「ちゃんと手札枚数を確認しない、あんたが悪いのよ」

「ただのイカサマではないか！」

そこでエステルは、ハッとあることに気付く。

「あの『奇械王ユヅト』のレアカードも……あれも、複製したものか！」

「ご名答。よく気付いたわね」

フフフ、とジュエルが笑った。

「あんたがあのレアカードを、えらい血眼になって探してるって。ガキンチョどもから聞いたんだ。

それで、あのポルボとかいうデブが経営してる店に忍び込んで……一枚だけ盗んだのを、あとは複製したわけ」

「こ、この勝負は無効であるぞ！　姑息《こそく》な真似《まね》をしおって！」

「でも別に、イカサマしちゃいけないなんて言ってないでしょうが。賭けの品物が、盗品と複製品じゃ駄目ともね……」

「そんなことはない！　余はイカサマせぬと、あの契約書に……」

　そこまで言いかけて、エステルはふと思い返した。

　契約書にあるのは、エステルが直筆で書いた、『私は絶対にイカサマをしません』という文言のみ。つまり、『奴隷勝負の契約書』に基づけば……エステルが一方的にイカサマを禁止されている一方で、なんの記載もないジュエルに関しては……お咎めなし。そもそも契約にないということになる。

「そ、そんな……！」

「あはは！　ようやく気付いたみたいだね！」

　カードを引いたジュエルは、今度は見せつけるようにして堂々と複製《コピー》し、それを手札に加えてしまう。

「【人間カード】『王都の市民』を追加！　さらに……【伝承カード】『初代王の訓話』を発動！　陣営の戦闘力が1上昇！」

　さらなる全体強化がかかり、ついにジュエルの小粒な陣営の戦闘力が、エステルの盤面を数の面でも質の面でも、完全に上回った。

「もうこれで、どうしようもないよねぇ！　畳みかける！　全員で攻撃！」

「ぐっ！　ぐぅぅううっ！」

ジュエルの残り生命力は、『地獄王ゼキス』の攻撃で削った10点から動いていない。

攻撃した後には隙が生まれるため、この攻撃を全て通せば反撃でエステルの勝利となるが……その前に、エステルの生命力が削り切られてしまう！

「お、『王城の衛兵』三枚で防御！　『富裕な商人』でも防御！」

生命力が削り切られるギリギリの防御で耐えたエステルだったが、残りの生命力は3まで減ってしまった。

さらに、このターンの防御に陣営の大半を動員したため、十枚以上の【人間カード】を揃《そろ》えるジュエルに対し……エステルの陣営に残されているのは、小粒な【人間カード】四枚のみ。不利な防御を強いられた結果、反撃の余力すら残されなかったのだ。

「さあ、ターンを返すけど。降参してもいいんだよ」

無慈悲な提案を受けて、エステルは心底震え上がる思いでデッキの一番上に指をかけた。

このドローに、ちゃぶ台をひっくり返すような逆転の目がなければ……返しのターンで、すでにエステルの敗北は決まってしまっている。このドローはいわば、処刑台に自分から首を差し出すのも同じだった。

「はぁーっ……はぁ……！」

しかもエステルは、すでに気付いてしまっていた。

自分のデッキに、この状況を打開するようなカードは……。

一枚として、入っていない。

「ど、どうして……」

エステルは自分の処刑を一秒でも延期しようとして、苦し紛れにジュエルに質問する。

「どうして……余をその場で、捕らえなかったのだ？」

「いいから、早くドローしたら？」

「だって、こんな回りくどいことをしなくても……騎士団に通報するか、他になんとでもできたはずであろう……！」

エステルは弱弱しく泣きながら、ジュエルにそう尋ねた。

流れ続ける砂時計は、無慈悲にも最後の時が近いことを知らせている。

この時間稼ぎもそう長くは続かないし、続けたからといって、どうにかなるものではない。

「どうして……こんな勝負を？」

「はーあ。最後だから教えてあげるけどね。王政府の方でも、あんたを誰が捕まえるかっていう競争があるみたいなの」

勝ちを確信しているジュエルは、ニヤリと笑いながらそう言った。

「騎士団があんたを追ってるのは確かだけど、あたしの雇い主はまた別の人なわけ。彼は騎士団に先んじてあんたの身柄を手に入れたい。だから騎士団に通報するって選択肢はまずなし。そして無理くり捕らえればって話だけど、これもリスキー。あんたの周囲にいるデニスやポワゾンって奴らは……結構な手練《てだ》れに見えるからね。無理やり捕獲すると、彼らとの戦闘になる可能性がある。そうなったら、直接戦闘が苦手なあたしじゃまず無理」

「それで……余のことを騙して、こんな勝負を……？」

「これであんたが負けてくれれば、契約に基づいて、あんたはあたしの言いなり。今から身を隠して町を出発すれば、明日《あした》には王都に着く。穏便に、誰にも見つからずにね……」

ジュエルはそう言うと、エステルに鋭い目線を向けた。

「さあ、早く最後のカードをドローしなよ。あんたのデッキに、この状況をひっくり返すカードが入ってないってことくらい……わかってんだよ！」

「う、ぅぅううううっ！」

「潔く負けを認めろって！　自分で首を括《くく》らなくたって、降参したっていいんだから！　そうしたら、あとはあたしがぜーんぶやってあげるからさあ！」

「い、嫌だぁ……！　嫌であるぅ……！」

「早くしろ！　これに失敗したら、あたしだって殺されるんだ！　お互い後はないんだよ！　これは本当の真剣勝負だって、言ったでしょ！」

「うわあぁぁ！　みんな！　みんなぁ！」

エステルの悲痛な叫び声が響く中。

ジュエルの家の戸が、突然開かれた。

「へっ？」

「えっ」

二人は吃驚《びっくり》して、思わずその扉の方を見る。

そこにいたのは……一人の緑髪の少女。

エステルの親友である、あのティアだった。

「ティア……？」

「あ、ああ……？　あんたの友人って奴ね……」

ジュエルは突然現れたティアに目をやると、机上で手を交差して顎を置く。

「一体……どうしたの？」

「エステルがなかなか来ないから……不安になっちゃって。食堂まで行ったんだ」

登場したティアの姿を見て、エステルは思わず泣いてしまう。

「てぃ、ティアぁ……！」

「そうしたら……食堂にもいないって。おかしいなあと思って、ポルボさんのお店にも行ったんだけど……カードで遊んでる子が、教えてくれた。この家に入っていったって」

ティアはエステルの傍《そば》に立つと、彼女の肩に手をついた。息が切れている。病弱な身体で走り回って歩き回り、必死にエステルのことを捜していたのだろう。その顔は蒼白《そうはく》で、今にも倒れてしまいそうだった。

「それで、ノックしようとしたら……エステルの悲鳴が聞こえてきて。一体何が、どうなってるのかと思って……怖くて……どうしようかと思ってるうちに、全部聞かせてもらった……」

そう言うと、ティアは苦しげに息を吐き出しながら、エステルに優しく微笑んだ。

「……もう大丈夫だよ、エステル。帰ろ」

「てぃ、ティアぁ……！」

エステルはティアの顔を見て、泣きじゃくってしまっている。

「だ、駄目なのだぁ……！　帰れないのだぁ……！」

「そう……みたいだよね。話、聞いてたから」

ティアは肩を上下させて浅い息を吐き出しながら、ジュエルのことを睨みつける。

「あなたが、私の友達を虐《いじ》めてるんだね」

「人聞きが悪いね……これは命を懸けた、真剣勝負なんだよ」

「騙してイカサマで嵌めるのが、真剣勝負なの？」

「あたしが生きてきた世界ではね」

ジュエルがキッと睨み返す。

「どうするつもり？　あの食堂の店主でも呼ぶ？　でも無駄だよ？　『奴隷勝負の契約書』に基づいて、エステルはあたしの言いなりになるんだから。よっぽど強力な解呪を使わないと、この呪いは解けない。腕っぷしじゃあ……どうしようもないのさ！」

ジュエルがそう言った瞬間、エステルはティアに縋りついた。

「ティア、ティア！　来てくれてありがとう！　ありがとう！」

「エステル……」

「もう、もうすぐ！　余は余でなくなってしまうから！　最後にお主に会えてよかった！　お主が会いに来てくれて、良かったぞ！」

「ははっ。感動の場面ってとこね」

ジュエルが砂時計を見る。

「でも残念！　もう時間はないんだよ！　さあ、早く最後のカードを引け！　早く！」

「ごめんな！　ティア！　余が、余が馬鹿だからこんなことに！　でも余は、余はお主に元気になって欲しくて……！」

「ありがとう、エステル」

「ティア！　馬鹿な余でごめん！　でも余は、余は……！」

「安心して、エステル。大丈夫だから」

ティアはそう言うと、懐から一枚のカードを取り出した。

「あなたは負けないから、大丈夫」

「………は？」

一枚のカードを裏向きに構えるティアに対して、ジュエルはそんな声を上げる。

「何言ってんの？」

ジュエルは思わず、そう聞いた。

「つまり、この状況……あなたはイカサマし放題だけど、エステルはできない」

エステルまでもがポカンとしている中で、ティアは構わず続ける。

「でもここには、私がいる。私はその契約書の中には含まれていない。これはエステルのイカサマじゃない。ただこうなっただけ。偶然、不可抗力で……デッキの一番上が……変わっただけ……イカサマじゃない……！」

ティアは懐から取り出して見せつけるようにして構えたカードを、そっとエステルのデッキの一番上に置いた。

「さあ、引いてみて？」

「…………」

わけがわからないままカードをドローしたエステルは、それを見て、目の色を変える。

「……『王剣の威光』……っ！」

その名前を聞いて、ジュエルの表情が思わず、崩壊する。

「なっ!?　そのクソカードはぁ!?」

「『王剣の威光』……【伝承カード】！」

ティアがその能力を、今一度諳《そら》んじる。

「場の【人間カード】四枚と墓地の【英雄カード】三枚をコストに、相手の盤面の全てのカードのコントロールを得る……！　コストが重すぎて、普通のデッキには入れられないカード……普通ならば使い道のない、エステルによればただのロマン砲！　でも、この状況ならば！」

ティアがエステルの肩を、強く握りしめた。

「エステル！　もう時間がない！　発動して！」

その声に背中を押されて、エステルは叫ぶ。

「【伝承カード】『王剣の威光』を発動！　必要なコストを捧げて、ジュエルの盤面の全ての【人間カード】と【英雄カード】のコントロールを得る！」

エステルは素早くコスト処理を終わらせると、ジュエルの盤面から全てのカードを奪い取った。

「総攻撃である！」

「なぁあああぁあああああああぁぁあああぁぁっ!?」

エステルが攻撃を宣言した瞬間。『奴隷勝負の契約書』に青い炎が走り、燃え尽きて消滅する。

それと同時に、賭けの品物であった四枚のカードが、見えない糸によって引き寄せられたかのようにして、エステルの手元へと吸い付いてくる。

契約に則《のっと》った勝負の遂行と契約の履行を確認し、『契約書』がその役割を終えたのだ。

「うおおおおおっ！　勝った！　勝ったぞ、ティアよぉおおお！」

「や、やった！　やったね、エステル！」

「くっ、くっそぉおおおぉおぉおおっ！」

憤怒《ふんぬ》の表情を顔に貼り付けるジュエルは、地獄の炎が宿ったような恐ろしい眼光で二人を睨みつけた。

「こ、これで終わりだと思うなぁっ！　別に！　洗脳できなくても！　力づくで連れてけば良いだけなんだからぁっ！」

シャキンッ、とジュエルの懐から短剣が引き抜かれる。

それを見て、エステルとティアの顔が青ざめた。

「ま、待て！　落ち着け！」

「落ち着いてられるか！　あたしだって、あたしだって後はないんだ！　失敗したら、あのお方に殺されるだけだぁ！」

「やめろ！　ジュエル！」

「やめて！　落ち着いて！」

「うるさい！　お前の父王は、あたしの父さんの仇《かたき》でもある！　こうなったら！　お前の首だけでも貰《もら》っていく！」

「エステル！　逃げて！」

短剣を握るジュエルが、駆け出した瞬間。

彼女は何かに蹴躓《けつまず》いて、その場に転がった。

「ごっ…………ん、ぐぇっ……？」

「え……？」

何もない所で突然転んだジュエルに、エステルとティアの二人が思わずそんな声を上げる。ジュエルはすぐに立ち上がろうとするが、立つために突いた手は力なく折れてしまい、またその場に転がった。

「うが……かはっ……？」

まるで、急に生まれたての小鹿のようになってしまったジュエル。

エステルは周囲に、何かの臭気が漂っていることに気付いた。

「……これは……」

「はーあ。まったく世話の焼けるチビ姫だことねぇ」

「チビ二人でよくやった……ってとこだろうな」

そう言って、扉から現れたのは……ポワゾンとデニスの二人。

二人で抱き着いていたティアとエステルは、驚きのあまりに言葉を失っている。

鼻をつまんで呼吸しないようにしているデニスは、その様子を見て目を細めていた。

「これ……致死性の毒じゃないだろうな？」

「そんなのバラ撒《ま》くわけなくなーい？　ちょっとは考えて欲しいけどぉ？」

パタパタと団扇《うちわ》を煽《あお》ぐポワゾンは、そう言ってニヤリと笑った。

「ただの神経毒よ。病毒術師、特製のねぇ」

「それでもとんでもねえよ……」

「がっ……ごえ……？」

苦しげに呻《うめ》くジュエルにズカズカと歩み寄るポワゾンは、彼女の赤毛をガッと摑《つか》むと、楽しそうに笑う。

「おやぁ？　貴方《あなた》が王政府の刺客かしらぁ？　よくぞお出《い》でなすったわねぇ？」

「おぇ……けほっ……お、お前は……！」

「歓迎するわぁ！　小さな刺客ちゃーん！　私の地獄の尋問フルコースでぜーんぶ自白させてあげるからぁ。楽しみになさぁい！　王政府の内部事情から雇い主にあのクソレオノールの最近の私生活までぇ！　ぜーんぶ吐いてもらいますからねぇ！」

「ぐっ、ぐぁあ……！」

ウキウキな様子の悪名高き令嬢ポワゾンの様子を見て、デニスは一人呟く。

「あいつがいると、どっちが悪者なのかわからんな……」

4

その日の夕方。ジュエルを捕まえたデニスとエステルの一行は、ティアを家に帰してから、追放者食堂に集まっていた。彼女と死闘を繰り広げたばかりのエステルは、彼女の前に座って腕を組んでいる。

「ジュエル・ベルノー……元王家の鍛冶一族よ」

「………」

「お主は一体誰の命令で、余の身柄を狙ったのだ？」

「ふん……どうせあたしは、戻っても粛清されるだけ……好きにすればいいでしょ」

ジュエルが諦めたかのようにそう言うと、ポワゾンは目を輝かせた。

「あらぁ!? それじゃあ好きにしちゃうけどいいの!? 人間に使ってみたかった毒物がザッと八十種類はあるんですけど!? 鼻とか口とか耳とか色んな所から接種させてみてもいいの!?」

「よすのだ、ポワゾンよ」

エステルがぴしゃりと言い放った。彼女の一声により、じゃじゃ馬のポワゾンもスンと静かになる。そんな様子を見ていたデニスは、このエステルに流れる君主の血筋というものを、感じずにはいられない。不思議な力のある声色だ。

「ジュエルよ、単刀直入に言おう」

「……何さ」

「我らと共に、現王政を倒さぬか？」

エステルの提案に、ジュエルはぽかんとした表情を浮かべた。

「……は？ 何言ってんの？」

「そのままの意味である。我らは今、この食堂を間借りしながら……新王レオノールの打倒のために動いているのだ」

「ウチをクーデター軍の基地にした覚えはないんだがね」

デニスはそう補足した。

「お主とて、もはや元の鞘《さや》には戻れぬだろう。ならば生き残るためには、逆に彼奴《あやつ》らを打ち倒すしかないはず。どうだ、ジュエルよ。我らと共に……戦ってはくれぬか？」

「あたしは……あんたを狙いに来た、刺客なんだよ？」

「もう過ぎたことである」

「殺そうとしたんだよ？」

「そんなこともあった。不問にしよう」

「……あんたの父王は、あたしの父親に濡れ衣を着せて殺した」

「余も知らぬ部分である。詳しく聞かせてくれ。どうやら我々は、互いの父代から色々と因縁があるようであるが……しかし」

エステルは腕を組んで頷くと、ジュエルの目をまっすぐ見つめた。

「それはあくまで、父代のことである。共通の目的のためならば、我らは手を取り合えるはずではないか？　我々はたしかに敵対者であったが、本当に敵対せねばならぬのかは怪しいところである。ここは一度、お互い腹に抱えているものを吐き合って、それから考えてみてはどうだろう。敵対か協力か。断念か抵抗か。誤解か理解か……ジュエルよ。我々はきっと、一緒に立ち上がることができるぞ。なぜなら我らは、互いに追放されてきた、同じ穴の狢《むじな》であるのだからな」

そこでジュエルは、あることに気付いた。

このエステル……昨日会った時には、ただの騙されやすい、ちっぽけな女の子にすぎなかったのに。この君主たる佇《たたず》まいと風格は、一体なんなのだろう？

この少女は……本気で、自分を仲間に引き入れようとしているのだろうか。

憎悪を剝《む》き出しにして、処刑台に送ろうとしていた自分を？

純心を利用して、騙し尽くしてイカサマ勝負に誘い込んだ自分を？

親の仇であると言って、最後には刺し殺そうとした自分を？

「ふっ」とジュエルは、思わず笑ってしまった。

このお姫様……聡明《そうめい》なのか単なる馬鹿なのか。あまりに寛大すぎる。

しかしそれこそが、王たる器ということなのだろうか。

この広い器こそが、自分の一族が代々仕えた、国王という存在なのだろうか。

はたして。自分も彼女に仕えてみて……良いのだろうか。

「代々王家の宝物庫を守り、王剣を直してきたベルノーの鍛冶血族よ。お主がいれば、王政を打倒するためのヒントが……何か、わかるかもしれない」

「鋭いね、エステル」

ジュエルはふと、そう言った。

「そう。あたしは知ってる……この王政を打ち倒せるかもしれない、この王国最大の秘密を知っている」

「…………なんだと？」

「あたしたちベルノーの鍛冶一族は、その秘密に近づきすぎたから追放された……その秘密を、あたしは知っている！」

パッ、とジュエルは顔を上げた。

「それを教えてもいい。でも、あんたのことを……信用しても、いいのかい?」

「もちろんだとも」

「クーデター軍を組織しているらしいけど……今は、どんな規模なの?」

「教えてやろう! まずはリーダーである余、エステル・キングランド!」

「そして参謀たる私、ラ・ポワゾン!」

「そしてこちらが、我らの大家にして食堂の主……デニス!」

「いや、俺はそれに加わった覚えはない。とりあえず住まわせてるだけだ」

「こちらは万書から知識を得る美貌の魔法使い……ビビア殿!」

「僕も、メンバーではないと思うんですが」

「こっちが、余の先輩にして厳しき皿洗い指導者、アトリエ殿である!」

「いえい」

アトリエはサムズアップで返した。

メンバーを紹介し終えたエステルは、ふんと胸を張る。

「以上である!」

「なんか、実質二人だったような気がするんだけど……」

「気にするでない!」

そんな話を聞いて、ジュエルは思わず笑ってしまう。

「あはは……面白いね」

「どうであるか？　一緒に立ち上がらぬか？」

「……負けたわ、エステル。どうせ死んだも同じ身なら、あんたの馬鹿らしい計画に……乗っかってみようかしら」

「よし！　それでよい！　頼むぞ、ジュエル！」

「よろしく、リーダー」

ジュエルとがっちりと握手を交わしたエステルは、年相応の笑顔を見せた。

「それでは、これはこれとして。罪滅ぼしはしてもらおう！」

「……えっ？」

「だから、罪滅ぼしである」

「さっき、不問にするって……言ってなかった？」

「それはそれ、である。もう一人、謝らなければならぬ者がいるではないか」

「はい？」

わけがわかっていない様子のジュエルの両肩を、脂の乗った太い指が掴んだ。

「ンドゥルフフフフフ……君が、ウチの店からレアカードを盗んだ子だネ……？」

「…………」

ジュエルが振り向いた背後には、丸々と太った雑貨店の店長……ポルボが立っていた。

「アレは金貨二十枚もするんだけどネ……ンドゥフフフフ……その分はウチでたっぷり、働いてもらうネ……」

「な、なんだこの変態!?　誰か助けて!?」

「大丈夫だ、そいつはどう見ても変態だが、かなり良い奴だからな」

デニスがそう言った。

うんうん、とエステルも頷く。

「そんなわけないだろ！　どこからどう見ても純度百％の変態だろ！」

「俺も最初はそう思ってた」

「ンドゥルフフフフ……ウチでたっぷり、可愛《かわい》がってあげるネ……」

「ギャーッ！　助けてー！」

そんな風にポルボに連れていかれたジュエルを見て、デニスは南無、と手を合わせる。

「めでたし。めでたし」

パチパチ、とアトリエが小さく手を叩《たた》いた。

そこでまた、食堂の扉がカラカラと開かれる。

訪れて来たのは、馬車屋の親父《おやじ》だ。

「親父さん。どうしたんだ？」

「デニス、ちょっと来てくれないか。大変なんだ」

「大変？　一体どうした」

「ティアちゃんが倒れたらしくて……まずいみたいなんだ。ちょっと、診てくれ」

5章 小さな追放者は

Welcome to cheap restaurant of outcast!

1

ティアはベッドの上で寝ていた。

苦しげに息を吐きながら横たわるティアの傍《そば》には、デニスにポワゾン、そしてエステルがいる。

ティアの具合を診ていたポワゾンは、背筋を伸ばしてふとため息をつく。

「ふぅ、なるほどね」

「ど、どうなのだ……？　ティアは、どうしてしまったのだ……？」

「とにかく落ち着くまでは、あまり歩かせたりしないこと。身体《からだ》が弱いのに走り回ったりして、無理が祟《たた》ったんだと思うわ。心労もあったのかも」

「余の、余のせいで……余のせいで……！」

わなわなと震えるエステルの肩を、デニスが叩《たた》く。

「別に誰のせいじゃねえよ。この子は……ちょっと、身体が弱いから。たまにこうなっちまうんだ」

「うぅぅ……！　ごめん、ごめんよ、ティア……！　余のために駆け回って、無理をしてしまったのだな……！　ゆっくり休むのだぞ……！」

涙声でティアの枕元に縋《すが》りついているエステルを置いて、ポワゾンはデニスとティアの父親を部屋の外へと連れ出した。何か話があることを察したデニスは、ポワゾンに尋ねる。

「それで、どうなんだ？　彼女の容態は」

「あー……正直、結構芳しくないと思うわ。とにかく、歩いたり走ったりっていうのは駄目ね。あの子は胸は、いつどうなっちゃってもおかしくないから」

そう説明したポワゾンは、ティアの父親の方にも振り返る。

「でも……もしも、そうなったとしても、覚悟はできているわよね？」

「覚悟？」とティアの父親が聞き返す。

「正直言って、あの子ってどうやっても長生きできないのよ。その辺は、すでに覚悟の上でしょ？あの子も、父親であるあんたの方も」

「……薬か魔法で、どうにかならないのか？」

デニスがそう尋ねると、ポワゾンは肩をすくめる。

「生まれた時から、心臓の形がおかしい感じの子なのよ。だから、治る治らないって話じゃないの」

「どうやっても無理なのか？　治癒魔法とかで……」

「生まれた時からそうなんだから、基本的には治癒とかじゃあ手の施しようがないのよ。元からそうなっているものを、どうやって治せっていうの？」

ため息をつくと、ポワゾンは父親のことを見る。

「あとは正直、短い寿命をどう生きるかってことじゃない？　箱入り娘よろしく軟禁して一日でも長く生きてくれることを祈るのか、太く短くで好きにやらせるのか」

「おい……ポワゾン。そういう言い方はないだろ」

「オブラートに包むのって苦手なのよぉ。まあつまり、そういうこと。私《わたくし》帰るわねー。あの複製《コピー》娘に聞きたいこともあるしぃー」

「お、おい……待て！」

デニスの制止も聞かずに、ポワゾンはスタスタと家から出ていってしまう。

残されたデニスは、ティアの父親と話を続けることにした。

「エステルは……もう、来させない方がいいか？　あいつがいると、ティアは無理しちゃうみたいだし……」

「いや……店長。どうか、エステルちゃんとは会わせてやってくれないか？」

「……いいのか？」

デニスがそう聞くと、父親は悲しそうに笑った。

「あの子が来てくれるようになってから、娘は……よく笑うようになったんだ。前までは、大人しい子だったのに……いつも、エステルちゃんとどういう話をしたとか、どう遊んだとか……話してくれるんだよ」

「……そうか。わかったよ」

デニスは伏し目がちにそう答えると、ティアの部屋を再び覗《のぞ》いた。

エステルはまだティアの枕元に縋りついて、涙声で何かを呟《つぶや》いている。

「ティアよ……余が、余が絶対に助けてやるからな。余が、余が王位に戻ったら……王国中の名医を集めて、必ずや悪いところを治してやるから。そうしたら、また一緒に遊ぼうな。駆けっことかして、カードゲームもして、それから、それから、それからな……」

◆◆◆◆◆◆

それから、数日後の食堂。

洗い物に励んでいたエステルは、「よし！」と得意げに声を上げた。

「お昼の営業は終わりであるな！　よし！　皿洗いも終ーわり！」

エステルはすっかり良くなった手際で洗い物を片付けてしまうと、エプロンを脱いでテーブルに放ってしまう。そのまま掃き掃除をしているアトリエに近づくと、その正面に立ちふさがった。

「アトリエ殿！　一緒にティアの家に行こうではないか！　のう！」

「今日はお掃除の日。また今度」

「えー！　掃除なんて後でいいではないかあ！」

エステルがアトリエに縋りつくと、カウンターからデニスが怒号を飛ばす。

「エステルてめえ！　エプロンをその辺に放り投げるんじゃねえ！」

「大丈夫！　デラニーかエピゾンドか、召使いが片付けてくれるから！」

「ここにはいねえんだよ！」

「そうであったなあ！」

エステルはエプロンを綺麗《きれい》に畳んでテーブルの上に置くと、急いだ様子で入り口の扉を開いてくるりと回り、デニスにウィンクした。

「では！　ちょっと余は夕方まで遊ん……いや食堂の大事な顧客と、商談に参ってくる！」

「出前に商談も何もあるか！」

「よいではないかよいではないかー！　ではではー！」

エステルはそう言って、食堂から出かけていった。

風のように去っていくエステルを見送った後で、デニスは箒《ほうき》がけをしているアトリエの方を見やる。

「別に、お前も遊びに行ったって良かったんだぞ」

「彼女が行くなら、アトリエは行かなくていい」

アトリエはサッササと箒をかけながら、俯《うつむ》き気味でそう答えた。

「辛《つら》いから」

◆◆◆◆◆

エステルはティアの部屋を訪れると、抱えていた大きな紙袋から、分厚い本を何冊も取り出した。

それを見て、ベッドに寝ていたティアは、髪と同じ色をした緑色の目を丸くする。

「どうしたの……これ」

「これか!?　聞いて驚くな！　余の海より広い人脈を用いて、お主に面白い本をたくさん持ってきてあげたのだ！」

エステルはベッドのサイドテーブルに抱えられるだけ持ってきた本を積み上げると、えっへんと薄い胸を張る。そんなエステルを見て、ティアは辛そうにしながらも、ほのかに笑顔を作った。

「凄《すご》い……こんなにたくさん……どうやって？」

「ふふん。お店の常連であるビビア殿が、快く貸してくれたのだ！　というかあげるって言っておったぞ！　ビビア殿の家には、本が山ほどあるのでなあ！」

「貰《もら》って、いいの……？」

「うむ。なんだか同じ本がたくさんあったぞ。ビビア殿は、この本の作者と仲がよいらしくてな。サイン本がめっちゃ送られてくるらしいのだ」

「そうなんだ……ありがとうね、エステルちゃん」

「よいのだよいのだあ！　これでしばらくは、退屈せずに済むであろう！」

「全然退屈じゃないよ……エステルちゃんが、来てくれるから」

「そうか、そうか。それはよい……」

笑顔でいたエステルだが、急に涙が出そうになった。

どれだけエステルが元気に接しても、あの日以来、ティアはベッドから起き上がることができていない。体調を崩してしまったようで、声にも芯が感じられないのだ。そんなティアを前にしていると、エステルは不意に、泣きたくなってしまう。

しかし彼女は、ティアの前では、元気でいると決めていた。二人揃《そろ》って元気がなくては、どうしようもないからだ。自分の元気を、ティアに分けてあげるのだ。

「そんなこと言っても、一日中ベッドでは気が滅入《めい》るであろう……余だったら、一日だってじっとしてられんわ。外でぶっ倒れてるかもしれんなー」

「あはは……そうかもね」

ティアが薄く笑ってそう返すと、エステルはポンと手を叩いた。

「そうである。たまには外で遊ぼうではないか！」

「ちょっと……難しいかな。立ってられなくて」

「車椅子とかあるであろう。持っていないのか？」

「そんな高価な物、ウチじゃ買えないもん……」

ティアがそう言うと、エステルは高笑いする。

「ふーはっは！　どれ、余に任せておくとよい！　王国臣民の最低限文化的な生活を保障するのは、余の務めである！」

2

「ということで、どうにかならんものかのう？」

ポルボの雑貨店。エステルは店のカウンターの上で、前のめりになって足をプラプラとさせながらそう聞いた。

「車椅子ー？　ウチだって在庫ないよー？」

カウンターで帳簿を見ながら何やら計算し続けているジュエルが、そう言った。

あの件以来、ジュエルは一時的に、ポルボの店にお世話になっている。窃盗に対する禊《みそぎ》も兼ねて、働きながら住まわせてもらっているのだ。

彼女の雇い主であった者が、ジュエルの裏切りに気付いてさらなる刺客を送り込まないかという不安はあった。もしくは、エステルの居場所がすでに知られているのではないかという不安が。しかしジュエルによれば、彼女の雇い主はなんらかの理由で、エステルの捜査を任されている王国騎士団とは対立関係にあるらしい。だから、騎士団へとすぐに情報が渡ることはない。さらにジュエルは、いくつかの潜伏先の候補を示されただけで、エステルの居場所が完全に特定されているわけではないらしかった。達成までの期間もかなりの余裕を持って託されていたので、ジュエルの裏切りがすぐに気付かれるということはない。

総合的に考えて、雇い主が潜伏先の候補としていたこの地を離れるよりも、デニスを中心とした確固たる地盤のあるこの町に、全員で留《とど》まって潜伏した方が安全であるというのが、先日の件からエステル・ポワゾン・ジュエル間で話し合われた議論の、一旦の結論となったのだ。

「店長ー？　ウチ、車椅子なんてないですよねー？」

ジュエルが振り返ってそう聞いた。

ポルボは奥の部屋で何やら座り込み、大きな身体を丸めてテーブルに向かっている。

「ンドゥルフフフ……たしかにないネ……ンドゥフ」

「作るなら、どうすればいいのだ？」

「元になる車椅子さえあれば、あたしが複製《コピー》してあげられるんだけどね」

「そこは鍛治一族のアレで、なんとかならんものかー？」

「簡単な金属加工ならできるけど、そういうのは専門外」

ジュエルが帳簿をチェックしながらそう言うと、ポルボが奥の部屋から声をかけた。

「ンドゥルフフフ……王都から取り寄せることもできるネ……」

「それ、どれくらいかかるんですか？」

「ンドゥフ。基本特注になるから、数か月は見た方がいいカネ……あとは、かなりお金がかかるヨ」

「数か月も待てないのだー！　どうにかならんものかー!?」

「というか、ぶっちゃけ錬金スキルならあの食堂の店長の方がずっと高いよ。頼んでみれば作ってくれるんじゃない？」

◆◆◆◆◆◆

「ああ？　俺の錬金スキルなんて、そんな大したものじゃねえぞ」

カウンターで『脱冒険者、飲食店開業マニュアル！　第五版』を読んでいたデニスは、エステルにそう答えた。

「そんなこと言っても、お主はレベル１００ではないかあ！」

「いや、そうなんだけどよ。俺の錬金って結局、調理器具とか調味料しか作れねえし」

「えっ？　そうなの？」

エステルはきょとんとした様子で、そう聞いた。

「俺は色々と特化型だからよ。料理関係のスキルなら使えるんだが、錬金とか魔法とかは必要な分だけだな。あとそもそも俺、ほとんど魔法使えねえし」

「いやでも、普通に使ってるではないか！」

「使えねえこともないんだが、我流だから色々雑なんだよ。炎の魔法使いがやるような、自分の衣服だけは燃えないみたいなことできねえし。炎を纏《まと》う系の魔法使うと、俺普通に裸になるぞ」

「で、では！　余はどうやって車椅子を作ればいいのだあ！」

「えらい限定的な悩みを抱えてるな……ああ、ティアに作ってやるのか？」

「その通りである！　車椅子さえあれば、ティアと一緒にお外で遊べるのだー！」

「……あんまり激しいことは、させない方が良いとは思うんだけどな」

その様子を見て、同じくカウンターに座っていたビビアが答える。

「街の人たちにも声をかけてみれば、誰かできたりするんじゃないですかね？」

「声かけるったってなあ。たとえば？」

「たとえば……鍛治屋のおばあちゃんとか？」

「まあ金属加工に関しちゃ、俺よりずっと上だよな」

「あとは、よくカツ丼食べに来る馬車屋のおじさんとか」

「馬車屋に頼んでどうするんだよ」

「まあ……車輪とか？」

「ポワゾンにも、声かけたらどうだ？」

「車椅子に毒属性付与するのはまずいですよ」

そうやって、ビビアとデニスが何かと話し始める。

その様子を見て、エステルは何か決心したようだった。

「まあ、あれか！　とにかく声をかけてみればいいのだな！」

◆◆◆◆◆◆

「ということで、本日みなの者に集まってもらったのは他でもない！」

エステルは街の広場で、集めた町民たちに向かって演説を行っている。

「車椅子を作るためである！」

エステルがそこまで言ったところで、集められた町民たちがひそひそと話し始めた。

「なんで車椅子なんだ？」

「なかなかない状況だよな」

「あれだろ、石膏屋《せっこうや》の娘さんじゃないのか？」

「ああ、メジフの子供か。でも、あの娘《こ》って……」

町民たちが話している前で、エステルは手を振った。

「ということで！　たしかに車椅子その物を一人で作れる者はなかなかいないと思うが、みなの力を合わせれば車椅子っぽい物はできると余は信じておるぞ！」

「車椅子っぽい物でいいのか」

「とにかく！　車椅子っぽく使えればいいのー！　それでいいであろうー！」

エステルがそう叫ぶと、町民の一人が声を上げる。

「支柱は鍛冶屋のばあちゃんのところで作ってもらえばいいよな」

「全部作らせるのは大変じゃあないか？」

「あれだ。ポルボの店に、複製《コピー》スキル使える子が入ってきただろ。規格が同じ物は、あの娘に頼んで増やしてもらえばいい」

「手分けして材料を作りながら、必要なところを複製《コピー》してもらえばすぐできそうだな」

「それこそ車輪なんて、馬車屋の馬車借りて複製《コピー》しちまえばいい」

「おお！　よいぞよいぞー！　これぞ民の力！　束ねて立ち上がる力であるなあ！　治世って感じがするのう！」

エステルは嬉《うれ》しそうにそう言うと、町民たちに交ざって案を出し始めた。

その様子を遠巻きに眺めていたデニスは、隣に立つビビアに話し掛ける。

「ああいう姿を見てると、さすが王族って感じがするな」

「なんというか、統率能力ありますよね」

「統率能力というよりは、行動力と決断力の塊だな」

「まあたしかに。あれから一人で街中駆け回って、すぐにみんなを集めちゃいましたもんね」

ビビアがそう言った。

「良い悪いはともかくとして、とにかく先頭切って迷わず突っ走ってる奴《やつ》には付いていきたくなるよな」

「物怖《ものお》じしないですよね」

デニスとビビアがそんなことを話している間も、町民たちは次々とアイデアを出しているようだった。

「細かい部品はどうする？」

「食堂の店長が錬金使えるだろ。適当に見繕ってもらえばいいさ」

「あの店長、調理器具しか錬金できないぞ」

「フライパン錬金してもらえば取っ手ができるだろ」

「フライ返し曲げれば足置きになる！」

「おおー！　頭良い！　お主ら凄い！」

「マジか。それでいいのか」

なんだか凄《すさ》まじい車椅子ができそうな予感に、デニスは眉をひそめた。

◆◆◆◆◆◆

その後日。

「うわあ、すっごーい……」

ティアは目の前の車椅子的な物を見て、素朴な感想を呟いた。

車椅子には不似合いな大きめの車輪、部品ごとに綺麗だったり錆《さ》びついていたりする金具に、あまり統一性の感じられない色違いの布地。そこにフライパンの取っ手やフライ返し、それに底敷きの厚底鍋などが装備されて、色々と歪《いびつ》ながらもたしかに車椅子的な機能がありそうな物体が完成していた。

それを部屋まで運んできたエステルは、誇らしげに胸を張る。

「ふははは！　余の指揮能力と統率力があれば、ザッとこんなもの！」

「これって……エステルが作ったの？」

「余の力だけではない！　街のみんなが手伝ってくれたのであるぞ！　ほれ、ティア。座ってみい！」

エステルの肩を借りて立つと、ティアはその車椅子に座ってみた。

座り心地はよろしくないが、まあ一応座ることはできる。車輪が大きすぎるので、自分で移動することはできなそうだった。

「ようし！　凱旋《がいせん》と参ろう！　父上殿、ちょっとティアを借りてゆくぞ！」

◆◆◆◆◆◆

「よい天気であるなあ、うん！」

エステルはティアの車椅子を押しながら、街路を歩いている。

久方ぶりに外へと出たティアは、太陽の光を眩《まぶ》しそうにしていた。

「本当だねえ。いいお天気」

「これからは、体調を気にせずとも外に出られるな！　余がいない時には、父上殿に押してもらえばいいのだ！」

「そうだね。ありがとう、エステル」

「ふはは！　礼など要らぬわ！」

エステルは街の広場まで来ると、背負っていた麻袋から二人分のお弁当を取り出した。デニスが用意してくれたお弁当を二人で食べながら、ティアはニコニコと楽しそうにしている。

「ティアの身体は……いつ、良くなるのだ？」

エステルはフォークで卵焼きを刺しながら、そう尋ねた。

「治らない、って……言われてるんだよね。あんまり長生きできないみたい」

「それじゃあ駄目である！　最初から諦めていたら、治るものも治らんぞ！」

エステルがご飯粒を飛ばしながらそう言うと、ティアは困ったように笑う。

「私の心臓ってさ……普通の人より、弱いんだって。昔、王都のお医者さんに診てもらったの。もしも強い発作が起きたら、わからないって」

「これまでもあるのか？　そういうことが」

「何度かね……冷や汗がどっと出て、胸がぎゅーって苦しくなるんだ。その時は大丈夫だったけど、次は……どうなるんだろう」

ティアが弁当を箸でつまみながらそう言うと、エステルは立ち上がる。

「だーいじょうぶじゃ！　そうなる前に、余がなんとかしてやる！」

「あはは……無理だよ。王都の偉いお医者さんでも、駄目だったんだから」

「いーや！　大丈夫じゃ！　余が必ず、王国中の医者たちをかき集めてお主の病を治してやる！」

「集めるって……どうやって？」

ティアが弱弱しくそう聞くと、エステルはチッチと舌を鳴らした。

「実は余、お主が聞いたら驚いてぶっ倒れてしまうような、やんごとなき血筋なのである！」

「うーん……なんとなく、知ってるけどね」

「今はわけあって食堂で働いておるが、いずれ余は必ず王都に返り咲くぞ！　その時には、まず初めにお主の病気を必ず治してやる！　約束じゃ！」

エステルが真剣な様子でそう迫ると、ティアはおかしそうに笑った。

「あはは……ありがとうね」

「信じてないなあ!?　このお！」

「信じるって……あはは」

どうも受け流された感じのあるエステルは、不満げに頬を膨らませる。

しかし次の瞬間には笑顔になり、ティアの肩を掴《つか》んだ。

「身体が治れば、学校でもなんでも好きな所に行くことができるぞ！　そうじゃ！　余、天才かもしれん！　きっと、王国にはお主のような病気の子がたくさんおるに違いない！　みんな探して集めて、まとめて治してしまえばいいのじゃ！」

「できたら……凄いね」

「ふはは！　余に不可能があるものか！　こりゃあよいぞ！　余も流浪の身となった時はどうしようかと思ったが、王城にいては決して気付かぬ発見である！　何事も勉強であるなあ！」

エステルがお弁当を片手に高笑いすると、ティアはそれを見て、楽しそうに微笑《ほほえ》んだ。

「期待しないで、待っておくよ」

「ふはは！　期待しておれ！　いずれ王都を案内してやる！」

◆◆◆◆◆◆

車椅子を押して街中を巡った頃には、空はすっかり赤く染まり、太陽が沈もうとする時間になっていた。

エステルがやや疲れた様子で車椅子を押していると、ティアはそれに気付いて、尋ねる。

「大丈夫……？　ちょっと、休もう？」

「ふ、ふはは！　心配せずとも、大丈夫である！　余がこれくらいで疲れるものか！」

エステルは、重い脚を引きずりながらそう言った。

ティアは、彼女が疲れ切っていることにはもちろん気付いていたが、そこについては触れなかった。

「エステルは……優しいね」

「なんじゃ、今さら。余が優しく、慈悲深いのは当たり前である」

エステルがそう答えると、ティアはまた、微《かす》かに笑った。

「出会ってから、そんなに経《た》ってないのにね」

「共に過ごした歳月が長かろうと短かろうと、関係ないじゃろう」

エステルはそう言って、自分の体重を預けながら車椅子を押す。

重量などを無視して突貫工事で作ったため、車椅子はとても重かった。

「そういうのを……優しい、って、言うんだよ」

「あーもう！　そういうことを言われると恥ずかしいわ！　黙って押されておれ！」

エステルはそう言って、重い車椅子を少しずつ押していく。

ティアは座り込みながら、赤く染まる夕焼けを眺めていた。

窓から覗くよりも、ずっと綺麗だ。暗色が混じり始めた空には、ひときわ輝く星の光が現れようとしている。そこに輝きの鈍い星の光も合流して、夜空が星々で満たされるまでには、もう少し時間がかかるだろう。

どうして、夜空に輝く星の光は、強かったり弱かったりするんだろう。

どうして、人は生まれながらに、強かったり弱かったりするんだろう。

どうして、人生は長かったり、短かったりするんだろう。

3

その日の夜。追放者食堂にて。

そこでは、あれからティアのドタバタですっかり後回しにされてしまっていた、鍛冶一族ジュエルへの様々な質問と作戦会議がなされていた。

「ということでだな、ジュエルよ」

テーブルを挟んでジュエルの前に立ったエステルは、彼女に対して、自分の身に起きたことの経緯を説明していた。

「『王剣の儀』で、余は王剣スキルグラムの発動に失敗したわけである。余はそれがすり替えられた偽物であったと睨《にら》んでおるが、そうなると直前の鑑定スキルの結果と嚙《か》み合わん」

エステルはそこまで説明すると、ジュエルのことを見た。

「お主はどう思う？　王剣の鍛冶一族、ジュエル・ベルノーよ」

そう聞かれて、ジュエルは唇に指をやりながら、何かを考え込んだ。

そして顔を上げると、エステルに向かって口を開く。

「つまり純血王族にも拘《かか》わらず、『王剣』が発動しなかったわけね?」

「そうである」

「しかも、その『王剣』は直前に鑑定スキルによって、本物であることが確認されていたと。その後の混乱の渦中ならいざ知らず、少なくともあんたが握るまでの間には、すり替えることはまずできなかったと」

「その通り」

「わかった」

ジュエルは一呼吸置くと、エステルに言う。

「結論から言うと、あなたが握ったのは『本物の王剣スキルグラム』よ」

「余の血統を疑っておるのか?」

「いいえ。そうではない。あなたが経験した『王剣の儀』で実際に起きたことを推測すると、こうなる」

ジュエルは立ち上がると、テーブル上に指を置きながら、できるだけ順序立てて説明しようとした。

「まず、その王族護衛官が持ってきた王剣は『本物』だった。だから、鑑定スキルの結果は当然『本物』になる。あんたはその『本物』の王剣を握り、発動に失敗した」

ジュエルはテーブル上に置いた指を、中心付近で一旦止めた。

そこで小さな円を描くようにして指を回すと、ジュエルは続ける。

「その後、混乱の中でなんらかのスキルにより、王剣は『本物』から『偽物』へとすり替えられる。そのレオノールとかいう奴が発動したのは、『偽物』の王剣の方」

「待て。どういうことであるか？　レオノールによって、王剣は確かに発動したのだぞ」

「あたしが父さんから聞いた話が正しければ」

ジュエルはテーブル上から指を離すと、腕を組んだ。

「王家が現在使用している王剣は、偽物でありながら本物なの。偽物の本物と、本物の本物が存在する。そして、現在の王家は『本物の王剣』の力を引き出すことができない。だから、あんたが王剣を発動できなかったのは当然。そもそも、今まで本物を発動させた者は存在しないんだから」

「どういう……ことなのだ？」

「これを説明するためには、まずは王国の創成神話から確認しなくちゃね」

そう言ったジュエルは、懐から一枚のカードを取り出した。

それは『デュエル&ダンジョンズ』の、【伝承カード】「王剣の威光」。

ジュエルとエステルの対決の際に、二人の勝負を決したパワーカードだ。

「ここに描かれている王剣は、一体どこから来たのか……なぜ、代々の国王が継承するようになったのか。そこからね」

◆◆◆◆◆◆

デニスにビビア、ポワゾンにアトリエ。

食堂に全員を呼んだエステルは、物知りのビビアに、王国の『国造りの神話』を確認してもらっていた。古臭い絵本をめくるビビアは、それを最初のページから読み始める。その絵本には、この王国ができる前の、初代王のお話が子供向けの物語としてまとめられていた。

「むかしむかし。

まだ王国が存在する前のこと。ある所に、ユングフレイという名前の少年がいました。

ユングフレイはそれはそれは非力な男の子で、誰からも頼りにされないような貧しい子供でした。

ユングフレイには、同い年のイニスという名の親友がいました。

イニスはなんでもできる力持ちで、イニスの周りにはいつも、たくさんの人が集まっていました。

ユングフレイも、頼れるイニスに憧れた人間の一人でした。そんなユングフレイは、少しでも強いイニスに近づくために、毎日一人で剣を振るっていました。

対してイニスは、練習なんてしなくても剣を強く振ることができました。彼には剣すら不要で、いつも料理のために持ち歩いていた包丁一本があれば、どんな悪漢でも退治してしまうことができたのです。イニスはとっても力持ちでした。

しかしある日、ユングフレイは奇妙なことに気付きます。練習の末に、非力だったはずのユングフレイは、イニスと同じように岩を砕くような剣を振るうことができるようになったのです。ユングフレイがそのことをイニスに伝えると、イニスはとても驚いて、それを自分にも教えて欲しいとお願いしました。

ユングフレイはこの力を『スキル』と名付けて、イニスに教えました。

弱かったユングフレイは、こうして強いイニスと肩を並べるようになったのです。

ユングフレイとイニスという二人の少年は、成長して青年となりました。

二人はユングフレイが発見した『スキル』という力を鍛え上げ、またそれをみんなに教えることによって、多くの仲間を集めるようになっていました。

二人の若者はたくさんの部族を束ねる長となりました。

ユングフレイは相変わらず腕力こそ弱い青年でしたが、その優しい心と誰にも負けない『スキル』の技術によって、多くの部族から信頼されていました。

イニスはぶっきらぼうで粗暴な性格ながらも、その人を惹《ひ》き付ける魅力と誰にも負けない腕力によって、多くの部族から頼られていました。

ユングフレイとイニスは互いの足りない部分を補い合い、二人で一緒に平和な世界を作ろうとしていました。

二人の友情は、ずっと続くものかと思われました。

ユングフレイとイニスが、部族同士の揉《も》め事《ごと》を仲介してやるために、共に遠方へと出かけた帰りのことです。

故郷の村へと帰ってきた二人が見たのは、焼き払われた家々と、無残に殺された村民たちの姿でした。遠征へと出掛ける前に笑っていた幼子たちは息絶え、二人を慕って静かに暮らしていた者たちはみな焼かれ、突き刺され、斬られて潰されて転がっていました。

二人の家族もみな、死体となってその村に放置されていました。それは多くの部族を纏め上げるユングフレイとイニスという若者のことを、快く思わない者たちの凶行でした。

怒り哀《かな》しみ、正気を失ったイニスは、罪人たちを必ず捕らえ、苦痛を与え、彼らの親族からその部族に至るまで焼き払い、拷問し、その魂が永遠に天へと昇らない方法でみな殺しにしなければならないと言いました。

ユングフレイは正気を失ったイニスを止めようとしましたが、イニスはもはや彼の話を聞こうとはしませんでした。

少年の頃から共に歩んだ二人の道は分かれてしまったのです。


家族や慕ってくれた仲間たちを殺されたイニスは、狂気に陥りました。イニスはどす黒い復讐《ふくしゅう》の心に支配され、従えていた部族たちを鍛えて束ねると、村を焼き払った者たちが住む土地を灰に変え、串刺しにして、みな殺しにし始めました。

イニスの力はより強大になり、その力はついに、山を砕き空を切り裂き、果ては未来を見通すまでになりました。その支配はより広くなり、イニスは自分の支配する部族たちを、恐ろしい規律によって縛り始めました。世界に暗黒が訪れようとしていたのです。

人の世に絶望し、悪《あ》しき心に支配されたイニスを止めることができるのは、ユングフレイしかいません。ユングフレイはイニスの支配から逃れた民を集めると、彼らの先頭に立ちこれを導きました。

イニスの恐ろしい圧政から人々を救済し、その優しい心によって次々と仲間を増やしたユングフレイは、ついにイニスと対峙《たいじ》することになりました。ユングフレイとイニスの力はとても大きかったので、他のいかなる者も、いかなる軍勢も、二人の間に立ちはだかることはできませんでした。

ユングフレイはかつてイニスを目指して振り続け、そうしてこの世界から『スキル』を発見した剣を握り、これに『スキルグラム』と名付けました。対してイニスは、彼の巨大な膂力《りょりょく》を象徴するような、二振りの槌《つち》にも似た、分厚い包丁のような短剣を握りました。

イニスはその目で未来を見通し、幾度もユングフレイの頭を叩き潰し、その身体を真っ二つに切り裂きました。しかし、ユングフレイは何度殺され潰されようとも立ち上がり、民を守るために剣を振りました。

それは、それは、激しい戦いでした。

大地は切り裂かれ、二人の力によって花々は枯れてまた咲くことを繰り返し、木々は種子まで戻り、また成長して大木となりました。山々が退き、雲が千切れ飛ぶ激しい戦いは六日間にわたって続き、七日目に終わったのです。どす黒い悪の心は破れて、清い正義の心が打ち勝ったのです。

ユングフレイはイニスを斬首すると、親友の遺体を手厚く葬りました。

イニスが支配していた多くの部族はユングフレイの軍門に下り、ユングフレイは全ての部族を統一することになりました。ユングフレイはそれよりキングランドと名乗り、この土地に彼の国を作りました……」

そこまで読んだところで、ビビアはふと息をつく。

ここからが、最後の章だ。

「優しく正しい心を持ったユングフレイによって王国は繁栄し、ユングフレイの大いなる力を恐れた外側の者たちは、この王国へ攻め入ろうとは決して思いませんでした。

ユングフレイの死後も、彼の大いなる力が封印された王剣スキルグラムは、その子供たちに受け継がれ、王国を守り給《たま》う守護者としての力を子孫たちに与えます。王国はユングフレイの子孫……つまりはキングランド王家によって統治され、末永く平和を享受しましたさ。めでたし、めでたし……とまあ。ここまでがいわゆる、国造りの神話っていうやつですね」

食堂のテーブルで、ビビアが一冊の薄い絵本を朗読し終えた。ジュエルやポワゾンらはテーブル席に、エステルとアトリエは適当に用意した丸椅子に座って、じっと話を聞いていた。

「これ以来、ユングフレイの子孫であるキングランド家……つまり王家の一族は、初代王ユングフレイが使用した『王剣スキルグラム』を受け継いで、王国を統治したわけです」

ビビアはそこまで言うと、茶を一口飲む。

「初代王の原初の大いなるスキルが封じられていると言われる『王剣スキルグラム』は、ユングフレイの直系子孫……つまりは純血王族にしか扱うことができない。だからこそ、キングランド家の統治権が正当化されている」

壁際に立ったポワゾンが補足して、そう付け加えた。

「でも実は、その話には続きがあるの」

カウンターの席に座るジュエルがそう言って、話を真剣に聞いているエステルのことをちらりと見た。

「初代王ユングフレイが使った王剣スキルグラムは、その子孫……つまり王家の誰も、発動させることができなかったのさ」

「できなかった？　そんなわけないであろう」

エステルは顔を上げると、ジュエルの方を向く。

「『王剣の発動』と『所有権の移譲』は、代々『王剣の儀』によって為《な》されてきたのだ」

エステルがそう言うと、ジュエルは軽く首を振った。

「もちろんこれは、あたしが父さんから聞いた話だから。どこまで本当かはわからない。でも父さんは、おそらく王剣は誰も発動させることができなかったと確信してた」

ジュエルはそこまで言うと、一息ついて、また話し始める。

「ユングフレイの子供たちは、結局王剣を発動させることができなかったの。でも、最初の頃はそれでも良かった。ユングフレイの子供であるということは誰もが知っていたから、その王位継承に異論を唱える者は存在しなかった」

「しかし代を重ねるごとに、『王剣』による血統証明の必要に迫られたというわけね」

ポワゾンがそう言うと、ジュエルはグラスの水を一口舐《な》めて、人差し指をピンと立てる。

「そう。初代王の時代から時を経ると、果たして現在の王家は本当に、ユングフレイの血族なのかということを疑問に思う諸侯も現れた。当時は血縁証明の魔法も発達していなかったから、唯一王剣の神話だけが頼りだった。『王剣を発動できる者が初代王の直系子孫、つまりは正統な王位継承者である』という神話がね」

ジュエルはそう言って、また続ける。

「しかし歴代の王の誰も、王剣を実際に発動させた者はいない。そこで王家は、あたしたちの先祖に協力を仰いだのさ。『複製《コピー》』という特別なスキルを持った鍛冶一族にね」

「つまり王家が今使用しているのは、あんたらの先祖が『複製《コピー》』して鋳造した、王剣の紛《まが》い物だと」

ポワゾンがそう言って、ジュエルは頷《うなず》いた。

「おそらく複製《コピー》された王剣の方には、王族が握ると何かわかりやすい現象が起動するような細工が仕掛けられた。動作に反応してピカピカ光るような、子供騙《だま》しの小細工。それでも当時は鑑定スキルなんて存在しなかったから、それで十分だった。そして、それから何百年もそうやって誤魔化すうちに、『偽物』と『本物』の区別がなくなってしまった」

「何百年、いや千年にわたって王家で代々受け継がれる内に……どんどんアイテムのレベルが上がっていったわけか」

感心した様子でそう言ったのは、デニスだった。

「そう。だから今では『偽物』の王剣に鑑定スキルを使っても、『神話級《ミソロジー》』の魔道具《マジックアイテム》として扱われる。複製《コピー》された『偽物』であるにも拘わらず、相応の由来と伝統が生まれてしまったのさ。代々の国王と、その権力と生涯を共にすることによってね」

ジュエルはそこまで話すと、ふと悲しい表情を見せた。

「それは王家の最大の秘密だった。現王政府の中でも、一体どれくらいの人間が知っているのかはわからない。おそらくは、本当のトップの中のトップの人間だけで、代々秘密が受け継がれてるんだと思う。それは私たち鍛冶一族ですら同じで、どこかの代で秘密は継承されなくなった。でも……優秀な鍛冶職人だったあたしの父さんは、そのことに気付いてしまった。代々受け継がれる王剣が、実は偽物だということにね」

「それで、あんたの父親は処刑されたわけね。謀反の罪を着せられて」

ポワゾンがそう言うと、ジュエルは強がるように肩をすくめてみせた。

「そういうこと。国賊の謀反者なら、どんなことを口走っても誰も信じてはくれない。あたしの一族は、王剣の秘密を守るために切り捨てられたわけ」

それを聞いて、ポワゾンは腕を組みながら口を開く。

「そこまでいくと、『偽物』でもなんらかの特殊スキルが生まれている可能性が高いわね。むしろずっと埃《ほこり》を被《かぶ》っていた『本物』よりも、『偽物』の方が強いなんてことがあり得るかも」

「そうですね。そもそも本当に、『本物』に特別なスキルが内蔵されているかもわからないわけですから」

そう返したのはビビアだった。

彼らが話し合っている様子を見つめながら、エステルは腕を組んで、押し黙っている。

その肩がポンと叩かれて、エステルは不意に、我に返ったように顔を上げた。肩を叩いたのはアトリエだった。アトリエはエステルの瞳を真っすぐ見つめると、小さく口を開く。

「大丈夫？」

「あ、ああ。余は大丈夫である。大丈夫……」

エステルはそう返しながら、頭がクラクラとするのを感じていた。

父王はそのことを知っていた？　知っていてジュエルの一族を追放した？

それが本当なら、王家の統治は全て偽りだったのだろうか。

なぜ王族なるものが、この王国を統治しているのだ？

余は一体……何者なのだ？

「どちらにしろ」

一瞬の静寂を切り裂くように、声を上げたのはポワゾンだった。

「もしもそれを証明して公然の事実とすることができれば、王政府に対して大きな打撃になることは間違いないわ」

「凄く難しいだろうけどね」

ジュエルがそう言うと、ポワゾンは腕を組みながら、ニヤリを笑う。

「ふふん。火のない所に煙は立たないのよ」

◆◆◆◆◆◆

次の日、エステルはティアの家に向かっていた。

いつもはウキウキの足取りだったエステルも、どこか上の空の様子で、その道を歩いている。

ティアにも聞いてみよう……。エステルはそう思っていた。

全てを打ち明けるわけにはいかない。だけどティアは、自分よりずっと大変な人生を送ってるのだ。彼女なら、何か答えてくれるかもしれない。これからどう歩けばいいか、わかるようなことを。

エステルはすっかり歩き慣れた道を辿《たど》ると、ティアの家の前に立って、その扉を叩いた。しばらく返事が聞こえなかったので、エステルは待つ。しかし、いつまでも経っても返事が返ってこない。

エステルはもう一度ノックして、大きな声で家人を呼んだ。

「ティアの父上殿ー？　余であるぞー」

エステルがそう呼ぶと、どこか不揃いな雰囲気のある足音が聞こえてきて、扉がそっと開かれた。

薄く開いた扉から、ティアの父親の髭面《ひげづら》が覗く。

「ティアはどうしておる？　今日も外に連れていってよいかの？」

エステルがそう聞くと、父親は何か、言いたいことを口にできないような、複雑な表情を浮かべた。父親の目が赤く腫れていることに、エステルは気付いた。

◆◆◆◆◆

部屋の中で、ティアは静かに寝入っていた。

ベッドの上で綺麗に布団を被ったティアは、何か静謐《せいひつ》な雰囲気の中で、横になっている。

エステルが彼女の頬に触れてみると、その肌はとても冷たかった。ひんやりとした、色のない青白い肌だ。口元は薄く開かれていたが、エステルがいくら覗き込んでも、その瞳は開こうとしない。

「ありがとうね。うちの娘と、よく遊んでくれて」

ティアの父親は掠《かす》れた声でそう言った。その声はどこか、心の奥底の、深い洞穴から響いてくるようだった。

「いつも楽しそうだった。あんなに毎日楽しそうにしているティアは、初めてだった。本当に、本当にありがとう」

「どうしたのだ？」

エステルは振り向いて、ティアの父親に聞いた。

「今日はまだ、寝ておるのか？」

エステルが聞くと、父親は呼吸の仕方がわからなくなったような様子で、どこかちぐはぐな息を吐いた。

「朝起きたら、冷たくなってたんだ。布団から半分だけ身体を出して、床に手がついてた。たぶん、強い発作が来たんだと思う」

「なんじゃ？　どういうことかわからぬ」

「いつかこうなることはわかっていた。きっと、最後に君と出会えて、娘は幸せだったよ。本当にありがとう。ありがとうね……」

「何を言っているのか、わからぬ。まだお礼を言われる筋合いはない」

エステルはぼんやりとした表情を浮かべて、父親にそう言った。

気温が下がっていくような感覚があった。

世界の時間が止まって、全ての物が遠ざかっていき、そこにポツンと一人だけ残されたようだ。

エステルの思考は理解を拒んでおり、身体が錆び付いてしまったように、動かすのが億劫《おっくう》だった。

不安になって、エステルはティアのことを見た。

彼女は寝息も立てずに、深い眠りについている。

「ティアの病気を治してやるまで、礼を言われるようなことはない」

エステルはティアの肩を抱くと、彼女の白い顔をじっと見つめた。

ひどく細い身体だ。冷たくて、綿みたいに軽い。何も入っていないように感じる。

「ティアよ、目を覚ますのだ」

エステルはそう呼びかけた。

その声はどこにも響かず、暗闇の中に沈み込んでいくような感覚があった。

「外で遊ぶぞ。余が車椅子を押してあげるから。弁当も持ってきたぞ」

エステルはティアの肩をゆすりながら、そう語り掛けた。

目を開けてくれるだけでいいのに。どうしてそれができないのだろう。

「何か返事をせんか、ティア。余であるぞ。遊びに来たぞ……遊びに……何か言わないか、この……」

その背後で、父親は崩れ落ちるようにしてしゃがみ込み、壁に背中を預けた。

エステルは呼び続けたが、いくら声をかけてもティアが起きてくれないので、だんだん身体が震えてきて、涙がたくさん溢《あふ》れて、前が見えなくなって、床に膝をついて、呼吸ができなくなりながら、彼女の服を摑んで、たくさん泣いた。

乗る者がいなくなってしまった、不格好な形の車椅子は、部屋の隅に静かに置かれている。

4

墓地には多くの人が集まっていた。

黒色の喪服を着ている者もいれば、そういう類の衣服を持ち合わせていないために、普段と変わらぬ服装で参列している者もいる。

喪主はティアの父親が務めており、その隣には街の司祭が立っていた。

ティアの父親は、上等そうな黒色の喪服を着たポワゾンを見つけると、会釈して礼を言う。

「すみません。色々と、ありがとうございました」

「別に。あのチビが世話になったみたいだからね」

ポワゾンはそっけなくそう答えた。

「お世話になりました」

ティアの父親は、再度深々と頭を下げた。

街には相応のレベルを有した納棺師がいなかったので、一応は白魔導士のポワゾンが遺体の管理や身繕い、化粧をしてやったのだ。

葬儀には、デニスらも参列していた。彼には珍しく、いつものラフな装いではない。きちんとした黒い礼服に身を包んでいる。その隣に、アトリエが立っていた。

「どうして最近、ティアの家に行かなかったんだ?」

デニスがそう聞くと、アトリエは俯き気味で答える。

「こうなる気がしたから」

「わかったのか?」

「なんとなく」

ティアの父親は参列に来た町民たちに挨拶に回っており、デニスに対しても声をかけた。

「生前は、娘がお世話になりました。ありがとうございます」

「いや、すまない。もっと顔を出せばよかった。こんなに、その、突然だとは」

「いいえ。娘は、店長の出前を何より楽しみにしておりまして」

「エステルとも仲が良くなったようだし、近いうちに一度、うちで会食でも開くことができればと思っていたんだが……」

「いえいえ、お気持ちだけで大変有難く……」

デニスとティアの父親がそうやって話し込んでいる傍で、アトリエは棺の方を見やった。

ティアが寝かされた棺の横で、エステルが崩れるように跪《ひざまず》いて、嗚咽《おえつ》を漏らしている。

見かねた様子のビビアが、彼女に近づいていくのが見えた。

「もう、埋葬が始まるよ。参列した方がいい」

ビビアがそう声をかけると、エステルは顔を上げた。

泣き腫らした赤い目をしていて、口がわなわなと震えていた。

泣きすぎて呼吸が上手《うま》く取れず、息が荒くなっている。

「い、いやだ。まだ、余はティアの傍にいる」

「大丈夫だよ。ほら、一緒に来よう」

「いやじゃ。離れたくない。今離れたら、もう二度と会えぬ」

エステルは絞り出すようにそう言った。か細い指は、ずっと棺の縁を摑んでいる。

「眠っているだけじゃ。ちょっと疲れたから、寝ているのだ」

エステルにそう言われて、ビビアはどう答えてやればいいか、迷った。

彼女は、それを誰かに肯定して欲しいようにも見える。

とにかく、誰でもいいから。

ビビアはふと、墓地の端に立った小さな墓を見た。

ダンジョンの奥深くで震えていた時に、彼の命を助けてくれた少女が眠る墓だ。

あの時もこうだった、とビビアは思った。泣きじゃくって、誰かに信じて欲しかった。彼女がたしかに自分を助けてくれたことを、誰かに信じて欲しかった。

「そうだね……そうかもしれない」

「ちょっとしたら起きて、また、車椅子に乗って、余が押してやって、お弁当を食べて、それで、それから……」

エステルはボロボロと泣きながら、うわごとのように呟き続けた。周りの大人たちも集まってきて、エステルの身体をそっと棺から離そうとする。引き剝がされようとすると、エステルは怯《おび》えた様子で棺を摑んで、嗚咽した。

肩を摑んだ町民の一人が、彼女を落ち着けようと声をかける。

「行こう。ずっとこうしているわけにもいかない」

「よ、余はまだ大丈夫じゃ。し、心配するでない」

エステルは抵抗したが、彼女の軽い身体は簡単に引き剝がされて、少しずつ引きずられるように、棺から遠ざかっていく。

「いやだ、いやだ！　また起きるかもしれぬ！　まだ余は一緒にいたい！　ティア！　ティア！」

◆◆◆◆◆◆

埋葬が執り行われて、墓地にまた一つ、新しい墓標が立った。

参列していた町民たちは一人ずつ去っていき、ティアの父親も、何かの手続きに向かわなくてはならなかった。

やがて、墓標の前に座り込んだエステルだけが残された。

誰か彼女を、連れて帰ってやるべきではないかと何人かの町民が言った。

そっとしておこうと誰かが言った。

エステルは墓標の前に座り込んで、声も出さずに泣いていた。

どれだけ泣いても、目から涙が零《こぼ》れ落ちるのが止《や》みそうになかった。

「そろそろ帰るぞ」

不意に、そんな声が後ろから響いた。

それは後から戻ってきた、デニスだった。

エステルは背後に立つデニスには振り向かずに、真新しい墓標を見つめながら返す。

「いやじゃ」

「ずっと縋り付いていてたって仕方ねえ」

「いやじゃ」

エステルは膝を抱えて座り込み、腫らした目を膝頭に擦《こす》りつけている。

しばらく、デニスはそのまま待っていた。

すると不意に、エステルが口を開く。

「何もしてあげられなかった。余は、何も」

「十分してやったじゃねえか。車椅子作ってやったりよ」

「なんにもならん。死んでしまっては、なんにもならん……」

エステルはすっかり掠れてしまった声で、呟く。

「治してやるなんて言って、ぬか喜びさせて、これじゃ。余は何をしたんだろう。何をしてたんだろう……」

「悔やむことじゃねえ」

エステルは服の袖で目を擦りながら、咳《せ》き込むように声を上げる。

「余は優しくなんてない……ティア……余は、優しくなんてないのだ……すまぬ……すまない……」

デニスはエステルの隣に座り込むと、何となしに芝生をむしって、風に吹かせた。

「優しくなるためには、何が必要だと思う?」

デニスが聞いた。

エステルは目に涙を浮かべながら、少しだけ考える。

「わからぬ」

「教えてやる。筋肉だ」

「こんな時に、ふざけるでない」

エステルがそう言った。

「いーや。本当だぜ。優しくなりてえなら、筋トレすることだ。そしたら強くなるからな。強くなれば優しくなれる」

「それはお主だけじゃ」

「逆に言うと、強くねえと優しくなれねえ。大抵の奴はてめえのことで精いっぱいで、他人なんか構ってられねえ。むしろ足を引っ張り合う」

「………」

「強いと余裕ができる。自分のことを何とかしたうえで、他人のことも助けてやれる。優しいってのはそういうことだ」

「お主の言ってることは極論じゃ」

エステルはそう言った。

デニスは座り込みながら、ふと空を見上げる。

「その点お前は弱い。一人じゃなんにもできねえしな。てめえのことだって満足に助けてやれてない」

「うるさいわ……」

「でもな」

デニスは、不意にエステルの頭をガシガシと撫《な》でた。

エステルはその手を払う。

「お前は優しい。弱くて自分のことすら守れないのに、この娘のために街中駆け回って、遊びに連れていってやって、助けてやろうとしていた。この世界で一番凄いのはそういう奴だ」

デニスはそう言った。

エステルの瞳から、また涙が溢れようとしている。

「強い奴が優しいのは当たり前だ。弱い奴が優しくなるのは難しい。だからお前は凄い。お前は本当にえらい奴だ。きっと王様になれる」

「……ひぃっ……ぐっ……うえ……ぐえ……」

エステルはボロボロと泣き出すと、苦しそうに声を絞り出す。

「胸が、苦しい。どうしてよいかわからぬ」

「そうだな」

「まだ、一緒にいたかったのに。たくさん話したかったのに」

「そうだよな」

「なんで死んでしまうんじゃ。馬鹿者。生きていてくれるだけでいいのに。なんでそんな簡単なことが、できないのだ」

「そうだな……」

「馬鹿者め。この、馬鹿者め……」

エステルは泣きじゃくりながら、ティアの墓標に向かって、ずっと呟き続ける。

デニスは彼女の気が済むまで、一緒にいてやることにした。

今日は臨時休業だ。仕方ない。

◆◆◆◆◆◆

数日前。

重い車椅子を押すのは、とても大変だった。

エステルの足はもうパンパンに張って、身体中のか細い筋肉が悲鳴を上げていた。もう日は沈みかけて、空は朱色の混じった暗い紺色から、真っ黒な夜空へと変わろうとしている。

ティアの家の前までやっとのことで車椅子を押してやると、エステルは疲れ切った様子で、しかし元気に笑う。

「ふ、ふははは！　それでは、また明後日《あさって》であるぞ！　ティア！　明日《あした》は大事な作戦会議があるのでな！」

「うん。また明後日ね」

ティアがそう言うと、エステルは疲れた様子で手を振って、家路に就こうとした。

ティアは父親のことを呼ぶと、家に入れてもらおうとする前に、振り返った。

「エステル！」

ティアがそう呼ぶと、ぎくしゃくとした足取りで帰ろうとしていたエステルが、振り向いた。

「なんであるかー？」

遠くからエステルが、よく通る声でそう聞いた。

ティアは口元に手を添えると、エステルに呼びかける。

「今日は、ありがとう！」

ティアがそう叫ぶと、エステルは笑って、手を振った。

「よい！　余も存分に楽しんだ！」

「もしも、明後日に私がいなくても！」

ティアはそこで言葉を区切ると、もう一度肺に空気を溜《た》めて、叫ぶ。

「気にしないで！　元気でね！　気を付けてね！」

「なんじゃ？　明後日は、用事があるのであるかー？」

「そうじゃないけどー！」

「なら、変なことを言うでないー！」

「もしもあなたが！　困った時には！　危ない時には！」

ティアはもう一度息を吸い込むと、エステルに向かって言う。

「私がきっと、助けてあげるから！　きっと！」

「ふはは！　楽しみにしておるぞ！　それではな、ティア！」

エステルはそう言って手を振ると、ティアに背中を向けて、食堂への道を歩いていった。

ティアはその小さな背中を見つめていた。

日は沈み、暗闇が空を覆いつくし、輝く無数の星々は輝きだし、その光が町に降り注ごうとしている。

人生は長かったり、短かったりする。

夜空に輝く星の光は、強かったり、弱かったりする。

でも、輝いたことに変わりはない。

幕劇　世界の終わり《ハッピーエンド》たちは

Welcome to cheap restaurant of outcast!

1

　ここは、王城の『王の間』。

　再び招集されていたジョヴァン騎士団長とヒース一等王族護衛官は、レオノールの面前で互いに跪《ひざまず》いている。彼らの正面で、玉座にゆったりと腰かけているレオノールは、ジョヴァン団長に冷ややかな目線を送っていた。

「ジョヴァンよ……お前には失望させられたぞ」

「…………」

　レオノール新王の威圧的かつ冷淡な声色に、ジョヴァンはごくりと生唾を呑《の》み込んだ。

「あれから一月も経《た》ったというのに……あのエステルの行方はまだ摑《つか》めないでいるのか？」

「陛下……実は、とある街の食堂に、エステル殿下と非常に似た娘がいるとの情報があり……現在、部隊を向かわせようとしているところです」

「エステル殿下だと？」

　ジョヴァンの些細《ささい》な言葉尻が気に障ったらしいレオノールは、玉座からゆらりと立ち上がると、彼の目の前まで歩を進める。

「あれだけ言ったのに、いまだにあのガキへの妙な同情と敬意が消えぬようだなぁ？　あぁ？

ジョヴァンよ」

「そのようなことは……ございません」

「お前の考えていることなどお見通しだ。あのエステルの捜索をわざと難航させて、時間を稼いでいる間に……奴《やつ》が国外まで亡命し、捕まらなければいいと思っているのだろう」

「そ、そんな大それたことは……！」

「この失態、ただで済むと思うなよ……？　もうよい。ヒース！」

レオノールが叫ぶと、傍らのヒースがサッと顔を上げた。

「はい、陛下」

「エステル捜索の指揮は、今よりお前が執れ」

「ご懸命な判断でございます、新王陛下」

ヒースはニッコリと笑うと、その場に立ち上がった。

「ジョヴァン団長は、前王をいたく敬愛されていましたから。いくら国賊とはいえ、あのエステルは前王の実の娘。心のどこかに呵責《かしゃく》があり、本来の能力を出せなかったのは仕方のないこと」

「してヒースよ。お前ならば、あのエステルをいつまでに追い詰めてくれる？」

「一日もあれば、十分でございます」

ヒースの返答は、レオノール王のみならず、ジョヴァン団長すらも驚かせた。

「ほう？　大きく出たな、ヒースよ」

「実は。こうなること、予測しておりました。すでにあのエステル〝元〟姫の居場所は、おおかた特定済み。僕の命で即刻捕縛に向かえるよう、近衛兵《このえへい》部隊を待機させてあります」

「なっ………」

ヒースの言い放った言葉に、ジョヴァンは思わず呆気《あっけ》に取られて口を開いてしまう。

その自信ありげな表情に、レオノールはいたく感激した様子で手を叩《たた》いた。

「さすがはヒース！　我が右腕よ！」

「それほどでもありません」

「聞いたか、ジョヴァンよ！　お前の養子はなんと優秀なことか！　お前の数十倍はこの俺様の役に立ってくれる！」

「………」

何も言い返すことができないジョヴァンを見て、ヒースは微《かす》かに口角をゆがめた。

「では、ヒースよ。お前の直下で近衛兵部隊を動かすこと、この俺様が許可する！　あのエステルを、必ずや捕まえてこい！」

◆◆◆◆◆◆

『王の間』から退室した後、ヒースは昼食を摂《と》るために王城の前の通りの喫茶店に足を運んでいた。

そこは彼が贔屓《ひいき》にしている喫茶店で、ほとんど毎食をそこで摂っている。屋外テラスでテーブルを拭いていた小さなウェイトレスは、ヒースのことを見ると顔を綻ばせた。

エプロンを着けた小さな女の子で、名前はミニョンという。マスターの娘であるらしい。

「ヒース様、こんにちは。いつものですね」

「こんにちは、ミニョン。いつものので頼むよ」

屋外テラスのいつもの席に座り込むと、ヒースは通りで配布していた新聞を広げた。

特に新聞が好きであるというわけではないし、別に目新しいことが書いているわけでもない。そもそも、ヒースはこういった新聞に書かれるような事件については、そのほとんどの裏側についてすでに知っている。

「興味がない新聞を、どうして読むんです？」。昔の仲間がヒースにそう聞いたことがあった。彼は青い髪をした魔法使いの少年で、名前をネヴィアといった。彼はヒースより少し年下だった。

「習慣かな。習慣ってのはいいもんだぜ。毎日必ずこうするってのを決めておくと、気分がいい」

ヒースはそう答えた気がする。「ふうん」と少年は言った。「そんなものかな」。その後にどんな会話があったかは覚えていない。

そして、その青髪の少年はもうこの世にいない。他の仲間も。あの頃から生き残っているのは、もうフィオレンツァしかいない。悲しいことだ。

「どうぞ、ヒース様」

新聞を読んでいると、ウェイトレスのミニョンがランチセットのお盆を持ってきて、ヒースのテーブルに置いた。ヒースは新聞を畳んで脇に置くと、ミニョンに微笑《ほほえ》みかける。

「ありがとう。マスターにもよろしく言っておいてくれ。ここのランチは世界一だ」

「もう、ヒース様ったら。ここより美味《おい》しい所はたくさんありますよ。ブラックス・レストランなんて、王国で一番だって話です」

「一番だって思うことが大切なのさ」

ヒースはそう言って、肉や野菜が挟まれたサンドイッチを頬張った。

僕たちは一番だった。僕のことを隊長と呼んでくれた彼らは、僕の仲間たちは、間違いなく世界で一番だった。

2

ヒースは翌日も、ランチを摂りにいつもの喫茶店へと足を運んでいた。

彼は隣を歩く銀髪の女性に、何やら熱心に話し掛けている。

「だからさ、フィオレンツァ。お前も食べてみろよ。あそこのランチは本当に最高なんだぜ」

「いいえ。ご遠慮しておきます」

「たまには昼飯くらい付き合えよ」

「食事中のヒース様をお守りするのは、私の役目ですので」

フィオレンツァと呼ばれた女性はそう言って、背筋をピンと伸ばしてヒースの横を歩いている。

とても顔立ちの整った銀髪の女性で、年の頃は十七歳といったところだろうか。その瑞々《みずみず》しい唇は常に固く閉じられており、普通に歩いているように見えても、その右腕は瞬時に腰の細剣を抜けるように意識されている。

「お前は生真面目すぎるんだよなあ。昔から忠犬みたいな奴だ。この僕を誰が襲撃できるっていうんだよ。これでもレベル１００なんだぜ」

「万が一はありますので。食事中は、人が最も無防備になる時間の一つです」

「わかったわかった。好きにしろよ」

そうしていると、前から何やら焦った様子の男が走ってきて、ヒースたちに向かって怒鳴り声を上げた。

「どけ、どけ！」

何やら大きなカバンを抱えた男は、そう叫びながらヒースたちに向かってくる。

フィオレンツァが剣を抜こうとした瞬間、ヒースは彼女の首根っこを摑まえた。

「どいてやれ。急いでるんだ」

「バラしてやれば、ヒース様が道を譲らなくて済みます。肉片を避ける必要はありますが」

「どうしてそうなる。なんでも叩き斬って解決しようとするな」

道を譲ってやると、男は何かに追われている様子で、脱兎《だつと》の如《ごと》く道を駆けていった。すれ違う瞬間に、ほのかに血の臭いがして、ヒースは少し顔をしかめる。

窃盗犯か何かだったのかもしれない。

「お前ももうちょっと、人間的な倫理観を身に付けろよ」

「申し訳ございません」

「行動に一貫性がありすぎるのも問題だな」

ヒースは呆《あき》れたようにそう言うと、王城の前で新聞を配っている少年に声をかけた。

「よう、小僧。一つくれるかい？」

「おっ。いつもの兄ちゃんじゃん。どうぞ。一つで金貨一枚だぜ」

「この商売上手め。値上げしてやがるな？」

「だって、兄ちゃんったら毎日新聞買いに来るんだもんな。金貨一枚でも買うだろ？　良い服着てるもんなあ」

「買うか馬鹿。せいぜい銀貨五枚だな」

「やりい！　よっ、太っ腹！」

「残りはチップだ。美味《うま》いもんでも食えよ」

ヒースは新聞売りの少年に手を振ると、受け取った新聞を脇に抱えた。

それを見ていたフィオレンツァが、剣に手を伸ばしながら呟《つぶや》く。

「あの少年、日に日に調子に乗ってますね。ヒース様をなんだと思っているんですか。お灸《きゅう》を据えてやりましょうか」

「やめろ馬鹿。平和でいいことじゃねえか」

ヒースは苦々しい表情を浮かべながら、フィオレンツァにそう返す。

フィオレンツァは剣から手を離すと、ふと呟く。

「平和なことですね。この平和を守るために、何があったかも知らずに」

「それが一番なのさ。あんまり首を突っ込みすぎると、割を食うことになる」

「私たちみたいにですか？」

「それ以上その話はするな」

ヒースが静かに凄《すご》んだので、フィオレンツァはそれ以上言葉を続けなかった。

代わりに、フィオレンツァは話題を変える。

「そういえば。エステル姫の捜索指揮権が、ヒース様に移譲されるようですね」

「計画通りだ。全て計画通りすぎて、逆につまらないくらいだな」

「ヒース様」

「どうした。ランチでも食う気になったか？」

「正面を」

◆◆◆◆◆

行きつけの喫茶店の前に、人だかりができていた。

人々が何やら言い合っている中に、ヒースとフィオレンツァが割って入っていく。

「誰か！　治癒魔法が使える奴はいないのか」

「ありゃもう駄目だよ。出血が激しすぎる」

「どけ。僕が使える」

ヒースが人だかりの間を通って中へと入ると、喫茶店は騒然とした様子だった。

テーブルや椅子がいくつか倒れて、大量の血が辺りに飛び散っている。その血だまりの中に、父親である店のマスターの頭を抱え込んだ、ミニョンが座っていた。彼女はヒースの姿を見ると、わなわなと口を震わせる。

仰向《あおむ》けに横たえられた父親は、胸部が炸裂《さくれつ》したような傷を負っている。そこから血がとめどなく溢《あふ》れ出し、顔色が真っ青になっていた。

「フィオレンツァ。外傷を診ろ」

「わかりました」

「ミニョン。何があった」

ヒースがそう聞くと、しゃがみ込んで父親の頭部を膝の上に乗せたミニョンが、瞳に涙を溜《た》めて、震えながら呟く。

「お、男の人が。お金は渡したんですけど。呼吸できなくて。その」

背後で、人だかりから声が聞こえてくる。

「強盗だってよ。何も殺す必要ねえのにな」

「ひどい話だよ」

「新王になってから、とんでもない重税になったからな」

「切羽詰まった奴がやったんだ」

フィオレンツァが素早く『柔らかい手のひら《パーム》』を発動し、薄い魔法の膜を風穴が開いた胸に被《かぶ》せた。彼女はカウンターの上からタオルをひったくると、そのタオルを畳んで厚手にして、上から押し付ける。

「胸壁動揺《フレイルチェスト》は処置しました。出血を止められますか？」

「僕が押さえるから、お前は気道を確保しろ。『ガラクタ趣味《アンパルフイクション》』」

ヒースは保有している強奪済《スナッチド》スキルの一つを発動させると、ミニョンの父親の損傷部の止血にかかる。錬金系の治癒スキルで、破損した血管を突貫工事で繋《つな》ぎ合わせる代物だった。

「もうすぐ大きな血管は修復できる。生命兆候《バイタル》はどうだ」

「ヒース様」

フィオレンツァがそう言って、ヒースは彼女のことをチラリと見た。

彼女はヒースと目を合わせると、小さく首を横に振る。

「駄目です。間に合いませんでした」

◆◆◆◆◆◆

駆け付けた王国騎士団に現場を任せたヒースは、通りの向こう側からその様子を眺めている。

「美味い店だったのに」ヒースはそう呟いた。「なんてことだ」

「新しいお店を見つけましょう」

隣に立ったフィオレンツァが、後処理にあたっている警察騎士たちの姿を眺めながらそう言った。

「もう外では食わん。昼はこれから、お前が適当に作ってくれ」

「わかりました」

珍しく不機嫌さを露《あら》わにするヒースは、深いため息をついた。そのまま歩き出すと、店の近くで泣きじゃくっているミニョンの下へと向かう。彼女の隣に座り込むと、ヒースはふと彼女に話しかけた。

「災難だったな」

ヒースがそう言うと、ミニョンは涙でしゃくりあげながら呟く。

「お父さんが……どうして……何も悪いことしてないのに……」

「そういうものなんだ。仕方ない」

「こんなの、おかしいよ。優しいお父さんだったのに。あんな、あんな……」

「おかしいと思うかい？」

「おかしいよ。変だよ。だって、だって……」

「そうだ。この世界はおかしい」

ヒースはミニョンのことを、横から覗《のぞ》き込んだ。

「イカれてるのさ。みんな不幸だ。幸せな人はみんな不幸になる。優しい人はみんな殺される。人は死に、追放され、虐げられ、間違いは永遠に正されず、後悔して、悲しんだまま、みんな過去に縛られて生きている」

ミニョンはぽかんとした。

ヒースは彼女に微笑みかける。

「だから、この世の全ての間違いは正さなければならない。僕は、僕たちはこの世界を救おうと思ってるんだ。君も一緒にやってみるかい？」

「どうやって？」

「頑張るのさ。頑張れば夢は叶《かな》う。君も、きっとまたお父さんに会えるよ」

「お父さんに会えるの？」

「世界の終わりでね」

「でも、私、何もできないよ」

「君にもきっと、何かの才能がある。僕がそれを見つけてあげよう。君は料理を運ぶのがとても上《う》手《ま》かったね。それが君の才能かもしれない。ここではない別の場所へ、何かを運ぶことが。隔絶された場所と場所を繋ぐことが、君に秘められた力かもしれない」

ヒースは立ち上がると、ミニョンの手を取って、彼女が立ち上がるのを手伝った。

「フィオレンツァ。この子を『家』に連れていってやってくれ。『みんな』に会わせてやるんだ。きっとすぐに仲良くなれる」

「わかりました。ヒース様は？」

「僕はちょっとばかし、身支度をしないとな」

ヒースは背筋を伸ばして、黒色礼服の襟を正した。

「久しぶりに、弟の顔でも見に行くか。あのお姫様を追い詰めるついでにね」

6章 史上最大の危機はクライマックスの前に

Welcome to cheap restaurant of outcast!

1

数百という騎馬兵たちが、明け方に街の門前へと辿《たど》り着いていた。

追放者食堂の常連である馬車屋の親父《おやじ》は、偶然その場に居合わせてしまった。

朝に別の街へと出掛ける用事があったので、早めに馬の用意をしに来たのだ。

なぜこんなに接近されるまで、これほどの軍勢に気付かなかったのかと馬車屋の親父は不思議に思った。それはあまりに突然現れた蜃気楼《しんきろう》のように、現実感がなく、どこか夢見心地に彼は感じた。

騎馬兵たちは門前に辿り着くと、その前列を走っていた中隊が両翼へと広がり、騎馬隊の指揮官たちを隊列から押し出すようにして散開した。王室騎馬兵隊の連隊長とその隷下各中隊長は、最前列でさらに陣形を整えると、その背後を走っていた馬車に道を譲る。馬車が止まると、中から黒地に金の刺繍《ししゅう》が施された礼服を身に纏《まと》ったオールバックの男が現れた。

その姿を見て、馬車屋の親父は眉をひそめる。

「……デニス……？」

馬車から現れた男が、あまりにもデニスと瓜二《うりふた》つだったので、馬車屋の親父は思わずそう呟《つぶや》いた。

その背格好、体格、顔付き。服装も髪型も違うが、たしかにデニスにしか見えない。違うところを挙げる方が難しい。強いて言えば、デニスより近寄りがたい雰囲気をしており、目つきがやや……

本当にほんの少しだけ、鋭いように見えるだけだ。

馬車から現れたデニスにそっくりの黒服の男……ヒースは、門前で呆気《あっけ》に取られている馬車屋の親父を見つけると、気さくな雰囲気で声をかけた。

「やあ、そこの親父さん」

「あっ、あああっと……な、なんだい？　いや、なんで、しょうか？」

「人を捜していてね。僕にそっくりの顔をした奴《やつ》が、この街にいるはずなんだ」

「あ、ああ……はい。デニス……ですね？」

「ちっぽけな食堂を経営してるよな。街のどこにあるか教えて欲しいんだ」

「で、デニスの、親類ですか？　いや、兄弟……？」

馬車屋の親父がそう呟いた瞬間、ヒースの裏拳が飛んだ。

身体《からだ》の前で組まれた両手から素早く伸びた拳は、馬車屋の親父の鼻頭を砕く。その瞬間に鼻から血液が噴出して、馬車屋の親父はその場にうずくまった。

「ぐぅっ!?　ぐぁっ……！」

「質問してるのは僕なんだぜ。まだ質問を許したわけじゃあないだろう？　なあ、会話にならない奴っているよなあ？　僕、ああいうのって嫌いなんだ」

「い、痛……！　ぐ、ず、ずいません……！」

「もう一度聞くが、その食堂はどこにある？　可及的速やかに行きたいんだ。教えてくれるよな？なあ、どうだ？　また質問に質問で返しやがったら、次は腕の骨をへし折ってやるからな」

上からそんな声を投げかけられて、馬車屋の親父は折られた鼻を押さえながら、混乱した頭で考える。

い、言ってしまっていいのか？　この男は……デニスにそっくりのこの男は？　何者だ？　食堂に行って、彼らをどうするつもりだ？

「あ、あの、その……」

「急に歯切れが悪くなったな？　どうした？　気分が悪いか？　不愉快な思いをしたか？　突然殴って悪かったな。ほら、立ちなよ。膝が汚れちまってるじゃないか」

ヒースは馬車屋の親父を立たせると、跪《ひざまず》いて汚れたズボンの土を払ってやった。

「さあどうだ。綺麗《きれい》になったよな。話す気になってくれたか？」

「し、知らなくて……俺は、その……」

「なあ……」

ヒースは彼の肩に手を回すと、顔を近づけた。いつの間にか、馬車屋の親父は何人もの騎馬兵に囲まれている。

「舌を引っこ抜かれても、人は死なないって知ってるか？」

「い、いえ……」

「生きたまま舌を抜いても、人間ってのは普通に生きていけるんだ。ペンチなんかを使って引っこ抜いてやるんだが、これが案外難しくてね。下手に抜くと死んじまうんだ。コツがあるんだよ……教えてあげようか？」

「…………」

馬車屋の親父は、鼻に添えた手の指からボタボタと血を流しながら、一瞬黙りこくった。

そして意を決したように顔を上げると、背の低い街の塀から届くように、声を張り上げる。

「デニス！　逃げろ！　誰か！　逃げ……」

その瞬間、馬車屋の親父はヒースの首打ちを受けた。

そのまま昏倒《こんとう》してしまった親父は、崩れるようにその場に倒れ伏す。

「誰かこいつを捕まえておけ」

ヒースがそう言うと、控えていた騎馬兵たちが彼の身柄を引き取った。

騎馬兵の連隊長が馬に乗って近づいてきて、ヒースに尋ねる。

「殺しますか？」

「おいおい。もったいないことを言うんじゃない。色々と使い道があるだろう？」

ヒースはそう言いながら、殴りつけた際に乱れたシャツのカフスピンを正した。

「連隊長殿。第一騎馬中隊を僕に貸してくれないか」

「わかりました」

ヒースは引き連れてきた騎馬兵たちに向き直ると、笑顔で声を張り上げる。

「さあ、お姫様狩りだ！　みんな、頑張ろうな！　市中引き回しだ！」

ヒースは左右に散開して整列する騎馬兵たちの間を歩きながら、彼らを鼓舞するように叫んだ。

「捕縛に貢献した者には、莫大《ばくだい》な報奨金と何階級もの特進を約束しよう！　お姫様と一緒に馬車を貸してやってもいいぞ！　どうせ処刑するんだ！　帰り道で何をしようが構わん！　犯そうがどうしようが知ったことか！　必ず捕らえろ！　絶対に逃がすな！」

2

正面門から中央通りを真っすぐ北上しながら、ヒースは声を張り上げている。

「僕たちは国王直属の近衛《このえ》兵《へい》団だ！　この街に、国賊であるエステル・キンググランド姫が潜伏しているとの確かな情報を摑《つか》んでいる！」

一個騎馬中隊を背後に整列させせながら中央通りを歩くヒースを見て、町民たちはみな自分の家に隠れたり、窓からその様子を窺《うかが》ったりしていた。

「国賊の捕縛に協力してくれた者には、国王陛下から直々に莫大な報奨金が授けられる！　しかし！　下手に庇《かば》ったり！　知っていることを隠したりした者は全員、女子供関係なく処刑台に上げてくれよう！　国賊を匿《かくま》おうとする者すなわち国賊である！」

その行進の様子を、ビビアは路地の陰から遠目に眺めていた。

「なんだあれ……しかも、あの人……？」

兵隊たちの戦闘に立って声を張り上げているのは、ビビアが以前……アトリエの裁判でデニスと共に王都へ出立した際に、突然声をかけてきた人物だった。

顔立ちはデニスによく似ているが、まったく異質な存在。あの時に感じた異様な雰囲気を、ビビアはふと思い出す。彼が、きっとまたいつか、どこかで出会うと言っていたことも。

ビビアが考え込んでいる横で、ツインテールとポニーテールの魔法使いがワナワナと震えていた。この三人はダンジョンへと潜るために、今朝から一緒にいたのだ。

「て、店長に知らせなきゃー！　というかあの人、めっちゃ店長に似てなーい!?」

「どうしようー！　というかあの人、めっちゃ店長にクリソツー!?」

ツインテールとポニーテールは口々にそう言った。

その後ろから不意に肩を叩《たた》かれて、ツインテールは絶叫する。

「きゃーっ！　許してください！　捕まえないでー！」

「何も知らないんですー！」

「ククク……静かにしろ。俺だ……ククク」

「えっ？　なんだ、グリーンじゃん」

ツインテールとポニーテールの背後から忍び寄ってきたのは、グリーンとその舎弟だ。

西の方角から来た様子の二人に、ビビアが尋ねる。

「グリーンさん、そっちの様子はどうでしたか」

「フフフ……向こうからも何十……いや何百っていう兵隊が来てるぜ……フフフ」

「ククク……東も同じだろうな……めちゃくちゃ怖かった……ククク」

クールな表情を浮かべながら膝をガクガク言わせているグリーンは放っておいて、ビビアが顎に手をやりながら呟く。

「完全に包囲……いや侵攻されてるってことですね……」

「どうする!?」

「どうしよう！」

「と、とりあえず！　デニスさんと接触しないと！　ポワゾンさんもすでに動いてるはずだ！　僕たちもできることをしましょう！」

「フフフ……それじゃあ俺たちは……フフフ」

「ククク……家に帰って押し入れに閉じこもっているとするか……ククク」

「あんたらも来るのー！」

◆◆◆◆◆

ヒースは街の広場まで辿り着くと、そこで一旦立ち止まった。

「ふむ。怯《おび》えてしまって出てこないな」

「適当な家に入って、町民を引きずり出しましょうか」

背後から馬で追従する第一騎馬中隊の中隊長が、ヒースにそう聞いた。

「引きずり出すなんて物騒なことを言ってはいけない。彼らは王国臣民であるぞ」

「申し訳ございません。言葉が過ぎました」

「ま、心配するな。彼らなら、きっと我々の言うことをわかってくれるさ」

ヒースは顎をしゃくって合図すると、門前で捕らえた馬車屋の親父を連れてこさせた。

近くの騎馬兵から剣を一本拝借すると、ヒースは彼のことを蹴りつけて叩き起こす。

「ぐぉっ!?　ぐえ……おえっ」

足元に転がした親父が呻《うめ》いて起きたのを確認すると、ヒースは広場の中心に陣取って、深く息を吸い込んだ。

「よく聞け！　ここにいるのは、我々に非協力的な行動を取ったけしからんペテン師だ！　誰か、この男の名前を知っている者はいるか！」

しばし周囲を眺めると、ヒースは後ろ手に縛られて転がる親父の胸を踏みつける。

「ぐあっ……！」

「誰もお前の名前を知らないのか？　そんなことがあるものかな」

「お、俺は……この街の人間じゃないんだ。偶然、ここを訪れていて……」

馬車屋の親父がそう言った瞬間、ヒースはその太腿《ふともも》に剣を突き立てる。

「うっぐあぁっ！　ぐぁあぁぁっ！」

「おいおい。見え透いた嘘《うそ》をつくなよ。僕はそういう下手な嘘は嫌いなんだ。上手な嘘なら良い。マジシャンとかは好きだぜ。彼らはとても上手に嘘をつくからな。それが彼らの仕事なんだ。ところでお前はマジシャンか？　あ？　どうだ？　お前はマジシャンなのか？」

「ち、違う……！　痛い、痛いぃ……！」

「まったく、どうしようもない奴だ。お前たちも覚えておけよ。僕はこういうくだらない嘘は嫌いなんだ。炒飯《チャーハン》に入ってるグリーンピースくらい嫌いだ。わかるよな？」

ヒースがそう言って振り返ると、背後に控えていた騎馬兵たちは、どう返していいかわからない表情を浮かべて、互いに顔を見合った。

特に返答を求めていたわけではなかったヒースは、また正面を向くと、腿から剣を引き抜く。その剣先には鮮血が付着しており、太陽の光にあてられて痛々しく輝いた。

「いいか！　今からこの男の首を斬り落とす！　この男は全くとんでもない奴で、我々国王直属の

近衛兵団を二度も欺こうとしたのだ！　我々に嘘をつくということは、国王陛下に唾を吐きかけているのと同じである！　断じて許すことはできない！」

首筋に剣先があてがわれ、馬車屋の親父は泣き出しそうになりながら、奥歯を噛《か》み締めた。

「この男の鮮血をもって知るがいい！　国賊に対して、我々は決して容赦しない！　どれだけの首を斬り落とすことになろうと、我々は決して諦めない！」

そうして、ヒースが首へと伸びる剣に体重をかけようとした瞬間、

「待て！　待ってくれ！」

そんな声が聞こえてきたので、ヒースは一旦、その剣を首に突き刺し、ねじって首を落とすのを中断した。見てみると、焦った様子で……もしくは意を決した様子で姿を見せた町民たちが、ヒースたちの前に現れていた。

どうやら様子を窺って、扉前や路地の陰に隠れていたように見える。

「おや。さっきまでビクビクしながら家に隠れてたってのに、一体どうしたのかね」

「その男を……離してやってくれ。そいつはただの……ただのカツ丼好きな、馬車屋のおっさんなんだ」

町民の一人がそう言った。彼以外にも多くの町民たちが、覚悟を決めた様子で続々と姿を見せている。ヒースはその一人一人の顔を品定めするように眺めた。途中、ひどく太って脂ぎった顔をした商人風の男がいたが、ヒースはその超肥満男には声をかけないようにしようと思った。一日に三十個はドーナッツを食べてそうな奴だ。

「それじゃあ君に聞こう。そこの君だ」

最初に声を上げた中年の男性に、ヒースが剣を握った手で指さす。

「お、俺か？」

「エステル・キングランド姫は、この街のどこにいるか知らないかね」

「それは、その……いや……」

「君も、知らない内に顔を合わせているかもしれない。桃色の金髪をした女の子で、尊大ぶった喋《しゃべ》り方をするはずだ。そういう子が、最近この街に住み始めていないかね？」

ヒースがそう聞くと、町民たちはヒソヒソと囁《ささや》き始めた。

「な、なあ。やっぱり……」

「待て、まだ言うな」

「あ、あの子だよ。お前らだって、薄々気付いてただろ」

「にしたって……」

「かわいそうに！」

突然そんな叫び声が響いて、町民たちの意識が一挙にヒースへと戻る。

「お前たちは、自分たちも知らぬ間に国家反逆の片棒を担がされようとしていたのだ！　だが心配するな！　お前たちの無垢《むく》なる罪はこの僕が許してやろう！　今告発すれば、ここにいるみなを許してやる！　この街の全てを許してくれるぞ！」

ヒースがそう叫ぶと、町民たちはさらに混乱した様子で顔を見合わせる。

「な、なあ……！　やっぱり駄目だ。みんなを危険に晒《さら》せない」

「やめろ、早まるなよ……！」

「あの子には悪いが、知ってることを言うしかねえんだよ……！　このままじゃ、みんな逮捕されるぞ！」

「じゃあお前が言えよ！」

「いや、お、俺っちは……！」

そのざわめきの中から、最初に声を上げた町民が葛藤した様子で声を絞り出す。

「も、もしいたとしたら……ど、どうするんだ？」

「我々近衛兵団が責任を持って捕らえる。どんな情報でも、教えてくれたなら莫大な報奨金をやろう」

「捕らえて、捕らえてから……どうするんだ？」

町民の一人がそう聞くと、ヒースはニッコリと微笑《ほほえ》んだ。

「そうだな。二度とこの王国を脅かすような者が現れぬように、エステル姫にはその見せしめとなってもらうことだろう」

「見せしめ？」

「国賊は人に非《あら》ず。王国に害なす悪魔である。悪魔に衣服は要らんから、裸にして市中を引き回し、王都の中心で全身の皮膚が剝がれ落ちるまで鞭打《むちう》ち、火刑に処してくれる」

「そ、そんな、惨《むご》いことを……」

「この正義は正当な裁判の下に執行されるだろう。もっとも、牢屋番《ろうや》には気性の荒い奴が多いから、エステル姫が牢屋で何をされるかは知らんがね。幾晩も慰み者にされて、処刑の日を迎えるよりも早くズタボロになって死んでしまうかもしれん。悲しいことだが、それはそれで再発防止に役立つことだろう」

それを聞いて、町民たちはざわついた。

「悪魔はお前の方だ……！」

ヒースが踏みつけていた馬車屋の親父は、苦々しい表情を浮かべてそう呟く。

その話を聞いて、町民たちはすっかり怖気《おじけ》づき、沈黙してしまった。

その中から、一人の中年の男が歩み出ようとする。町民たちはその姿を見て、次々に声をかけた。

「お、おい。どうするんだ、お前」

「お前らが言わないなら、俺が言ってやる。邪魔するな」

「ま、待てよ。あ、あんな奴らに捕まったら、あの子！」

「いいか！　お前たちが手を汚したくないなら、俺が言ってやる！　軽蔑するなら軽蔑しろ！　俺にも家族がいるんだ！」

彼は町民たちの中から歩み出ると、ヒースに向かって叫んだ。

「知っているぞ！　俺は知っている！　お前たちの役に立つ情報をな！」

ヒースはそれを聞いて、嬉《うれ》しそうな表情を浮かべた。

「おお、知っているか。勇気と正義に溢《あふ》れた者よ。ぜひお聞きしたい。姫はどこにいるかね」

「その子なら……その……この街に……その、食堂に……」

「なんだ？　もっとハッキリ言ってみろ」

彼は全身から冷や汗を噴出させながら、パクパクと口を動かした。

その脳裏に、ふと先日の光景が浮かぶ。彼も、ある少女の葬式に足を運んでいたのだ。

そこでずっと棺にしがみついて、泣きじゃくり、その死んだ少女の名前を叫んでいた小さな姿を思い出した。その小さな身体を棺からなんとか引き剝がすのに、彼も協力していたのだ。ひどく小さく、華奢《きやしや》な身体で必死に抵抗していた。誰よりも深く悲しんでいた。

「そ、その子なら……こ、この町に、その、その……」

彼は緊張で何度も瞬《まばた》きしながら、声を絞り出す。

「あの……だから……」

「だからなんだって？　あまり緊張するなよ。ほら、落ち着いて」

口の中が乾いて、言おうと決めていた言葉が出てこない。

「いや……そ、その子は……」

その代わりに、彼自身制御できない気持ちが心の底でふつふつと煮えたぎり、溢れ出ようとするのがわかった。それがどういう感情なのか、彼は上手《うま》く理解できない。

「あ、あの……」

そしてそれは、ついに、彼の喉をこじ開けた。

「こ、この街には……い、いない……」

「なんだって？」

ヒースがそう聞き返すと、彼は怯えた眼差《まなざ》しで、しかしたしかに正面を睨《にら》みつけて、力の限りに叫ぶ。

「お、おお前たちが捜しているような悪魔は！　この街にはいない！　俺たちが知ってるのは、友達のために街中駆け回って車椅子を作ってやって、葬式で心の底から泣いてやるような、誰よりも優しいただの女の子だ！　お、おお前たちに渡してやるものか！　この、この人でなしどもが！」

その雄たけびを聞いて、背後の町民たちがみな、驚愕《きょうがく》の表情を浮かべる。

「あ、あいつ！」

「い、言っちまったぞ！」

「言ったは言ったけど！」

「そうじゃないだろ！」

その様子を見て、ヒースは困ったように笑った。

「……やれやれ。この街は話の通じない連中ばかりのようだな……いや、これはつまり、そういうことなのか？」

ヒースはそう呟くと、背後の騎馬中隊に向けて挙手で合図をする。

「総員抜剣！　戦闘用意！」

ヒースの背後で馬たちがいななき、数十の抜剣の音が響く。

町民たちは口々に叫んだ。

「お、お前ら！　ご、ごめん！　い、言えなかった！　やっぱり言えなかった！」

「この馬鹿が！　てめえ！　自分が何してんのかわかってんのか！」

「もういい！　誰か、走ってこのことを伝えるんだ！」

「もう行ってる！　みんな逃げろ！」

「くそっ！　やっちまった！　近衛兵団に喧嘩《けんか》売っちまった！」

「もうやるしかねえ！　俺たちはどうせ馬鹿だ！」

「いいか！　全員ひっ捕らえろ！　一人残らず……」

声を張り上げていると、ヒースは何かに気付いて、その命令を途中でやめた。

その視線の向こうで、一人の男が歩いてきている。

自分と同じ背丈をした男。自分と同じ顔立ちをした男。自分と同質のレベル帯の男。

その姿を見て、町民たちは思わず、安堵《あんど》の表情を浮かべる。

「デニス……！」

「食堂の店長……！」

臨戦態勢に入っていた町民たちが次々にその名前を呼び、期待の眼差しを向ける。

この男なら、きっとなんとかしてくれる。ずっとなんとかしてくれたのだ。

この男を待っていたのだ。

デニスは、食堂の店長然としたラフな格好と、料理人の前掛け姿のままで、ここに足を運んでいた。彼はヒースの姿を見とめると、眉をひそめる。

「なんだあいつは……俺じゃねえか」

「で、デニス……あいつなんなんだ。お前にそっくりじゃないか？」

「兄弟か？」

「いや、兄貴や弟がいた覚えはねえんだが……なんだありゃ。変装系のスキルか？」

ヒースは満面の笑みを浮かべると、デニスに声をかける。

「久しぶりじゃないか、デニス」

デニスはそう呼ばれると、ヒースに向かって歩いた。

「なんだてめえは？　俺みてえな顔しやがって」

「おいおい。お兄ちゃんのことを忘れちゃったのか？」

その言葉に、また町民たちがざわついた。

デニスは距離を取ったところでヒースと対峙《たいじ》すると、彼のことを睨みつける。

「兄貴だと？　あんまりわけのわからないことを言ってると、しばき倒すぞ」

「やれるものならやってみるといい。お前がくだらんレストランで料理人ごっこをしている間、お兄ちゃんは修羅場をくぐっていたんだ」

デニスとヒースは互いに睨み合い、その場に迸《ほとばし》るような緊張が生まれた。

背後から、騎馬中隊の中隊長が小声で尋ねる。

「……我々が相手にしましょうか。一等護官殿」

「いいや。お前たちは手を出すな。どうせ歯が立たん……いいか！　僕がこの男に負けたとしたら、兵を引いて王都へ戻れ！　これは命令だ！」

「い、一等護官殿!?　し、しかし！」

「国王陛下には、収穫なしの誤情報と伝えろ！　わかったな！」

ヒースはそう叫ぶと、デニスに向かって歩み出した。

デニスもそれを見て両手に肉切り包丁を錬金し、応戦の構えを取る。

「……そこのおっさんは、うちの常連なんだ。返してもらうぞ」

「やってみるといい。初めての兄弟喧嘩としようじゃないか。愉《たの》しいなあ？　僕たちは、玩具《おもちゃ》やお菓子を取り合うような環境にいなかったからな」

「記憶にねえことを言われてもな。望み通り、てめえはぶっ潰してやる」

「お前こそ、少しは粘ってくれよ」

剣を握ったヒースと、肉切り包丁のデニスがお互いの射程圏内まで歩を進めた。

互いの制空権を侵犯した瞬間、先に動いたのはデニスの方だった。

3

「兄貴だかなんだか知らないが――」

「や、やっちまえ！　デニス！」

町民たちの声援は、場を支配していたはずの近衛騎馬中隊を一転して圧倒するほどの声量となり、街の広場に轟《とどろ》いた。全員がデニスの勝利を確信している。この男が登場したのなら、誰が相手であろうと全ての問題は解決するはずだと信じて疑わない。つまり、この食堂の店長への信頼というのは、そういう類のものだった。

デニスは踏み込むと同時に、肉切り包丁を横薙《な》ぎに払う。

「『強制退店の一撃』！」

防御不能。直接間接関係なく、〝接触〟という概念によって起動する、効果強制発動型のユニークスキル。

その凶悪極まりないスキルが、躱《かわ》すことを許さぬ爆発の如《ごと》き速度でヒースを襲う。

その手に握った剣で受けても、丈の長い衣服に引っ掛けても終わり。

そして、この間合いとこの速度。物理的に身体を躱す術《すべ》は存在しない。

「おおらァっ！」

爆裂する竜巻のような横一閃《いっせん》の斬撃が、ヒースの身体の上をたしかに通過した。

手応えは皆無。その肉切り包丁の一閃はただ軌道上を通過して、空気を横一文字に切り裂いただけだった。

「あ――？」

横薙ぎを空ぶったデニスは、たしかにヒースが目の前にいることを確認した。

その場から一歩も動かずに、身もよじらずに、ただ身体を一瞬だけ紫色の霧状に状態変化させ、軌道上で分離させていたヒースが、おかしそうな笑みを浮かべる。

「おいおい――強スキル振っとけば良いってもんじゃゃ――」

剣を握るヒースの右手に、力が込められるのをデニスは見た。

攻撃の起点。デニスは空ぶって崩れた構えのまま、それでも迎撃を準備する。

「ないだろうが、弟よ！」

踏み込み。予想される剣による一撃必殺。

デニスは当然これを迎撃しようとして、意識のがら空きに、拳骨《げんこつ》を二発叩き込まれた。

「づぁっ――!?」

剣を握った右手ではなく、無刀で脱力されていた左手による打撃。古典的なフェイント。しかし最短の弧を描いて顎と肝臓を的確に捉えた打撃は、威力こそ脆弱《ぜいじゃく》ながら、デニスの構えをさらに打ち崩す。

「『ガラクタ趣味《アンパルフィクション》』」

ヒースのスキルが発動し、その手に握られたなんの変哲もない両刃剣が、眩《まばゆ》い蒼色《あおいろ》の閃光を放った。

そのスキルに、デニスは見覚えがあった。

『銀翼』の大隊長ヴィゴーの……『蒼色の破剣』……？　なぜこいつが？

打撃を繰り出した左手が、引き戻されると同時に右手に握られた剣の柄《つか》へと収まり、両手持ちの構えに移行する。

デニスは腹筋と背筋の力を頼りに崩された構えをなんとか維持しながら、逡巡《しゅんじゅん》する。

ヴィゴーと同じスキルだとしたら、あれを喰《く》らうとまずい。

しかし、またフェイントか？　フェイントと見せかけて本丸か——？

デニスとヒースという両者の間には、凝縮された時間の駆け引きが存在した。しかしそれを眺めるギャラリーにとっては、デニスが最初に先手を繰り出してから、次にデニスが横方向へと吹き飛ばされるまで、瞬きで見逃すような一瞬の出来事でしかなかった。

「お、おおい！」

「デニス!?」

「店長！」

衝撃で吹き飛ばされ、デニスは周りを囲んだ群衆の中へと突っ込んでいく。その肩と頭で地面を削りながら、デニスは防御した右腕が半ば麻痺《まひ》していることに気付いた。

やっぱ、フェイント……蹴《ハイキック》りか、くっそ……。

デニスは吹き飛ばされた力を利用して転がり、膝と足で勢いを殺しながら体勢を立て直す。そのデニスに向かって、ヒースは大きな声を上げながら歩み出す。

「おいおいおいおい。弟よ。一体どうした？」

ヒースは手元の蒼光《そうこう》を放つ剣を肩にかけると、呆《あき》れたように言う。

「おおかた、才能に甘えて雑魚ばかり相手にしてきたんじゃあないのか？　思考停止のごり押しで勝てるような奴ばかりとよ」

「うっせえな……ここからだろうが」

「実際に手を合わせてみてわかったぞ。お前の『力』はしょせん、強者が弱者に振るう『暴力』にすぎん。それじゃあ相手にもならん」

ヒースは淀《よど》みなくカツカツと歩み寄りながら、蒼色に発光する剣を構え直した。

「レベル差のある強敵と戦ったことはあるのか？　自分と仲間の命を懸けて、レベルで30以上の差がある敵と殺し合った経験は？　敵国で、レベル90台を複数人相手取った経験は？　相手の妻子を人質に取っても勝ちをもぎ取った経験は？　各レベル帯で、きちんと死にかけながらレベルアップしてきたのかあ？」

「あるわけねえだろうが、俺はただの食堂の店長だぞ……」

血の混じった唾を吐くと、周りの町民がデニスに心配そうな声をかける。

「デニス！　大丈夫か？」

「つ、強いんじゃないのか？　何か、できることはあるか!?」

「あるわけねえだろうが！　任せておけ、くそっ……！」

デニスが立ち上がり、再度肉切り包丁を構える。

それを見て、ヒースはため息をついた。

「またそれだ。戦いは攻撃手段と防御手段の多様性だってことがわからないのか。壊れスキル一つに頼ってちゃあ、進歩もクソもない」

「ガタガタとうるせえんだよ！　黙って戦えねえのか、この黒服野郎！」

「お喋りしてないと耐えられないくらい退屈だってことだ」

デニスとヒースが再び、お互いの射程圏内に足を踏み入れる。

周囲のギャラリーは下がり、また二人を中心とした円形を形成した。

「最後に、お兄ちゃんが大事なことを教えてあげよう」

「それは嬉しいね。何を教えてくれるんだ？」

「勝ち負けに拘《こだわ》っている内は三流だ」

ヒースは再度、剣を右手だけで構えた。

「必ず勝てるようになって二流」

デニスも肉切り包丁を構える。先手を打てば返される。今度は後の先を取る。

「勝利とは、あらゆる手段を使って『強奪《スナッチ》』するものだと理解して、ようやく一流だな」

「勉強になったぜ。学校の先生に向いてるんじゃねえのか？」

デニスがそう返した瞬間、ヒースは蒼色の輝きを放つ剣を、片手で振りかぶった。

こいつの剣のスキルがヴィゴーと同じ性質のものなら、包丁を一本犠牲にして受け切れる。先ほどの紫霧化のスキルがロストチャイルと同じものなら、すでに攻略済み！

デニスは包丁で斬撃を受ける構えを取り、同時に錬金を発動させる。周囲に粒子を撒《ま》き散らし、霧状化の制御を鈍らせる準備。そこに再度、『強制退店の一撃』を叩き込む。

ヒースの一撃必殺の剣戟《けんげき》が、デニスを襲う。

その蒼色の剣が肉切り包丁と接触する瞬間、ヒースはその剣を、手放した。

「――？」

剣を握っていた手が開かれ、柄から完全に手が離れた瞬間からまた閉じられ、流れるように打撃へと移行する。

デニスはその軌跡を、しっかりと目で捉えていた。剣による斬撃攻撃が、攻撃の途中で拳による点攻撃に移り変わる。しかし見えたからといって、対応できるわけではない。ヒースの拳が、斬撃に対応しようとしていたデニスの防御姿勢の間隙を、いとも簡単に突き崩す。

「ぐぅっ!?」

頬にめり込む拳骨は、デニスの上体を後方へと仰《の》け反らせた。打撃によるコンビネーションに素早く移行したヒースは、デニスに対応する間も与えずに、突きの引き戻しによって続けざまに掌底を繰り出し、再度顔面を捉える。

「ごはぁっ！」

デニスの身体が、そのまま後方へと倒れる形になるまで押し込まれた。ヒースは掌底を引き戻した形から再度、今度は素早く踏み込み、上から叩き付ける軌道の張り手を振り下ろす。

今度は、直接にダメージを与えるための攻撃ではない。下方向へと叩き落とすための、雷のような撃ち下ろしだった。頭部が地面と接触する鈍い音は、地面が叩き割れる壮絶な破壊の音にかき消される。後頭部で地面を深く抉《えぐ》ったデニスは、一瞬身体をビクリと痙攣《けいれん》させて、空中に投げ出された脚を、力なく地面に落とした。

その一瞬の光景を見て、町民たちは蒼褪《あおざ》める。攻撃を視認できた者はいなかった。彼らにとっては、またデニスが、いつの間にか頭から地面に突き刺さったかのように見えている。

「お、おい……あれ、どうなってるんだ」

「店長が負けるわけねえだろ。こ、ここからだよ……」

「でも、か、かなり一方的に見えるんだが……」

ヒースはその場にしゃがみ込むと、打撃の接続によって揺さぶられ、地面まで割って頭部に甚大なダメージを受けたデニスのことを見下ろした。

「がっかりだなあ……弟よ。一体どうした……？　お前は僕と同じはずなのに、その体たらくはなんなんだ」

「がっ……ぐぁ……」

「お前は最終段階まで残るものと思っていたが、どうやら見込み違いみたいだな。一応は血を分けているから、ちょいと特別扱いしちまったよ」

心底がっかりしたような口調でそう言うと、彼はデニスの顔面を、手のひらで包み込んだ。

「ぐぁ……て、めえ……っ！」

「レアスキルだけ貰《もら》って仕舞いだな。まあ、色々とよくやってくれたよ」

デニスの顔面を包み込む指に、頭蓋骨が割られんばかりの握力が込められる。

「『ガラクタ集め《メリメロ》』」

ヒースのスキルが発動した瞬間。

デニスは頭から、脳みそが搾り取られるような錯覚を抱いた。

「ぐっ、おっ、おぉっ……!?」

頭の中から、全てが抜き取られるような感覚。その言いようのない嫌悪感に、口から呻き声が漏れる。

「がぁっ!? ぐぁあ……っ!? ぐぁあぁぁっ!?」

その悲痛な叫びを聞きながら、ヒースはなんの感慨もなさそうな表情を浮かべた。

「お前の役目は終わりだ。お疲れ様。それじゃあな、僕の弟」

4

ヒースのレベル100ユニークスキル『強奪《スナッチ》』は、デニスの単体スキルである『強制退店の一撃』とは性質が異なり、大きく分けて二つの部分から構成される。

一つ目は強奪手段である『ガラクタ集め《メリメロ》』。

二つ目は発動手段である『ガラクタ趣味《アンパルフイクシヨン》』。

つまり『ガラクタ集め《メリメロ》』によってスキルを対象から強奪し、『ガラクタ趣味《アンパルフイクシヨン》』によってこれを適時発動するのが、ヒースの『強奪《スナッチ》』を構成する二要素ということになる。

ただし、ヒースは対象のあらゆるスキルを強奪することが可能であるが、その発動に関しては品質のバラツキを自覚している。

自分の適性に沿った強奪済スキルであれば、彼はそのスキルの能力を最大限に引き出すことができる。逆に自分に適性のないスキルに関しては、発動の際にそのクオリティが数段……あるいはほとんど効力のないレベルまで落ちてしまう。

またスキルを無限に強奪できるわけでもなく、ヒース自身が溜《た》め込むことのできるスキルの量には限界がある。彼はこれを「容量《メモリ》」と呼んでいるが、単純に「個数」として決まっているわけではない。スキルごとにその大きさや形状といったものが異なるため、強奪スキルを最大限に溜め込んでおくためには、彼にしか感知できないパズルゲームのようなスキル容量を最大効率で埋めることを考える必要がある。

この問題を解決するための、補佐的な関連ユニークスキルがもう一つ存在する。ヒースに言わせれば、その関連スキルこそが最も重要ということであり、実際彼はそのスキルを多用していた。

「ぐっ、がぁあぁっ!!」

『ガラクタ集め《メリメロ》』によってユニークスキルを抜き取られようとしているデニスは、苦しげな呻き声を上げる。

スキルを抜き取るのに、普段はほんの一瞬しか必要ない。ただし今回は、デニスが精神的に強く抵抗しているために、ほんの少しだけ余計な時間がかかっていた。

「やれやれ……。あまり無駄な抵抗をするなよ」

ヒースはそう呟いた。

効果の強制発動型のスキルは希少だから、ぜひ自分のものにしておきたい。

しかもこれは、おそらくは自分にも完璧な適性のあるスキル。

それがもう少しで、完全に抜き取れそうだというその時。

ヒースは自身の背後から、複数の飛翔《ひしょう》物が襲い掛かっていることに気付いた。

瞬間にデニスから手を離し、ヒースは素早く背後を振り返って腕でこれを薙ぎ払う。魔法の矢と槍《やり》。追って放たれた魔法の矢も転がって躱すと、ヒースはその出所を睨みつけた。

「……強奪《スナッチ》中に邪魔するんじゃないよ……まったく。振り出しに戻ったじゃねえか」

ヒースが睨みつけた先は、広場を見下ろす建物の屋上。

そこに、ツインテールとポニーテールの魔法使いが立っている。

全力で撃ち込んだ魔法を簡単に無力化された二人は、ビビった様子で声を上げた。

「う、うおーっ！　完全に不意打ちだったのにー！」

「や、やべーっ！　でもでも店長から離したぞー！」

自分を奇襲した二人の娘の様子を見て、ヒースはなんとも言えない表情を浮かべる。

「なんだ、あの馬鹿二人は……」

ヒースは強奪済《スナッチド》スキルを準備して、屋上の二人をまとめて消し飛ばそうかと思った。

「待て！」

広場に少女の声が響き渡る。ヒースがその方向へと意識を移すと、広場の入り口付近から、一人の少女がカツカツと歩を進めてくるのが見えた。

「余が、お主らの捜すエステル・キングランドである！　今すぐ攻撃を停止せよ、ヒース！」

エステルはそう叫びながら、広場に姿を現した。

その後方で、ビビアが群衆の陰から顔を覗《のぞ》かせている。

「く、くそっ！　止められなかった！　戻ってきてくれ！」

ビビアがそう叫ぶのも無視して、エステルはヒースに向かって声を張り上げる。

「お主らの目的は、余の身柄であろう！　ならば！　その目的が達成された今！　これ以上の侵略行為は不要のはずである！　矛を収めよ！　余は逃げも隠れもせぬぞ！」

エステルの叫びを聞いて、ヒースはツインテールとポニーテールへの攻撃を中断し、立ち上がった。

「どうどう。まさか、そちらから参上してくださるとは。お久しぶりですよ、エステル殿下」

「さあ、連れていくといい！　その代わり、この街にはもう手出しせぬと約束せよ！　余は勝手にこの街に潜伏していたのであり、彼らはまったくの無関係である！」

それを聞いて、ヒースはチッチと舌を鳴らした。

「おわかりでないな。すでにそういう穏やかな段階は過ぎ去ったのですよ、殿下」

ヒースはそう言って笑うと、挙手の号令合図を出す。

「第一騎馬中隊！　号令と共に各中隊に連絡し、エステル姫及び、この場にいる全員を捕縛せよ！」

「なっ……！」

エステルはうろたえると、ヒースに向かって再び叫ぶ。

「な、何を言う！　目的は余であろう！　街の人々は関係ないはず！」

「僕らの目的は『国賊の捕縛』である。そしてすでに、この街は国王陛下に仇《あだ》なす国賊の群れだとわかった。国賊は一人残らず捕まえてやらないとな」

ヒースはエステルにそう言い放つと、空に向かって叫ぶ。

「キャンディ！　出番だぞ！」

ヒースが叫ぶと、別の建物の陰から、ツインテールとポニーテールに向かって飛翔していく小さな影が現れた。その小さな人影は、屋上の二人へと横合いから突撃し、その一方の横っ腹にドロップキックを突き刺す。

「うっぐおおーっ!?」

「つ、ツインテール!!」

ツインテールを突き飛ばして屋上に着地した小さな影は、二人の顔を見ると、ニヤリと微笑んだ。

「どうもぉ？　その節は、お世話になったわねぇ！」

茶色を基調としたチェック柄のジャケットに、黒いスキニーのズボン。

頭にはこれまたツイードの帽子を被《かぶ》り、丸くカールがかった強い癖毛が覗いている。

「お、お前はー！」

「この追放探偵キャンディ！　苦痛はプレゼント、復讐《ふくしゅう》はマニフェストォ！　この日を待っていたわ、このメスガキどもがぁ！」

「い、いつぞやの、性悪女……！」

「てめえらにぶち折られた肋骨《ろっこつ》やら腓骨《ひこつ》やら中足骨やら橈骨《とうこつ》やらの痛みィ！　身体で払ってもらうわよ、このダボォ！『探偵の極意《バリツ》』ッ！」

屋上のツインテールとポニーテールの二人がキャンディによって制圧されている間に、広場の騎馬中隊は剣を構えて、エステルや町民たちへとにじり寄る。

「大人しく捕まっておいた方がいいぞ。牢獄の夜の寒さは、折れた骨に堪《こた》えるからな」

ヒースがおかしそうに笑みを浮かべながら、そう言った。

「お、お主は異常者だ！　こんな、こんな過剰な行為が！　許されるわけがない！」

騎馬隊に囲まれたエステルが、ヒースに向かってそう叫ぶ。

「異常で結構。普通じゃ救世主は務まらん」

ヒースはそう言った直後に、周囲の大気の異変に気付いて、その場から瞬時に跳躍した。

脚の力だけで一瞬にして広場を囲む建物の屋上まで退避したヒースは、周囲を見渡す。

「困ったな。そういえば、あの厄介な奴がいたんだった」

ヒースはそう呟いた。

「ぐぅっ……うごぉっ……？」

「がっ……いぎ……!?」

突然、騎馬隊の近衛兵たちがもがき、苦しみ出す。

甲冑《かっちゅう》をひっかくように呻き出した近衛兵たちは、馬上でバランスを取ることができなくなり、次々に落馬し始めた。その様子を見ていた町民たちが、混乱した様子で叫ぶ。

「な、なんだ!?」

「どうなってる！」

「何が……ぐ、ぐぉ……！」

次第に、町民たちの中でも背の高い者から順番に、泡を吹いてその場に倒れていく。

混乱の最中、エステルは背後から手を摑まれる。振り向くと、そこには手で口と鼻を覆ったビビアがいた。

「び、ビビア殿！　これは一体何事である!?」

「息を止めるんだ！　ポワゾンさんの魔法が発動している！」

「全員、姿勢を低くして息を止めなさい！」

最後にそう叫んだのは、路地の陰から現れたポワゾンだ。彼女の指示によって、町民たちが頭の位置を低くしながら、中央通りを北上していく。その途中で、何人かの町民がデニスや馬車屋の親父の周囲に集まり、肩を貸して退避を手伝ってやっていた。

広場の喧騒を屋上から眺めていたヒースは、ちっと舌打ちする。

「うーむ。やはり病毒使いは厄介だな……殺しに行っても良いが、刺し違えて妙な病気を移されるのも嫌だし……」

ぶつくさと呟いていたヒースの隣に、一人の銀髪の女性――フィオレンツァが現れた。

「何事ですか」

「病毒魔法の範囲攻撃だ。広場一帯に発動していて、おそらくは地上からの高さで濃度をコントロールしている。乗馬中の近衛兵から行動不能にするためにな。ここは大丈夫みたいだが、あの厄介な使い手がいるのを忘れてたよ」

「『毒状態無効』の強化《バフ》スキルなら、以前に強奪済《スナッチド》のはずでは?」

「容量《メモリ》がかさばってさ。あの子たちに譲っちゃったんだ。お前がいるなら、そこまで優先順位は高くないかと思って」

ヒースがそう言うと、フィオレンツァはため息をつく。

「私が行った方が良さそうですね」

「悪いな、頼んだよ」

5

「姿勢を低くしたまま！　なるべく呼吸をしないように！　でも走りなさい！」

病毒魔法で周囲に毒素を振り撒きながら、ポワゾンが町民たちを誘導して逃がしている。ポワゾンを最後端に配置して、広場から中央通りを北上する町民たちの中には、共に避難しているエステルと、ビビアに肩を貸されたデニスも含まれていた。

「くっそ……」

「大丈夫ですか、デニスさん！」

「食堂の主《あるじ》よ！　大丈夫か！」

口々に尋ねるビビアとエステルに、デニスは顔をしかめながら答える。

「脳みそを揺さぶられた。頭がガンガンして、脚に上手く、力が入らん……アトリエは？」

「とりあえず、冒険者ギルドに匿ってもらってます！」

ビビアが頭の位置を低くしながら、そう叫んだ。デニスに肩を貸しながら、その様子を間近で見ているビビアは、彼がかなりのダメージを負っていることに気付く。

目の感じがおかしい。脚がふらついていて、若干ろれつも回っていない。脳震盪《のうしんとう》の症状だ、とビビアは思った。競技で戦うような拳闘士たちが、顎などを強打された時にこういう症状が出ると、本で読んだことがある。

デニスのような、対物強化《バフ》に強化《バフ》を重ねたような高耐久持ちを効率良くノックアウトするには、こういう戦術が有効なのか。もっとも、このデニスと真正面から戦い合って、一方的に殴り勝つような人間がこの世界に存在するとは……ビビアは今でも信じられないわけであるが。

一方最後端のポワゾンは、馬上の近衛兵に対してのみ致命的な濃度となるように毒霧の制御を行いながら、全力で後退している。

その視線の向こうで、広場の方から、細身の女性が疾走してきているのが見えた。

「一人、変なのが迫ってきたわ！　一旦毒霧を解除するから、周囲を警戒しなさい！」

ポワゾンはそう叫ぶと、周囲に散布し続けていた毒素の魔学結合を解除した。

白色の礼服を身に纏った銀髪の女性が、腰の剣に手をかけながら凄《すさ》まじい速度で迫っている。ポワゾンはその礼服を知っていた。王国騎士団の幹部礼服だ。

「ポワゾン！　対処できるか！」

前方を走るデニスがそう叫ぶ。

「任せなさい！『絶命宣告《ペンデユモルト》』！」

ポワゾンの病毒魔法が再び起動し、その前方に超高濃度の毒霧が充満する。

先ほどの加減された濃度ではない。全力濃度。物理的な抵抗すら覚えさせる濃色の毒霧。

銀髪の女性――フィオレンツァは構わず、抜刀しながらその毒霧の中へと突っ込んだ。

触れただけで皮膚が爛《ただ》れるほどの濃度で発動した病毒魔法。しかし、フィオレンツァはその濃霧の中を、一切のダメージを受けない様子で通過する。突破の直前、その影が見えた。

まさか、毒耐性持ち……！

「や、ヤバイのが来た！　止められない！」

毒霧を突破してきたフィオレンツァは、ポワゾンに向かって跳躍しながら、空中で鍔《ガード》のない細身剣を両手持ちで構えた。その一瞬の攻撃体勢を見て、飛び掛かってくる銀髪の女性が、自分よりも数段上のレベル帯であることにポワゾンは気付く。

しまった。ポワゾンが戦闘においてレベル以上の実力を発揮するのは、病毒魔法の特殊な性質に由来している。いわゆる、壊れスキルの初見殺し。しかし毒耐性を持つ相手に対し、ポワゾンはなんの有効打も持たない。というより、他の戦闘手段が存在しない。

まずい。何もできない。殺される。

その一瞬前に、ポワゾンは後ろから襟を摑まれた。

「『複製《コピー》』だっ！　この野郎！」

死に直面して身体が硬直していたポワゾンから、『もう一人のポワゾン』が剝がれるように複製《コピー》される。『本物の』ポワゾンは襟を思い切り引っ張られて後方に転がり、『複製の《コピー》』ポワゾンはそのまま立ち尽くし、フィオレンツァの袈裟《けさ》切りを喰らった。

肩口から脇腹まで一刀両断にされて、『複製の』ポワゾンは真っ二つになり、地面に転がる。その瞬間から、『複製の』ポワゾンの肉体はズクズクと音を立てて崩壊し始めた。

後ろに転がって倒れたポワゾンは、その様子を見て驚く。

「ジュエル！　あんた、人間も『複製《コピー》』できるの!?」

「全力で打てばね！　すぐにグロい肉塊に溶けて消えちゃうのが玉に瑕《きず》だけど！」

ポワゾンを後方に退避させたジュエルは、そう言ってニヤリと笑う。

「さらに！　もう一つスキルを重ねてある！　『溶鉄《ディゾルジョン》』！」

『複製の』ポワゾンを叩き斬ったフィオレンツァの細剣が、熱を帯びてドロリと溶ける。

フィオレンツァは、その様子を無表情で眺めていた。

「や、やるじゃないの！　助かったわ！」

「王族お抱えの鍛冶一族舐《な》めんじゃねえ！　鋳金スキルなら、父さんから一通り習ってるんだ！

あたしは剣にしか使えないけど！」

ポワゾンとジュエルが立ち上がる。

レベル差があるとはいえ……剣士《ソード》系のスキル構成ならば、肝心の剣を封じられれば著しく戦闘能力が落ちるはず。

ポワゾンが杖《つえ》を構え、ジュエルが錬金による攻撃の準備をした。

フィオレンツァは手に絡まった液状の鉄を払うと、二人を見やる。

「私が剣を使うのは、ヒース様に本来の戦闘方法をお見せしたくないからだ……」

「はい……？」

ポワゾンがそんな声を上げると、フィオレンツァは瑞々《みずみず》しいピンク色の唇を大きく開き、その口蓋に隠れた、異常に長く鋭い犬歯を覗かせた。

「いささか見苦しいことになる……が……ヒース様は現在、後方で各騎馬中隊に連絡されている最中ゆえ……半分だけなら、問題あるまい……」

「おっとっと……？」

「や、やっぱりヤバそうかも……？」

「グルルルァッ！」

フィオレンツァの細い首から発せられたとは思えぬような、獣染みた重低音の叫び声が響く。その瞬間、彼女は爆発するようにポワゾンに飛び掛かった。

人間の動きからはかけ離れた、四足の肉食動物然とした動き。

反射的に振り上げられた杖が、襲い掛かるフィオレンツァの顔前に差し出される。

瞬時にバキンッ、という音が響き、硬質の杖が牙によって噛み砕かれた。

「づッ、おぉおっ！」

フィオレンツァの突撃を受けたポワゾンは一瞬にして組み伏せられ、その両肩を押さえつけられる。彼女の異常に鋭い爪が、肩の筋肉に食い込んで突き刺さるのを感じた。

亜人系――獣人!? 毒が効かなかったのは、そのせいか――？

フィオレンツァは再び口を大きく開くと、ポワゾンの喉笛を、一噛みで食い千切らんとした。

「『柔《パ》らかい手《ー》のひら《ム》』！」

牙を立てて襲い掛かったフィオレンツァの顔面に、放たれた魔法の膜が押し付けられる。

なんてことはない、風に揺られた薄いレースのような抵抗。

そのままこの女の喉を食い千切って頸椎《けいつい》を噛み砕き、絶命させることにはなんの支障もない。しかし、こと戦闘に際しては、些細《ささい》な異変に対しても過敏なフィオレンツァの性質。他でもないその習性が、限界まで開かれた猫目で周囲を確認する一瞬だけ、その噛み付きを遅延させる。

次の瞬間、全力で飛びついてきたビビアが、フィオレンツァに真正面からタックルをかました。

もはや魔法使いでもなんでもない、単純な勢いと質量任せの全体重を預けた飛びつき。

デニスに影響されて少しだけ筋トレをしていたビビアの突撃が、半獣化していたフィオレンツァの細い首にひっかかり、梃子《てこ》の原理で後方へと仰け反らせる。

フィオレンツァを押しのけたビビアが、ポワゾンたちに叫んだ。

「逃げて！　こいつには勝てない！　いや、こいつらには勝てない！　逃げてくれっ！」

「び、ビビア君！」

ジュエルが叫び、ポワゾンはフィオレンツァの軽い身体を仰向《あおむ》けのままに蹴りつけると、そのまま後ろに転がって、ジュエルの首元を掴んだ。

「逃げるわよ！　全力でっ！」

「で、でも！」

「逃げるしかないんだってば！　今の戦力じゃあ勝てない！」

ポワゾンとジュエル……そして町民たちが駆けていく。

ビビアはがむしゃらにフィオレンツァに組み付きながら、町民たちと一緒に駆けるデニスを確認して、安心した。

よかった。僕が言った通り、街の人たちに付いていってくれてる。

僕のことを信頼してくれてる。

しかしその一瞬後、ビビアは恐ろしい力で肩を掴まれた。

獣の爪が深く突き刺さり、その先端は肩の筋肉の深部まで到達する。

「ぐっぅああっ！」

「ガルルルァッ！」

組み付いていた身体が簡単に引き剝がされ、まるで小さな人形でも吹き飛ばすように、ビビアは空中へと投げ出された後に、そのまま遠心力で背中から地面に叩きつけられる。

背面を強打し、呼吸が容易《たやす》く停止する。

「かは……っ！」

しかしそんなことを気にする間もなく、ビビアの面前に、鋭い犬歯の覗く大口が迫った。

「ガルァッ！」

やっば……。交渉の余地、なかったかあ……。

顔面か首が、食い千切られる。

「ぅうっ！」

その瞬間、ビビアは思わず目を瞑《つぶ》った。

「…………………」

死を覚悟してから、数秒後。

いつまで経《た》ってもその時が来ないので、ビビアは恐る恐る、その目を開いた。

目の前……その鼻先。キスするような至近距離に、とんでもなく整った女性の顔がある。

ビビアは殺されようとする瞬間にも拘《かか》わらず、異性とこれほど接近した経験がなかったので、不覚にもドキリとした。唇を閉じて犬歯を仕舞ったフィオレンツァは、ビビアの顔を至近距離で眺めると、ふと呟く。

「ネヴィア……？」

「ひえっ、えっ……？」

ビビアはわけもわからず、なんとなく、

「ぼ、僕は、ビビアですけど……」

そんな、間の抜けた返事をした。

6

デニスとエステル、ポワゾンにジュエル、それに町民たち。

彼らは、街の最北にある冒険者ギルドに辿り着いていた。ポワゾンが脚に刺し傷を負っている馬車屋の親父の傷を診ている横で、町民たちが窓から外の様子を窺っている。

「くそっ。もう騎馬兵が来てる」

「さっきの女は？　ビビア君は？」

「ここからじゃ見えない。どうなってるかわからん」

籠城した街の人々がそう言い合っている中で、デニスは身体に力が戻ってきたのを感じながら、思考の整理が付かないでいる。

ビビアはどうなった？　ツインテールは？　ポニーテールは？

捕まったのか？　あのヒースとかいう男はなんだ？

何がどうなっている……。

ズボンの布地が引っ張られて、デニスは現実に引き戻される。

アトリエが、デニスの服を引っ張っていた。

「アトリエ。無事だったか。よかった」

「ここから逃げるべき」

アトリエはそう言った。

「今すぐ」

「逃げるっつっても、これ以上は無理だ。ここで踏ん張るしかない」

デニスにそう言われて、アトリエは首を横に振る。

アトリエはポワゾンらを指さした。

「ポワゾン。ジュエル。エステル。デニス様と彼女らだけでも逃げるべき」

「どういうことだ？」

「能力と重要度の問題。ここにいても押し込まれるだけ。ロストチャイルの時と違う」

「おめおめと、てめえだけ逃げられるか」

「いや、アトリエちゃんの言う通りだ」

そう言ったのは、脚の手当てを受けている馬車屋の親父だ。

「このままじゃ、みんな捕まるだけだ。デニス。お前らだけでも逃げおおせてくれれば、まだ可能性がある」

「んなこと、言われたって……」

「デニス。しっかりしろ。ここが正念場だぞ。お前らだけでも逃げて、助けを求めるんだ。王都には、お前の仲間がたくさんいる。彼らの手を借りるんだ」

「………」

馬車屋の親父がそう言って、ギルドの待合室に逃げ込んでいた町民たちは押し黙った。

「……しかし、包囲されてる。どうやってここから脱出すればいい」

「ンドゥルフフフ……我々がどうにかするしかないネ」

「変態ポルボの言う通りだ。俺っちらで、店長たちを逃がすしかない」

「でも、捕まるぞ……」

「どっちにしろ捕まるんだ……」

町民が何か言い合っている中で、エステルが声を上げた。

「よ、余が、もう一度交渉してみよう……。き、きっと大丈夫じゃ。あの者たちも、余が額に土を擦《こす》りつけて、頼み込めば……」

そう言ったエステルの頭を、町民の一人が叩く。

「い、いだっ」

「いいか、嬢ちゃん。あいつらはもう、交渉なんて聞かねえのはわかってるだろ」

「で、でも……お、お主らが……」

「大丈夫だ。エステルちゃん。俺らはこれまで、ずっとこうやってきたんだ。町民根性の見せ所だ」

町民の一人がそう言って、デニスのことを見た。

「……みんなの命を頼めるか？　食堂の大将」

「………………」

デニスは押し黙った。

任せろとは言えない。

しかし、彼らの覚悟はすでに、固まっていた。

◆◆◆◆◆◆

「さてさてさて？」

中央通りを北上しながら歩いているヒースは、正面から駆けてきた騎馬隊の隊長を見つけた。

「隊長殿。首尾はどうだね」

「冒険者ギルドに立て籠もっていた町民たちを、全員捕縛しました」

「そうか。エステル姫は？」

「それが、まだ確認できていません」

「確認できない？」

ヒースは笑いながら、騎馬隊長に問いかける。

「そこにいなかったのか？」

「突撃の直前に、町民たちが一斉に出てきまして。兵が対応を迷っている一瞬の混乱の内に、おそらくは」

「ふーん。なるほど」

「あのデニスとかいう男の姿もありませんでした。毒使いも」

「つまるところ、いきなり逆突撃をかまされた挙句に勝手に混乱して、主要人物だけは取り逃がしたわけか。失策だなあ、隊長殿」

「申し訳ございません」

「いいや。君の失敗は僕の失敗だ。気にすることはない」

ヒースは微笑みながら、隊長にそう返した。

「むしろそれでいい」

「はい？」

「こっちの話だ。継続して、この町の人間を捕まえられるだけ捕まえろ。片っ端にだ。全員王都に連れていけ」

「連れていってどうするのですか？」

「国賊は全員、斬首刑に決まっているだろう？」

ヒースがそう言うと、隊長は一瞬だけ、表情を曇らせる。

「わ、わかりました」

「わかったら、さっさと命令を飛ばしてくれ。それじゃあ、あとは任せたよ」

騎馬隊長が駆けていき、ヒースは鼻歌を歌いながら、街の中央通りをのんびり歩く。

さてと。この街での仕事は終わりだな。

そんなことを考えていると、正面からフィオレンツァが歩いてくるのが見えた。

小脇に、何やら青いコートを着た少年を抱えている。

「フィオレンツァ。よくやってくれたな。その少年は？　騎馬兵に預けたらどうだ？」

「ヒース様。この少年を借りてもよろしいでしょうか」

「…………」

ヒースはフィオレンツァの正面に立つと、彼女の小脇に抱えられた少年を覗いた。

あのデニスと非常に仲が良い人物の一人だ。たしか、名前はビビアとかいう。

「どうして？」

「興味がありまして」

「フィオレンツァ」

ヒースはフィオレンツァの両頰に手を添えると、ポンポンと頰を軽く叩いたり、その柔らかい肌を引っ張ったりした。

「精神状態は大丈夫か？」

「良好です」

「やや獣臭いぞ。獣化したな？　知能の具合は元に戻っているか？」

「問題ありません」

「それじゃあ。その少年をお前が個人的に持って帰る、もっと具体的で合理的な理由を述べてみろ」

「ネヴィアに似てます」

「…………」

ヒースは困ったような表情を浮かべた。

「僕はそう思わん。髪型と雰囲気が、ちょっとばかし同じであるように思えるかもしれないだけだ」

「私は似てると思います」

「だからどうした?」

「借りてもいいですか?」

フィオレンツァはヒースの目を見据えて、そう言った。

ヒースは何か答えようと思ったが、その間に何度か表情を変えて、

「……わかった。好きにしろよ。僕は別に構わん」

結局、そう答えた。

ヒースはフィオレンツァの肩を叩くと、その場を去ろうとする。

「しかし。〝使命〟に影響がないようにしろよ」

「わかっています」

「僕たちの〝使命〟は?」

「人類を救済することです」

「そのために?」

「『世界の終わり《ハッピーエンド》』に到達します。正しい形で」

「そうだな。それでいい。それじゃあ、頼んだぞ」

◆◆◆◆◆◆

街を遠方から見渡すことのできる木陰に、デニスを始めとした四人が隠れている。

デニス、エステル、ポワゾン、ジュエル。

それが、残された残存戦力。

街から出発する騎兵隊の姿が見えて、それに囲まれた多くの町民たちの姿も見えた。デニスたちを逃がした町民たちは……あえなく、ヒースの率いる近衛兵たちに連行されているのだ。

「これからどうするの？」

ポワゾンが、デニスにそう聞いた。

「俺の元同僚や、食堂の元常連、元従業員に接触する。彼らに協力を仰ぐよ」

「同僚に、常連に、従業員？」

ジュエルが聞き返した。

「そんなん、役に立つわけ？　相手は国家なんだよ」

「かけあってみるしかねえ。やってみるしかねえんだ」

「どちらにしろ」

エステルが言った。

「余らに残された力は少ない……利用できる力を最大限に用いて、奴らに立ち向かうしかあるまい」

「どうやって？」

ジュエルがそう尋ねた。

「王都だ」

デニスが言った。

「俺たちも王都へ向かって、そこで全ての決着をつける。こうなったら仕方ねえ。追放者食堂、特別出張だ……！」

7章　追放者たちは錯綜する

Welcome to cheap restaurant of outcast!

1

王都にて。

王国騎士団の新米女性騎士であるヘンリエッタは、休日に街の中を歩いていた。その手には、サンドイッチの包みが抱えられている。

「さーてと！　今日はどこで食べようかなー！」

ヘンリエッタはそんなことを呟《つぶや》きながら、どこかちょうどいい、人気のない裏路地を探している。

軍隊でいうところの新米下士官であったヘンリエッタには、基本的に昼の休憩時間が存在していない。休んでるくらいなら新米はパトロールに出ろというのが警察騎士の風習で、新人はパトロール先でこっそり昼を食べるのが伝統なのだ。そんなこともあり、彼女はすっかり、人目に隠れて昼ご飯を食べる習性が身に付いていた。たとえ休日であっても。

ヘンリエッタは良さげな狭い路地を見つけると、そこにこっそり入っていこうとした。

そのとき、その手がガッと、甲冑《かっちゅう》ごと摑《つか》まれる。

「……へっ？」

ヘンリエッタはそのまま裏路地に引きずり込まれると、後ろ手に関節技を決められて、口を大きな手で押さえられた。

「むぐー!? んぅー!?」

「落ち着け、ヘンリエッタ！　俺だ。デニスだ」

ヘンリエッタを裏路地に引きずり込みながら、デニスは彼女の口を押えていた手を離した。

「ぷ、ぷは！　た、大将!?」

「久しぶりだなヘンリエッタ！　ちょっと来てもらうぞ！」

「お、おおお久しぶりです!?　どうしたんですか!?　はい!?」

「色々混み入っててな！　人目のない所で話そう！」

「な、なんで!?　喫茶店とかで良いじゃないですか！」

「あとで説明させてくれ！」

◆◆◆◆◆◆

一方、同じく王都の魔法学校。

元カットナージュ准教授の研究室であり、現在はバチェル准教授の研究室。

「余はエステル。エステル・キングランドである」

「あたしはジュエル。ジュエル・ベルノーだよ」

「ええと……はいやで。とりあえず、その剣下ろしてくれへんか？」

講義から帰ってきて早々。

部屋に隠れていた二人に剣を向けられているバチェルは、とりあえずそう言った。

「ええと……お金か？　あたし、お金ならないんやけど……」

「デニスから、お主に接触するように言われていたのだ」

「荒っぽいやり方でごめんね。色々と事情があってさ」

エステルとジュエルがそう言うと、バチェルは何かを考えるような素振りをする。

「あーと、食堂の関係者かな？」

「従業員兼居候の身である」

「じゃああたしの後輩なわけだ」

バチェルがそう返すと、突然研究室の扉が勢いよく開かれた。

「バチェル様！　今日も飛行試験に行ってキマス！　ンン!?　どういう状況デスカ!?」

扉を開いたメイド服の女性――オリヴィアが、二人に剣を向けられているバチェルに対してそう言った。

「な、なんだこのメイド!?」

ジュエルが焦って叫ぶ。

「敵デスカ!?　ぶっ飛ばしマスカ!?」

オリヴィアがメイド服の肩紐《かたひも》を解き、肩からジャキッと音を立てて伸びた二連装の砲口を、二人に向ける。

「あー待って待って、オリヴィアちゃん。敵じゃないっぽいんや。ぶっ飛ばすの待ってな」

「ワカリマシタ！　オリヴィアは臨戦状態から警戒状態に移行シマス！」

オリヴィアは二つの砲口をエステルとジュエルに向けながら、研究室をスーッと浮いて移動する。

「何このメイド!?」

ジュエルがそう叫んだ。

「怖っ！　なんで肩に大砲ついてるの!?　なんで足動かさないで移動してるの!?　浮いてるの!?」

「あー。この娘《こ》、前に足動かなくなっちゃって。内部構造が複雑すぎて結局直せなかったんやけど、今は飛行能力付けて代用しとるんや」

「歩けないから浮いてるの!?　どういう解決の仕方!?」

「わあ凄《すご》い。余もこの娘欲しい」

エステルが最後に、幼女並みの感想を述べた。

◆◆◆◆◆◆

一方、とある一室。

大きなベッド。

高級そうな調度品の数々。

連行された町民たちとは一人だけ別の扱いを受けているビビアは、この部屋で目を覚ました。

「どこだ……ここ……」

扉と窓はあるが開かない。

窓から外の景色を見るに、ここが王都であることはわかる。

町であの銀髪の女性に組み付いてから、気付くとここで寝ていた形だ。

あれから何がどうなったんだろう。

自分はなぜ、ここにいるんだろう。

ビビアがそんなことを考えていると、内側からは開かなかった扉が開いた。

「目が覚めましたか？」

「えっと？　えっ？」

ビビアにそう声をかけて入室してきたのは、町で交戦した銀色短髪《シルバーショート》の女性……フィオレンツァだった。

彼女は扉を閉めると、持ってきていた小箱からサンドイッチを取り出し、無言でカチャカチャとお茶の準備をしだす。

「あ、あの……」

ビビアはまったく状況がわからず、町で牙を剝《む》き出しにして、殺されかけたはずのフィオレンツァに聞く。

「僕は……というか、ここはどこですか……ね」

「赤茶はバールジレンですか？　それともニールギリン？」

「えっ？」

恐る恐る接している様子のビビアに、フィオレンツァは再度問いただす。

「赤茶の趣味は？」

「いえ、あの……僕、お茶ってよくわからないので……」

「それならば、バールジレンにしましょう」

フィオレンツァはそう言うと、手際よく茶葉とお湯の準備をする。

小さなティーカップに赤茶を注ぐフィオレンツァに、ビビアはもう一度尋ねる。

「あの、ええと……お名前は……」

「私の名前はフィオレンツァ」

彼女はチャッチャとお茶の準備をすると、それを複雑な意匠が凝らされた丸テーブルの上に置いて、椅子を軽く引いた。

「どうぞ」

「あ、は、はい……」

ビビアが促されるままに座ると、目の前に赤茶とサンドイッチが差し出される。

サラダとスープまで揃《そろ》っていた。

「あの」

ビビアが口を開いた。

「なんですか?」

「食べていいっていう、ことでしょうか」

「他に選択肢が存在すると?」

フィオレンツァはそう言って、ビビアの真正面に座る。

「…………」

彼女は食事を摂《と》ろうとはせず、ビビアのことをじっと見つめていた。

「…………」

ビビアはとりあえず、喉が渇いていたので、赤茶を一口啜《すす》る。

「どうですか？」

「えっ、お、美味《おい》しいです……」

「そうですか」

正面に座ってビビアの様子を眺めていたフィオレンツァは、そこで初めて、笑顔を見せた。

「よかった」

ビビアはサンドイッチに手を伸ばしながら、背中に冷や汗を噴出させている。

な、なんだ？　どういう状況だ？

何がどうなってる？　僕はどうしてここにいる？

この女性は？　みんなはどうなった？

◆◆◆◆◆

「処刑……ですか？」

王城の『王の間』で、ジョヴァン団長がそう聞き返した。

「そうだ。準備はヒースと、お前たちに一任する」

玉座に座り込むレオノール王はそう言って、参上させたヒースとジョヴァン団長のことを眺める。

「し、しかし。拘束した町民を全員、斬首刑……？　恐れながら、陛下……正気とは思えません！」

ジョヴァンがそう叫んだ隣で、ヒースはパチパチと拍手を送った。

「さすが、我が王。まったくのご英断でございます」

「ヒース、貴様……な、何を言っているのか、わかっているのか!?」

「団長殿は、国王陛下の真意がわかっていないようですね」

ヒースがそう言ってニヤリと微笑《ほほえ》むと、レオノールは気分を良くしたように口を開く。

「ジョヴァンよ。これは我が王国のための、やむなき犠牲というやつなのだ」

「な、何が王国のためだと！　罪のない王国臣民をみな殺しにするのが、本当に国益に繋《つな》がると!?」

レオノールはジョヴァン団長の反抗的な態度は不問として、彼に言い聞かせるように言う。

「この俺を新王だと認めない諸侯も多い。重税に対しても庶民は反抗的だ」

「しかしここで、国家に反抗的な人間を観衆の前で大々的に粛清すれば、その畏怖によって中央集権化は一気に進み、理想的かつ円滑な国家運営が行えるというわけですよ」

ヒースがそう擁護すると、レオノールはますます気分を良くしたようだった。

「そうだ。元はといえば、前王が寛大だ寛容だ多様性だといって、諸侯や国民への締め付けを緩くしたのがいけない。それがジョゼフ・ワークスタットやヴィゴー、ロストチャイルのような連中を助長し、結果として王国の治安悪化を招いたのだ」

「全くもってその通りでございます、我が賢王よ！　ここで新王たるレオノール陛下が、ご自身の身を削って恐怖の国王として君臨すれば！　王国騎士団及び近衛《このえ》兵《へい》団の力は絶対的なものとなり！真に平和で安全！　かつ強力な王国が実現するのです！」

ヒースが拳を握り込んでそう叫ぶと、レオノールは高らかに笑った。

「ははは！　そうだろうヒース！　お前は俺の考えていることを、本当によく理解してくれている！　紛《まが》うことなき、この国王たる俺様の右腕である！」

「この僕にはもったいなき、有難いお言葉！　恐縮でございます、我が王よ！」

そう叫んで、ヒースがその場に跪《ひざまず》く。

ジョヴァン団長はその光景を目の前にして、絶望的な思いを抱えた。

終わりだ。もうこの王国は、終わりだ……。

◆◆◆◆◆

二人が『王の間』を後にしてから。

ややしばらく無言のまま歩き、通路を曲がったところで、ジョヴァン団長はヒースの胸倉を掴むと、彼のことを壁に叩《たた》き付けた。

「ヒース……！　貴様、一体何を考えている……？」

ジョヴァン団長は、鬼気迫る表情でそう聞いた。

「団長殿。そんなに怒らないでくださいよ。これは国王陛下の決定なんですから」

「彼らを連行してきたのは貴様だろう！　あの男が新王に即位するよう工作したのも！　私は全てわかっているんだぞ！」

「唾を飛ばさないでくださいよ、まったく」

ジョヴァン団長はヒースを壁に押し付けたまま、その鼻先で息を荒くしている。

彼は憤怒《ふんぬ》を露《あら》わにしたまま、何か言いたげに口を開くと、ヒースの目を見つめたまま、複雑な表情を浮かべた。

「裏路地で、小さいお前を拾ったのはこの私だ」

「そうですね」

「なぜそんな風に育ってしまった。お前の背丈が、私の腰にも届かなかった時は……」

「ああもう。何度その話をするつもりですか、お義父上《ちちうえ》」

「優しくて、正義感の強い良い子だったのに。料理も好きだったな。卵料理を覚えたら、まだ団長に就任する前の私に、よく炒飯《チャーハン》を作ってくれたよな」

「昔の話はわかりましたよ。もう行っていいですか?」

「焦げ臭くて味の濃すぎる炒飯《チャーハン》を自信満々に振舞ってくれたもんだ。あんなに可愛《かわい》かったのに……」

「わかりましたから……」

ヒースはうんざりした様子でそう言うと、礼服の襟を摑むジョヴァンの指に手をかける。

「まだ話は終わっていないぞ、ヒース」

「終わるかどうかは僕が決めますよ」

「やってみろ」

「あなたが僕に敵《かな》うと?」

「利き手じゃなくても剣は抜ける」

ジョヴァンはそう言って、腰の剣に左手を添えた。

ヒースはそれを見下ろすと、困ったように、微笑んだ。

2

王都のとあるレストランの一室。その店の奥に構えられた上流の会食室で、とある麗しい女性が食事を摂っていた。その女性は白色ソースがかけられた海老《えび》にフォークを刺すと、それを口に運んで、なんとも言えぬ幸福感に満たされている。

「うーん。ここの料理はいつ来ても美味しいわ」

女性がそんなことを言うと、向かいに座って共に食事を摂っていた執事らしき男が、彼女に目配せをした。

「エスティミア様」

「何よ」

エスティミアと呼ばれた女性は、執事にそんな声を返す。小鳥の囀《さえず》りのような、高音域でありながらも品とおしとやかさが含まれた声色だ。

「婚約者たるレオノール新王の大事な時期に、食事のために外出されて……本当に、大丈夫なのでしょうか」

「別に大丈夫でしょう」

「しかし……」

「それに私とレオノールは、婚約者ではなく……共犯なのですから」

「エスティミア様！　そのようなことを申されては、いけません！」

「ふん。別にバレっこないわ」

エスティミアはそう言って、別の料理に手を付けた。

「それに数日後の粛清で、レオノールの権力が絶対的なものになれば……全てが周知の事実となったとしても問題ない。あの小賢《こざか》しいくせに、妙な正義感だけはあるラ・ポワゾンも追放したことですしね」

「そうですが……」

「心配することないわ。ぜーんぶ大丈夫だから」

そう言って、エスティミアは微笑んだ。彼女はそのままスープに手を付けると、甘くも塩気のある汁を音もなく啜りながら、ふと思い出し笑いをしてしまう。

そう、バレっこない。

そして仮に……全部バレたとしても、まったく問題ない。何せ自分には、この国の王たるレオノールと、王国最強の英雄……王族護官のヒースがついているのだから。

あのヒースに、前王暗殺の計画を持ち掛けられたのが数年前。純朴で信頼のおける召使いとして評判だった自分は、前王の食事に簡単に毒を盛ることができた。自分が実行犯となり、継承権第二位の王族レオノールと、王政府の実権を握りつつあったヒースが全面的に後押ししてくれたおかげで、前王の秘密裏の毒殺は成功。すぐに殺すのではなく、遅効性の毒によってじわじわと蝕《むしば》むことにより……数年かけて、病気に見せかけて死なせることができた。

盛られた毒によって生じた前王の病気が明らかになる前に、レオノールの元婚約者であり優秀な病毒術師であったポワゾンも、追放に成功。殊に『病気』と『毒』において、王国で右に並ぶ者はいないポワゾンが、前王の診察や検死にあたってしまっていたら……あの崩御が毒殺であるということは、簡単に看破されていただろう。ポワゾンは貴族社会を汚い手でのし上がってきた悪名高い令嬢だったとはいえ、その毒牙にかかったのは、実はさらにどうしようもない悪党ばかり。おどけた悪党を装いながらも妙な正義感を隠し持つポワゾンは、前王暗殺の件に感づいて、真犯人の特定に動く可能性があった。

しかし今や全ての障害は取り除かれ、問題のラ・ポワゾンも放逐済み。エステル姫も追放し、新王たるレオノールが君主の座に就いた上で、王政府の実権はあのヒースが握っている。彼らの婚約者であり共犯者である自分の身は、これで一生安泰になったということだ。

「処刑の日を楽しみにしていなさい。私の婚約者が、この国を恐怖によって掌握する瞬間をね。その時には……」

そう言いながらふと顔を上げたエスティミアは、妙なことに気付いた。一緒に食事を摂っていた自分の専属の執事が、机に突っ伏して寝入ってしまっているのだ。そこでエスティミアは、さらに妙なことに気付く。周囲の空気が、濁っている。空気に何かが混入している。

「その話……ゆっくりじっくり聞かせて頂こうかしらぁ？」

背後から、ねっとりとした女性の声が響いた。

エスティミアが振り向くと、そこには紫髪の厚化粧をした令嬢がいた。

自分が追放したはずの、あのラ・ポワゾンだった。

「なっ……」

そこでエスティミアは、意識が遠のいていくのを感じた。急激な眠気に襲われて、身体《からだ》から力が抜けていく。薄れゆく意識の中で、彼女は高笑いを聞いていた。その高笑いは周囲の空気を震わせて、最後には喉を壊していた。

◆◆◆◆◆◆

王都に店舗を構えるブラックス・レストラン。

営業時間後の深夜のホールに、デニス一行が集まっている。そこはデニスの育ての親であり師匠でもあるジーン料理長が、彼に場所を貸してくれていたのだった。

しかしながら、レストランのスタッフは料理長と副料理長のヘズモッチを含め、全員が引き払っている。いくら息子同然とはいえ、国家反逆の計画にレストランのスタッフ全員を巻き込むわけにはいかない。この潜伏先の貸し出しは、ジーン料理長によるギリギリの配慮だった。

「作戦は以上だ」

大人数用の大テーブルに座り込んだデニスが、そう言った。

テーブルを囲んでいるのは、エステル、ポワゾン、ジュエルとデニスの四名。

これに助っ人《すけと》二名を加えた六名が、「作戦」の実行部隊。

「たった六人で……王国に勝てるかな」

ジュエルがふと、そう呟いた。

「勝つしかないわけよ」

ポワゾンがそう言った。

「時に、ポワゾンよ」

「何？　チビ姫」

「どうしてお主は、我々に加勢してくれているのだ？」

「はあ？」

ポワゾンが、エステルにそんな声で返した。

「いや、なんというか……お主はてっきり、自分のことしか考えてないというか……そういう系の女だと思っていたのだが……」

「そりゃ自分が第一に決まってるじゃない」

「それでは、どうしてであるか？　正直、我々に与《くみ》する必要はあるまい」

「寝覚めが悪くなるからね」

ポワゾンがそう言った。

「キラキラな人生を送るためには、負い目を作らないことが大事なのよ」

「お主がそれを言うか」

「競争相手を蹴落とすのは別に負い目じゃないし。とにかく心がスッキリしてることが大事なわけ。復讐《ふくしゆう》もそのためね」

二人がそう言い合っているのをよそ目に、デニスもジュエルに聞いてみる。

「お前はどうだ？」

「あたし？」

デニスに聞かれて、ジュエルはふと考え込む。

「あー、まあ、正直雰囲気に流された部分はあるかも」

ジュエルはそう言うと、デニスのことを見た。

「いけないいかな？」

「わからんな。俺にはなんとも言えん」

そこで、エステルが立ち上がる。

「とにかく……ここには、追放された姫たる余、追放された悪女、追放された鍛冶一族の盗賊、それに食堂の主《あるじ》がおる」

「よくもまあ、追い出されたはぐれ者ばかり集まったものね」

「これに助っ人二人を加えてもう一回、国とぶつかるしかないわけか」

ポワゾンとジュエルが、そう言った。

「状況は圧倒的に不利。『奇跡』が何度も起きることを期待する他ない。しかし……必ず救出する」

エステルはそう言って、手元に視線を落とした。

デラニー、エピゾンド。みんな……。

余が必ずや、助け出してやる……。

◆◆◆◆◆◆

王城の通路で、歩いていたフィオレンツァに後ろから声をかける人物がいた。

「おいおいおい。フィオレンツァ」

ヒースが声をかけると、フィオレンツァは振り返って立ち止まる。パタパタと歩いてきたヒースは、その手に儀式用の装飾が施された細剣を握っていた。

式典か何かに参加してきた帰りなのだろう。

「どうされましたか？」

「どうもこうもない。僕の昼飯はどうした？」

「あっ」

「作っておいてくれと言ったろ」

「すみません。失念していました。今から作ります」

フィオレンツァが珍しく焦った様子で駆け出そうとして、ヒースは彼女の肩を摑む。

「まあ、それについてはいい。だがな、フィオレンツァよ」

「なんでしょうか……」

「お前、まだあのビビアとかいうガキに構ってるのか？」

「いけませんか？」

「いいか、大事な時なんだ。ままごと遊びはそろそろ止《や》めにしろ」

ヒースがそう言うと、フィオレンツァは居心地の悪そうな表情を浮かべた。

「わかりました。すみません、ヒース様」

「本当にわかったのか？」

「わかりました」

「それじゃあ、今すぐあの小僧も近衛兵に預けろ。一緒に処刑台に上げる」

それを聞いて、フィオレンツァは悲痛な面持ちで言う。

「それは嫌です」

「いいか、しっかりしろ。フィオレンツァ。お前の力が必要なんだ」

「ヒース様も、きちんと言ってくだされればよかったのに」

「何を？」

「ネヴィアに似てる子がいると」

「なんだ？　それがどうした？」

ヒースはわなわなと震えると、常に薄ら笑いを張り付けている顔面を、微《かす》かに歪《ゆが》めた。

「きちんとお前に言ってやればよかったのか？　おお、フィオレンツァ。デニスの身辺調査をしてたらな、ネヴィアにちょっと似てる子がいたんだよ。僕はそんなに似てるとは思わないんだが、お前はどう思う？　そう言ってやればよかったのか、悪かったな！　クソッタレ！」

ヒースは怒りを露わにすると、握っていた剣を床に投げつけた。

ガシャリという激しい音が鳴り響き、フィオレンツァはビクリと震える。

「す、すみません……」

「いいか。シャキッとしろ。似てるからなんなんだ。お茶を入れてやって、可愛がれば満足なのか？　お前にそういう趣味があるとは知らなかったぞ」

「ネヴィアが死んだのは、私の責任です。私がもっと早く到着していれば、あの子は……」

フィオレンツァは吐き出すように言うと、歯を噛《か》み締めて、うっすらと瞳に涙を溜《た》めた。

それを見て、ヒースは片手で頭を抱える。

「何度も言うが、あれはお前の責任じゃない。隊長だった僕のせいだ」

「わ、私がもっと速く走っていれば、間に合ったかも、し、しれないのに……」

「獣化したお前より速く走れる奴《やつ》なんていない。仕方なかったんだ」

「に、似てるんです。あのビビアという子を見ると、どうしても、その……」

「わかった。悪かったよ。わかった。うん……そうだな。今日はもう休め」

ヒースはそう言うと、フィオレンツァの頭をポンポンと叩いた。

フィオレンツァは瞼《まぶた》の縁から溢《あふ》れてくる涙を指で拭いながら、ふと呟く。

「しかし、ほ、本当に責任を感じているのは、ヒース様の方では」

◆◆◆◆◆

フィオレンツァと分かれたヒースは、歩きながらポケットの中の鉱石を取り出す。

それを耳元に押し当てると、彼はだしぬけに口を開いた。

「メルマ。聞こえるか」

そうすると、鉱石が鈍い光を放って微かに振動し、そこからザラついた声が聞こえてくる。

『どうされました?』

「フィオレンツァが不安定だ。当日の『子供たち』を増員しといてくれ」

『フィオレンツァ様が?』

鉱石から響く少女の声が、不安げな色を帯びる。

遠隔で声を飛ばすことのできる『子供たち』の連絡役……ヒースが他の人間から『強奪《スナッチ》』したものを譲ってもらった、レアスキルの適格者。

『大丈夫なのですか？』

「まあ、心配ない。もしかしたら不安かもしれん、というだけだ。調整はお前に任せる」

『お言葉ですが』

メルマと呼ばれた少女の声が、厳しげな語調を含む。

『当日の流れが全て計画通りに進んだとしても、最終的にヒース様は、一時的に行動不能状態に陥る可能性があるのですよ』

「そんなことはわかってる」

『その時にフィオレンツァ様が百％で稼働してくれなければ困ります』

「いいか、そんなことは百も承知だ。フィオレンツァは上手《うま》くやってくれる……とにかく、頼んだぞ」

ヒースが会話を終わろうとすると、メルマが続けた。

『ヒース様。私は不安です。全て上手くいくでしょうか』

「上手くいくさ。心配するなよ」

『しかし。もしかしたらその段階で、世界が終わってしまうかもしれません』

「いいか、メルマ」

ヒースは一呼吸置いて、鉱石に向かって話し掛ける。

「コインの裏が出ることを考えるな。表が出ることだけを考えろ」

『それでも不安です』

「僕たちはこの世界に喧嘩《けんか》を売ろうとしてるんだぞ。どうせ、一つしくじったら全滅するんだ。そんなことを考えても仕方がない」

ヒースは付け加える。

「きっとコインは表側を向いてくれる。裏が出たら死ぬだけだ。心配しなくてもいい」

1

王城前の大広場に、大群衆が集まっている。

現場責任者の一人である王国騎士団のジョヴァン団長は、人員が適切に配備されていることを確認すると、舞台の中心部に並べられている者たちを眺めた。田舎町から連行されてきた大量の町民たちが、後ろ手に手錠と足枷《あしかせ》を嵌《は》められて並べられている。

「ぐぅう……」

「くそぉ……！」

「もー！　たすけてー！」

「やー！　ゆるしてー！」

「静かにしろ！」

呻《うめ》いたり泣いたり叫んだりツインテールだったりポニーテールだったりしている町民たちを、近《この》衛《え》兵《へい》が怒鳴りつけた。

公開処刑は、王国騎士団と近衛兵団の混成人員によって取り仕切られている。

王国騎士団の人員は、銀地に国色である明るい青と黄色があしらわれた儀礼用の甲冑《かっちゅう》姿。

近衛兵団の人員は、赤色と黒色の儀礼用制服。

新王の統治において、絶対に逆らってはならない者たちは誰か。この公開処刑を通じて、それを国民に知らしめようというわけだ。

ジョヴァンはふと、斬首の時を待つ囚《とら》われの町民たちから目を離し、周囲を眺めた。

ヒースはどこだ。奴《やつ》は近衛兵団側の、現場責任者のはずだが。ジョヴァンがそんなことを考えていると、彼の名前を呼ぶ者がいた。

「団長、ジョヴァン団長！」

そう叫びながら処刑台の方から降りてきたのは、王国騎士団の首脳幹部の一人。背中に身の丈の二倍はあろうかという大剣を担いだ、警察騎士〝副長〟のピアポイントだ。

「本当にこんな処刑をやるつもりですかい！　ええ!?　マジなんですかい!?」

フルフェイスの鎧兜《よろいかぶと》を被《かぶ》ったピアポイントが半ば叫びながら近づいてきて、ジョヴァンは〝彼女〟の頭を、兜の上からガツンと甲冑の小手で殴りつける。

「いっだぁー！」

「ピアポイント！　あまり大きな声で不敬なことを言うな！　国王陛下の勅命だぞ！」

「だってなぁー！　団長ー！　オレは全然納得いかないぜぇー！　言っちまえばこんなの虐殺だよぎゃくさつぅ！　っいだぁ！」

もう一度ピアポイントの兜を殴りつけたジョヴァンは、背丈の低い彼女に対して上から指さす。

「いいか！　お前願いだから黙って仕事をしろ！　お前は口を開けば問題発言しかしないんだからな！」

「だってぇー！」

「お前の不祥事をな！　私が何回、その、ごちゃごちゃしてやったと思ってるんだ！　言っとくがもう限界だからな！」

「だって助けてくれるもんなー。わーったわーったよ……オラァこの雑魚士官に下士官どもォ！　ちゃっちゃと準備しろグラァ！　みな殺しにするぞゴラァ！」

専用の小さい銀甲冑と大きすぎる大剣をガチャガチャと言わせて、怒号を撒《ま》き散らしながら去って行った〝彼女〟……『罪悪天敵《ナチュラルエネミー》』の異名を持つピアポイント警騎副長の後ろ姿を眺めながら、ジョヴァンは浅いため息をつく。

そこで、王城側の広場の奥から、風の魔法に乗せられてきた声が響いた。

「注目！　国王陛下のお目見えである！」

ジョヴァンはそちらを向いて、思わずギョッとする。王城の方から、何やら巨大な金色の山……いや神輿《みこし》が移動してきている。四角錐《すい》状の巨大な黄金の輿は、何十人……いや百人単位の人間によって担がれ、もっぱら人力でゆっくりと移動しているようだった。

権力を誇示するために、これ以上効果的な乗り物はこの世にあるまい。その悪趣味極まりない金輿の上に立つのは……やはり、あのレオノール・キングランド王だった。その異様な国王の姿を見て、広場に集まっていた国民たちが当然の如《ごと》くざわつく。

レオノールはその様を輿の頂点から満足げに眺めると、王族に特有の桃色がかった金髪を太陽の光の下で輝かせた。

「親愛なる王国臣民たちよ！」

レオノールの声は、彼を乗せた巨大な輿を担ぐ従者たちと共に追従する風の魔法使いによって、広場全体に拡声される。

「今日という日は、記念すべきものとなる！　その目でとくと見届けるがいい！　王国を脅かす国賊が、どのような末路を遂げるか！　国王たるこの俺様が、国を守るためにどのような覚悟をもって国家の敵と対峙《たいじ》するか！」

◆◆◆◆◆◆

騒然とした様子の王城正面。

その一方。王城の裏口に、ヘンリエッタが立っていた。

「新設の、国王親衛隊？」

裏口の守衛が、そう言ってヘンリエッタの顔を見た。

ヘンリエッタは困ったような笑みを浮かべると、守衛に言う。

「あの、今日は催しの後に、部隊のお披露目があると聞きまして……！」

「そんな話は聞いてないな」

「あー、あのですね！　辞令書もあるんですよ！　これです！」

ヘンリエッタはそう言うと、先日にジョヴァン団長から受け取った辞令書を見せつける。

守衛はそれをじっくりと眺めると、ふうん、と鼻を鳴らした。

「たしかに、王国騎士団の正式な書面だな。それも騎士団長直々」

「そう！　そうなんですよー！」

そう言いながら、ヘンリエッタはダラダラと冷や汗を流した。それはエステルとポワゾンという元王族関係者の協力の下、それっぽく作っただけの偽造の辞令書である。

「しかしなあ。そういう命令は申し受けてないしなあ」

「そ、それがですね……！」

ヘンリエッタは守衛の耳元に顔を近づけると、囁《ささや》き声で言う。

「じ、実は……その、ゴニョゴニョなアレなんですよ……」

「ゴニョゴニョなアレ？」

「そ、そう！　あの、ここでは言いづらいと言いますか……その、国王陛下も、お盛んなものですから……！」

「ああ、そういうことか。なるほど」

守衛は何かを察したように頷《うなず》くと、裏口の扉に手をかけた。

「どうぞ、〝部屋〟はわかる？」

「え、部屋？」

「知らないのか？　娼婦《しょうふ》用の部屋がきちんとあるから、中のメイドにでも聞いてくれよ……っと、そういえば人がいないかもしれないな。まあ、自分でなんとかしてくれ」

「あ、あー……ま、マジで、こういうのってよくあることなんですか？」

「よくあるというより、新王になってからは毎日さ。前王の頃は、こんな馬鹿げた業務はなかったんだが……おっと、今のは聞かなかったことにしてくれよ」

年配の守衛は呆《あき》れたようにそう言った。

「あ、ありがとうございます……」

「しかし陛下も、今度は騎士団から夜の相手を選ぶとは」

守衛はそう言って、『鍵開け』のスキルを発動した。彼がスキルを発動して扉のノブを何度か回すと、扉全体に複雑な紋様が走り、ガチャリという開錠の音が響く。

それを見て、ヘンリエッタが「ほーっ」という声を上げた。

「これが、王家の裏口のスキルですか……！」

「そう、俺の一族の専用スキルなんだ」

守衛は得意げに言った。

「他の連中の開錠スキルとは違くてね。俺たちのスキルはこの『王城裏口』しか開けないが、逆にどんなにレベルが高くても、他の連中にこの『王城裏口』は開けない。そのおかげで、代々守衛として雇ってもらってるわけだ」

「す、すごーい」

「王城の召使いたちは、そういう王家専用の特化スキル持ちばかりさ」

「そう。だから、開けてもらうまで待っていたんだ」

不意に男の声が背後から響いて、守衛は振り返った。

そこには自分よりもいくぶん背の高い、肩幅の広い男――デニスが立っていた。

◆◆◆◆◆◆

「今日ここに罪人として引っ立てられたのは！　国賊たるエステル・キングランドを町ぐるみで隠匿し！　国家反逆の企てを幇助《ほうじょ》していた愚か者たちである！」

黄金の輿の上に立ったレオノールが叫ぶと、拘束していた町民たちの何人かを、近衛兵たちが引きずっていく。その中には、ポルボやグリーン、それに馬車屋の親父《おやじ》も含まれていた。

「ンドゥフフフ……こ、ここまでかネ……」

「ぐわー！　いやだ！　助けてくれー！　俺はただの、ただのかっこつけなんだ！」

「グリーンの兄貴ぃー！」

「くそ……」

両手両足を拘束された町民たちを、近衛兵が引っ張って処刑台に上げていく。

並べられた処刑台の前には、王国騎士団の首切り人たちが整列して待ち構えていた。一番最初に連れてこられた町民たちは抵抗するものの、殴りつけられたりして、最終的には一人ずつ断頭台に組み伏せられる。抵抗むなしく頭を差し出し、彼らは断頭用の木枠へと次々に嵌め込まれていく。

広間の中央に設営された、大規模な処刑台。ジョヴァン団長はその足元に立ち、公開処刑の準備が着々と進んでいく様子を眺めていた。

「本当にやるんすね」

そう言ったのは、ジョヴァンの隣に立つ、ピアポイント警騎副長だ。

「ああ」

「いいんですかい、団長」

「王政府の命令を全うするのが我々の仕事だ」

「それがどんな命令でも？」

「そうだ」

近衛兵が、抵抗していた最後の一人に群がり、断頭台の木枠に組み伏せようとしている。

「いやだ！　死にたくなーい！」

「兄貴ー！」

その様子を、ジョヴァンはやや遠い目で見ている。

「具申は行うが、決定には従うのが我々騎士団だ。そうじゃないと国は成り立たん」

「オレはそうは思いませんがね、団長」

「ならどう思う？」

「どんな形であれ、国民を守るために悪を打ち倒し、敵に立ち向かうのが騎士団だ」

ピアポイントはそう言った。フルフェイスの鎧兜と銀甲冑で全身を覆い、肌の一欠けらも見えない彼女は、身体《からだ》の前で窮屈そうに腕を組んでいる。

「オレはどうも、これは決定的な事件なんじゃないかと思いますよ。いわば、オレたちはこの国で最大の悪党になろうとしてるんだ」

「善悪じゃない」

ジョヴァンはそう言って、連絡員の準備完了の合図を確認する。

「いかなる時も王政府の側に立つのが、我々王国騎士団だ」

「国民の側じゃなくてっすか？」

「通常はそうだ。しかし、必ずしもそうだとは限らない」

ジョヴァンはそう返すと、片手を振り上げて、喉から声を張り上げる。

「王国騎士団々長より斬首部隊へ！　抜剣！」

◆◆◆◆◆◆

ヘンリエッタは裏口から王城に入ると、辺りをキョロキョロと見渡した。

たまに入る王国騎士団の本部も立派なものだが、こちらはちょっとスケールが違う印象を受ける。何もかもが大きくて、広く、ゆったりとしていて。そして何よりも、どこもかしこも豪勢かつ煌《きら》びやかにピカピカと光っている。

周囲に人影はない。

どうやら昼の公開処刑に際し、守衛などを除く大半の職員が出払っているらしい。

「王家の宝物庫は……あたしの記憶では王城の最上階、その二階下だよ」

ジュエルが囁き声で言った。

「どうする？　予想通り王城は手薄になってるみたいだ。こっそり行くかい？」

「全力だ」

デニスがそう返す。

「コソコソしてたって、どうせどっかで見つかるんだ。『王家の宝物庫』まで全力で突っ走るぞ。障害は全部ぶちのめす」

「わかった。ヘンリエッタさん、あんたはどうする？　あたしたち、これからガッツリ国家反逆するわけだけど」

「わ、私だって行きますよ！　街のみなさんの命がかかってるんですから！」

ヘンリエッタがそう言って、三人が王城の通路を駆け出した。いつもは従者や王政府の役人たちで賑《にぎ》わっているはずの王城は、まるっきり人気がないように思える。

甲冑をガチャガチャと言わせて走りながら、ヘンリエッタが言う。

「ね、ねえ！　大将！」

「なんだ、ヘンリエッタ！」

「なんだか、楽しいですね！」

「なに馬鹿なこと言ってんだ、お前は！」

見つけた階段を駆け上がりながら、デニスがそう返した。

ヘンリエッタは息を切らせながら、嬉《うれ》しそうに笑う。

「私、ずっとこんな風に大将と走ってみたかった！　助けてもらったあの日から！　ずっと！　隣を走ってみたかった！　一緒に戦ってみたかった！」

それを聞いて、デニスは何か言い返そうと思ったが、結局、何も言わずに階段を駆け上がることに決めた。

「もうタダ飯喰《ぐ》らいのヘンリエッタじゃありませんよ！　王国騎士団所属の、ヘンリエッタです！」

「わーった！　いいから走れ！　本物の『王剣スキルグラム』を手に入れるぞ！」

「あいさー！」

◆◆◆◆◆◆

処刑台で、王国騎士団の首切り人が一斉に腰の剣を抜いた。

処刑人の剣《エピユドジャスティ》。

それは一見して普通の剣のように見えるが、その先端は丸みを帯びて切っ先が存在しない。これはあくまで斬首のために振り上げて使用する代物であり、これを使用した戦闘や刺突は想定されていないからだ。

「構え！」

ジョヴァン団長の号令が響き、処刑人たちが一斉にその剣を振り上げる。

木枠から首を突き出した馬車屋の親父は、なかば諦めた顔でその音だけを聞いていた。眼前には、公開処刑を見に集まった大勢の群衆。彼らの表情は恐怖に引きつっていたり、逆に興奮に彩られていたりする。処刑人の腕が良いことを祈るだけだ……。

彼がそう思っていた時、ふと、頭上から。

「すまん……」

そんな声が聞こえてきた。馬車屋の親父が足元を見ると、自分の横に立つ処刑人の脚が、微《かす》かに震えているのがわかる。

おいおい……しっかりしてくれよ……。

馬車屋の親父がそんなことを考えながら、斬首の号令を待っていると。

処刑台を囲む群衆が、にわかにどよめきだしたのがわかった。

「お、おい！」

「なんだあれは⁉」

ざわめきの中から、そんな声が聞こえてくる。馬車屋の親父がふと顔を上げると、つい今まで自分たちに好奇の目を向けていた群衆が、みな空を見上げていることに気付いた。

澄み渡る大空に、こちらへ向かってくる飛翔《ひしょう》物が見える。

それは鳥ではなかった。それはメイドだった。

2

広場に、一人のメイドが降り立とうとしている。

キッチリとしたメイド服に身を包んだ彼女は、丈の短いミニスカートから伸びるスラリと長い脚を惜しげもなく披露して、着陸用に設定されている角度へと自動的《オートマチック》に膝を曲げた。

メイド服の背部には二基の出力口《ジェットエンジン》が存在し、それが彼女の飛行推進力の源であるようだった。内蔵された魔力を変換して出力する飛行機能は、彼女の背部に元から格納されている二砲の中距離攻撃用高出力魔力凝集線砲を拡張したものだ。

広場にいる全員が、そのメイドが処刑台の後方、レオノールが立つ金輿の前方に着陸する光景に釘付《くぎづ》けになっている。どうやら、空からメイドが降ってくる現場に出くわした経験のある者はいなそうだった。

彼女は、さらに二人の女性を両脇に各々抱え込んでいる。

つまり、合計三人の女性が空から広場に参上したのだ。斬首の号令を挙げようとしていたジョヴァン団長が、その光景を見て呆気《あっけ》に取られている。その手は号令の直前に振り上げられたまま、宙ぶらりんになっていた。誰もが呆気に取られて口をポカンと開けている中、最初に声を発したのは、拘束されている町民たち。

「あ、あれは！」

「食堂のセクシーメイド！」

「オリヴィアちゃん！」

「ミナサン！　お久しぶりデス！　お元気デシタカ！　調子ハいかがデスカ!?」

「良いわけないだろ！」

「見りゃわかるだろ！」

「ナルホド！　ごめんナサイ！」

町民たちに、オリヴィアが着陸しながらそう声を返した。彼女に運ばれてきた二人の女性は、彼女が完全に降り立つ前に地面に足を着けて、自分の脚で立つ。

その二人の姿を見て、輿の頂点に立つレオノール王は唖然《あぜん》とした表情を浮かべていた。

「な……に……？」

レオノールがそう呟《つぶや》く中で、広場の中央に降り立った少女と女性とメイドは、次々に名乗りを上げる。

「余はエステル・キングランド！」

「私《わたくし》はラ・ポワゾン！」

「初めマシテ！　オリヴィアです！」

「こっちから来てやったぞ、簒奪者《さんだつ》レオノール！」

◆◆◆◆◆◆

一方。王城の上階を目指して駆け上がってきたデニス一行。

「この階のはずだよ」

ジュエルがそう言った。

デニスは駆けてきた階段から身を乗り出すと、頭を出して通路を確認する。やはり人の気配はない。王城に侵入しているというのに、不気味なほどスムーズだ。これでは隠れる必要すらない。一緒に壁から頭を出したヘンリエッタが、恐る恐る呟く。

「ほ、本当に一人とも出くわさないまま、来ちゃいましたね……」

「ああ。嫌な雰囲気だぜ。誘い込まれてるって感じだ」

デニスは壁から肉切り包丁を一本錬金しながら、そんな返事をした。彼の頭にちらつくのは、町で戦ったヒースとかいう男。自分の兄だとか抜かす、自分とそっくりの、そして自分よりも強い男のことだ。

なぜこれほどもぬけの殻なんだ？　俺たちは誘《おび》き寄せられているのか？

俺たちの動きなど完全に筒抜けで、どこかで待ち伏せされているのか？

そんな逡巡《しゅんじゅん》が頭をよぎる。しかし、デニスは身を乗り出した。

「ジュエル、『王家の宝物庫』はどっちだ」

「右の通路。奥の部屋」

それを聞いて、デニスは駆けだす。どちらにしろだ。罠《わな》だろうが、今はこのまま突っ走るしかない。辿《たど》り着いた最奥の部屋には鍵がかかっており、ヘンリエッタが警察騎士仕込みの蹴りで扉を破ろうとしてもビクともしなかった。

「大人しく出てこいオラァ！　ったぁー！　駄目だ！　全然駄目ですわ！」

「お前いつもそういう仕事してるんだな……」

ヘンリエッタの日頃の仕事ぶりの一端を垣間見《かいまみ》たデニスが、そう呟いた。

「王城の扉は、どこも特殊なスキルで施錠されてるんだ。物理的な攻撃じゃ開かないよ」

「よし。任せておけ」

デニスは一呼吸置くと、扉に向かって肉切り包丁を振りかざす。

「『強制退店の一撃』」

ユニークスキルを発動させて扉を軽く叩《たた》くと、一瞬のタイムラグがあった後に、木製の扉がバキバキとへし折れ始める。扉は隣接した壁を破壊しながら元の場所から外れ、破壊された原形を留《とど》めたまま、デニスが指定した方向へと、物理法則を無視して徐々に後退していく。

「よし。俺のスキルの方が優先順位が高かったようだな」

「く、空間操作、いや座標操作系のスキルか……扉の物理的固定よりも、上位の概念として判定されたみたいね……」

ジュエルが感心したようにそう呟くと、デニスは遠慮なく部屋に入っていく。

中はなんの変哲もない部屋だった。いくつかの家具が並べられている、シックで落ち着いた雰囲気の部屋。狭くもないし、だからといって広くもない。

「これが……『王家の宝物庫』？」

「ちっ。部屋が違ったみたいだな。ジュエル、もうちょっとよく思い出してくれ」

「いいや」

ジュエルも中に入ると、デニスとヘンリエッタに言う。

「間違いない。あたしも王家の鍛冶職人を継ぐ者として、一度だけ入ったことがある。ここが『王家の宝物庫』だよ」

「ここが？」

「要は、何をどう見るかの問題なのさ。そのままでは見えないものもある。この世界はそんなことばっかり」

◆◆◆◆◆◆

「と、捕らえろ！　近衛兵！　王国騎士団！　奴らを捕まえろ！」

レオノールが叫び、周囲の警備にあたっていた近衛兵たちが一斉に戦闘態勢に入った。

その様子を見て、ポワゾンがよく通る声で叫ぶ。

「おおっとぉ！　捕縛は待つことね！　じゃないと、元婚約者としてあんたの性癖とか●●とか▲▲とかを国民の前でバラすわよ！」

「いやもうほとんど言ってるだろ！　ふざけるな」

「なんの序の口！　まだまだ全年齢対象！　赤子の子守歌にでも聞かせてやれるわぁ！」

「捕らえろ！　近衛兵！　ひっ捕らえろ！　あの女に口を開かせるな！」

焦ったレオノールが叫び、剣を構えた近衛兵たちがポワゾンたちへと一斉に襲い掛かった。

「オット！　ぶっ飛ばしマスカ!?」

ガシャンッ、と肩から二連装の砲身を伸ばしたオリヴィアが、その場でホバリングしながら回転する。しかし襲い掛かった近衛兵たちは、彼女らの周囲に近づいた瞬間に頭から地面に倒れ込み、苦しそうに地面に転がってのたうち回った。

「おーほっほっほ！　精鋭精強の近衛兵といえど、範囲攻撃の状態異常には弱いものねえ！　脆《ぜい》弱《じゃく》脆弱！　軽率軽率ぅ！　おーほっほっほほほほ！　ぐへっ、うげっ」

笑いすぎて喉に痰《たん》を絡ませたポワゾンをよそに、エステルがレオノールを指さす。

「余らは、お主が計画した前王の暗殺！　それに王家が代々行ってきた王剣の不正の事実を暴くためにここに来たのだ！　まずはそれについて説明してもらおうぞ！」

「な、んだとぉ!?　こ、の、落ちぶれた国賊風情がぁ！　王国騎士団！　ジョヴァン団長！　早くこの女どもを捕らえぬか！　何をやっている！」

レオノールが、こめかみに青筋を立てて憤怒《ふんぬ》の限りに喚《わめ》きたてる。

名前を呼ばれた当のジョヴァン団長は、困ったような表情を浮かべた。

「あ、ああと……どうしたものかな」

「団長、どうするっす？　いちおう、オレなら問題なく制圧できると思いますけど」

ピアポイント警騎副長がそう聞いた。

その瞬間、〝彼女〟の銀甲冑が、弾力を持った水銀のように〝ぶるり〟と波打つ。

ジョヴァンはスキルの予兆を見せたピアポイントを片手で制した。

「まあ、待て……ここは……」

ジョヴァンはレオノール王に向かって、声を張り上げる。

「国王陛下！　恐れながらこのジョヴァン！　国民が余計な疑念を抱かぬためにも！　ここであの国賊どもの虚言を！　国王自らが完膚なきまでに事実無根と証明してくださることを！　いち王国臣民として期待しております！」

ジョヴァンの大声は音域が低いながらも、恐ろしいほどよく通る声だった。

彼が士官候補生時代に、号令訓練において抜きんでた成績を残したのも頷ける声量だ。

「な、なるようになれだな……。少し様子を見よう……」

「ひゅーっ。さすがは騎士団の各部隊を束ねる〝団長殿〟。ここぞって時にたぬきっすねー」

隣で、ピアポイントが兜の下から口笛を吹いた。

「な、ん、だとぉ、このぉっ！」

レオノールは、奥歯が割れんばかりに上下の顎を嚙《か》み締めながら、そんな呻き声を漏らした。

その目下。広場の中央で、エステルが声を張り上げる。

「告発するぞっ！　レオノール！　王座に就くためではない！　復讐《ふくしゅう》のためでもない！　国民のため、余のために命を張ってくれた者たちのために！　このエステル・キングランドが！　貴様と王家の不正！　偽《イツワリ》りの王権を暴いてくれる！」

◆◆◆◆◆◆

「『複製《コピー》』！」

その場にしゃがみ込んだジュエルが、床に手をついてスキルを発動させた。

〝部屋ごと〟複製《コピー》するつもりだ。

デニスやヘンリエッタが立っているなんの変哲もない部屋の壁が震え出し、小さな破片となってパラパラと崩れていく。

「な、なんだ!? どうなってる！」

「父さんもこうやっていた！ 『王家の宝物庫』！ 王家が永きにわたって隠し通してきた秘密が保管されているこの部屋は！ 通常の手段ではその真の姿を認識することすらできない！」

「う、うわー！ へ、部屋が！ 崩れてくー！」

ヘンリエッタの叫び声と共に、家具が自壊し、壁が崩れながら裏返っていく。

そこから、この部屋の本当の姿が現れようとしていた。

「『宝物庫』を認識する方法は一通りではない！ しかし、ウチら王家お抱えの鍛治一族の場合はこう！ 古代の魔法使いが組み上げた超高度な魔法によって、ギリギリの状態で二重に折り重なっている空間！ これを劣化複製《コピー》して崩壊させる！」

ジュエルの劣化複製《コピー》によって、途方もないほどの緻密さで維持されていた二重の空間が崩壊する。

それは、何万というピースによって慎重かつ美しく構築された芸術的な積み木の山に、無様な構造体をぶつけて全て台無しにするようなものだった。

デニスたちが認識していたなんの変哲もない部屋が崩壊し、真っ白のだだっ広い空間が現れる。

そこに、何百年もの歳月を重ねたと思《おぼ》しき宝物の数々が置かれていた。

それを見て、デニスは息を呑《の》む。

「これが……『王家の宝物庫』の正体か」

「そう。きっと『奇械王』ユヅトや『冒険王』ナチュラと同じように列王されただろう古代の魔法使いの誰かが作った、秘密の空間。この世界に重ねるように、新しい余分な空間を作った。宝物を保管するためだけにね」

「スキルの格でいえば、空間を移動させるだけの俺のスキルより上か……この世界に、まったく新しい空間を作っちまうんだからな」

一見乱雑に置かれた美術品の中心。そこに、台座に突き刺されている一本の剣があった。

その黄金の剣を見て、デニスは表情を綻ばせる。

「これだな。本物の『王剣スキルグラム』！　こいつをエステルに届けてやろう。あいつらはあいつらで戦ってるはずだ」

デニスは小走りで黄金の剣に近づくと、剣のグリップを握った。

その瞬間。

「――っヅゥ!?」

電撃に打ち抜かれたような衝撃が身体に走り、デニスは倒れ込みそうになりながら、全身を硬直させる。

「た、大将!?」

ヘンリエッタが叫んだ。

「そんな！　もう一つトラップが!?」

「ぐ、グァぁあっ!?」

デニスは剣のグリップから、握り込んだその手を離せなかった。

彼は刀身に吸い込まれるような不可思議な感覚と共に、あっけなく、その意識を手放す。

全身を縛られて、暗い穴の中に放り込まれるような感じがあった。

◆◆◆◆◆

「証人はこいつよ！　おーほっほっほほほほホホホグハァ！」

ポワゾンが高らかに笑い叫んで痰を詰まらせると、群衆の中から後ろ手に縛られた女性が蹴り出された。それが誰だか視認したレオノールは、その顔を驚愕《きょうがく》に歪《ゆが》ませる。

「なっ!?　なあ!?　え、エスティミアぁ!?」

レオノールの婚約者であるエスティミアは、群衆の中から弾《はじ》き出されてとぼとぼと歩き始める。

ここがどこだか、自分がどんな状況にあるのかわかっていない様子だ。しかし彼女は、広場の中央で手招きするポワゾンの姿を見ると……「ひっ！」と小さな悲鳴を上げた。

「早くいらっしゃいエスティミアぁ！　まーた毒で呼吸器系と消化器系をジワジワいたぶられたいのかしらぁ！　オーホホホホホッホホホッホホホッホグヘァッ！」

証人が手元に来るのを待ちながら、何やらこのショーが愉《たの》しくて仕方なさそうなポワゾンをよそに……エステルは、一人不安で歯噛みしている。

な、何をしておるのだ、デニスたちは……！　早く本物の王剣が来てくれないと、どうしようもない……！　王城がもぬけの殻になり、その間隙をついて王剣を奪取するタイムラグも加味して、処刑の時間ギリギリに登場したというのに。暗殺の全容を暴いたところで、「王剣が偽物である証拠は今手元にないから、ちょっと待って欲しい」なんて言えぬぞ！

早く持ってきてくれ、デニスよ……！

「ほら来たぁ！　さあ！　お前の罪を告白しなさい！　あんたは前王を病死に見せかけて毒殺するために、一体何をどうしたのかしらぁ!?　誰に指示されて誰に実行を任せたのかしらぁ!?　さあ国民ども！　世紀のザマァを楽しみなさい！　おーほっほほほボグバぁ！」

◆◆◆◆◆◆

「……ぁ？」

デニスが目覚めると、そこには濃い霧が広がっていた。少し先を見るのも苦労する濃度だ。

起き上がると、濃い霧の向こうに、ぽつんと一つの人影が座っていることに気付いた。

「……イニス……？」

霧の向こう側から、そんな声が聞こえる。

「……あ？」

デニスはそんな間の抜けた返事をしながら、立ち上がった。

「イニス、なのか……？」

「いや……俺はデニスだ。惜しいが人違いだな」

デニスが濃霧の中を歩いてその人影に歩み寄ると、ぼんやりとだけ見える彼も、立ち上がったようだった。

「デニス……そうか。君はそういう名前か」

ガキン、と大きな金属同士が嚙み合わさるような音が響いた。

周囲を見回すと、靄《もや》がかかった視界の向こうに、巨大な構造物が鎮座しているのが、かろうじてわかる。

違う。それらは少しずつ動いている。

嚙み合わさりながら、相互に影響し合いながら回転している。

巨大な歯車の山だ。

濃霧の中で絶えずガチガチと音を立てて回転し続ける、大小無数の歯車。

二人はそれに囲まれている。

「とてもよく似ている。君はイニスにとてもよく似ている。以前の、彼よりも似ている」

「あ……えっと？　あんたは？」

その人影は、かなりやせ細っているようだった。

肩幅は狭い。腕も脚も、腰も。痩せて骨ばっているのが、濃霧を通してもわかる。

カチカチ、ガチガチ、ガチャン。周囲の歯車は回転し続けている。

なんのために、どうやって。

「私はユングフレイ……ユングフレイ・キングランド……ここに人が来るのは君が三人目だ。イニスの血族か。なるほど、そういうことか」

3

「ここはどこなんだ」

デニスがそう聞いた。

ユングフレイと名乗るぼんやりとした人影は、デニスを誘うように歩き始める。

「ここはスキルの内部だ」

「スキルの内部？」

「そう。この剣に封じている私のスキルだ」

靄がかかった声で、ユングフレイの影は言った。

「厳密にいえば空間ではないが、ほとんど無限に近しいほど大きいので、空間として認識できる。君たちが宇宙を空として認識しているのと同じだ。本当はそうではないが、そう認識できる。私は肉体と精神こそ朽ち果てたが、その残滓《ざんし》だけがこの剣に封じられたスキルの中に存在している。普段は存在していない。だけど君が訪れたことによって、君が私を引き出したのだ」

「よくわからねえよ」

「わかる必要はない。大事なことではないから」

デニスはユングフレイの影と共に、しばらく霧の中を歩いた。

無数に広がる歯車の山は、二人に道を空けるように左右へと退いていく。

カチカチ
ガチガチ
ガチャン
チチチチチチ……

「イニスの血が目覚めているのに」

歯車が回転する音の洪水の中で、ユングフレイの声が不意に響いた。

「君は囚われていないんだね」

「意味がわかるように言ってくれないか」

「興味深いな。どうやって育ったんだろう。君は普段、何をしてるんだい？」

「食堂を経営してる」

「食堂を？　どういうことだ？」

「料理人なんだ」

「料理人」

ユングフレイはその響きを噛み締めるように、もう一度呟いた。

「料理人。そんな手があったのか」

「なあ、勝手に一人で納得するのはよしてくれ。これは一体どういう状況なんだ」

「イニスの血は」

ユングフレイは立ち止まると、デニスに向き合う。

「大きすぎる、手に負えない運命を呼び寄せてしまうものだが。君はそうやって自分の運命を制御しているわけだな。君を育てた者が良かったんだろう。君を正しい道に導いたのだ。それが君を、イニスの血族の中でも稀有《けう》な存在にした。料理人という生業《なりわい》が、君を残酷な運命から遠ざけて守ったのだ」

「なあ、あんたは……」

「これは君に返そう。元々君のものだから」

人の形をした影。その頭部から、何かがポトポトと落ちた。

彼はそれを両の手のひらの上に載せると、デニスに差し出す。

「イニス。思い出せ。君は前を見る者だった」

手のひらに載せられていたのは、二つの目玉だった。

青い虹彩《こうさい》を有した二つの目。それがデニスに差し出されている。

「君はみんなの前を歩いて、いつも前を見るのだ。私はそんな君が好きだった。私は君の頭を叩き潰し、その首を斬り落としたが、今でも君のことが大好きだ。君にまた会えてよかった。あの頃の君に、また会えてよかった」

◆◆◆◆◆◆

「くそっ！　くそおっ！」

とある部屋の中で、ビビアが扉を蹴りつけている。

ひとしきり扉を蹴飛ばしたり、肩からぶつかったりしても、扉はビクともしない。

一枚の薄い扉にしか見えないのに。魔法がかけられているのか。

「どうなってるんだ、ほんとに……」

ビビアは肩で息をしながら、最後にもう一度だけ体当たりをすることに決めた。

扉の反対側の壁に背中をくっつけて、可能な限り最大の助走をつける。

「い、いくぞ……！」

ビビアは息を吸い込むと、意を決して思い切り駆け出した。

肩から思い切りタックルを食らわせる算段だ。

いくら魔法で固定されている扉といえども、ダメージの限界は存在するはず。

しかしこれで駄目だったら、どうしようもない。

「うっおおおっ！」

ビビアが渾身《こんしん》のタックルをかまそうとして、扉に全速力で駆けていく。

その衝突の直前、突然扉がガチャリと開いた。

「……えっ」

ビビアはそのまま部屋の外へと飛び出すと、扉を開いた張本人の身体へとダイブする。

細くて柔らかいが、これまた大木のようにビクともしない身体。

それはフィオレンツァだった。

「……何をされているんですか？」

「えっ。そ、その」

ビビアはフィオレンツァの腰に抱き着きながら、冷や汗を垂れ流す。

「い、いや。僕はその、だ、脱走とかをしようとしていたわけではなくて……」

「外に出ようとしていたのでしょう。どうぞ」

フィオレンツァはそう言うと、ビビアを自分の身体から剝がして、扉をカチャリと静かに閉めた。

突然部屋から出る形になったビビアは、わけがわからない様子で目を白黒させる。

「えっ？　あ、あの？　これは、どういう……」

「今回は、私の個人的な都合で貴方《あなた》を軟禁してしまい、大変申し訳ありませんでした」

フィオレンツァはそう言って、ビビアに一度頭を下げる。

「もう自由です。どこへでもどうぞ」

「ど、どうして、突然……」

「私がいなくなると、貴方が干からびてしまう可能性がありますからね」

フィオレンツァはそう言うと、ビビアの目の前で腰を落とし、目線を合わせた。

「最後に一つだけ、良いですか？」

「な、なんでしょう……」

「笑ってみてもらえませんか？」

フィオレンツァはそう言った。

ビビアは一瞬何を言われているかわからず、瞼《まぶた》をパチパチとさせながら、なんとか、ギクシャクとした笑顔を作ってみる。

それを見て、フィオレンツァは微笑《ほほえ》んだ。

「やっぱり似ている。それではさよなら、ネヴィアに似てる人」

彼女はそう言って軽くお辞儀をすると、ビビアに道を譲った。

「どうか、『世界の終わり《ハッピーエンド》』まで健やかに」

◆◆◆◆◆

「大将！　大将!?」

「ぁ、あ？」

デニスが目を覚ますと、眼前にヘンリエッタの顔があった。

どうやら仰向《あおむ》けのまま、『王家の宝物庫』で気絶していたようだ。

デニスは状況を察すると、すぐに飛び起きる。

「よかった！　大将、大丈夫ですか!?」

「気を失ってたのか。どれくらい経《た》った!?」

「え、す、数分かな……？」

ジュエルが自信なげに、そう答えた。

数分だと？　広場の方はどうなってる？

「すぐに広場に行くぞ！　エステルたちが待ってるはずだ！」

そう言って立ち上がると、デニスは奇妙なことに気付いた。

「あ……？　なんだこりゃ」

「どうしたんですか？」

「いや、新しいスキルを取得したみたいだ。『反射神経ＳＳＳ＋』……？」

「えっ。大将、まだ強くなるんですか？」

ヘンリエッタがそう聞いた。

不思議がるデニスを眺めるジュエルは、もう一つ気付くことがあった。

「ん？　今……」

「なんだ、ジュエル」

「いや、見間違いかな。一瞬、店長の目が、青色になったような気が……」

「目？　俺の目がどうかしたのか？」

「今は……元に戻ってる。なんだろう、呪術系のトラップか何かかな……気を付けてね」

デニスは王剣スキルグラムを握ったまま部屋から出ながら、軽く自分の身体を確認する。

なんだ？　身体に異常はなさそうだが。

それに、この新規スキルは？　『反射神経ＳＳＳ＋』？　強化《バフ》スキルの一種か？

「お目当ての物は手に入れられたかな？　侵入者諸君」

王家の宝物庫から出た瞬間、そんな声が通路から投げかけられた。

三人は声の方向を見る。

宝物庫から左右に延びる通路。右手側は奥の階段、左手側はデニスたちが走ってきた通路。

その左手側の通路に、黒色礼服の背の高い男が立っている。

漆黒の布地。細かく施された金色の刺繍《ししゅう》。オールバックに撫《な》で付けられた黒髪。

デニスと同じ顔。

「てめえは……っ！」

「やあ、僕の弟。人の物を勝手に盗《と》っちゃいけないだろう？　泥棒って言うんだぜ、そういうのはよお」

不敵な笑みを浮かべるヒースが、革靴の底をカツカツと言わせながら歩み寄る。

デニスは背後のジュエルに王剣を押し付けた。

「これを持って、階段を降りて走れ！　エステルたちに届けてやるんだ！」

「た、大将が二人いる!?　弟!?　兄弟!?」

混乱している様子のヘンリエッタを、ジュエルが引っ張って奥の階段まで連れていく。

「食堂の店長！　任せて大丈夫かい!?」

「任せておけ……こいつとは、決着つけなくちゃならねえと思っていたんだ」

デニスは床に手をつけると、いつものように肉切り包丁を二振り錬金しようとする。

「………………」

しかし何かを思ったデニスは、錬金を中断すると、空手のままで背筋を伸ばした。

両の拳を上げて、拳闘士がやるように身体の前で構える。

脇を締めて、右拳を顎の横に。腰をほんの少しひねり、左拳は少しだけ前方に。

「ほう、学習したな」

それを見て、ヒースは嬉しそうに笑った。

「それでいい。武器の使用はかえって戦術の幅を狭める。特に同レベルか、自分よりも上級の相手との至近戦闘においては！　お前の得物である肉切り包丁のような、攻撃が弧を描く軌道の武器は避けるべきだ！」

「来やがれ、説教野郎……！」

「苦戦が予想される戦いにおいて、自分の類まれな膂力《りょりょく》と運動神経を活《い》かした敢《あ》えての素手！　悪くない選択だぞ、デニス！」

ヒースは両手をぶらりと垂らしたまま、リラックスした様子でデニスに歩み寄る。

靴の革底が、カツンと床を踏み鳴らした。

ヒースがデニスの目の前に迫る。手を伸ばせば届く距離。

デニスはまだ動かない。

「まあ、悪くないだけで良くもないがな」

周囲の空気がピン、と張りつめた。

「――ヅッ！」

一瞬前に攻撃を予期したデニスが、床を砕きながら瞬間にバックステップで距離を取る。

それとほぼ同時に、ヒースの目の前――デニスがそれまで立っていた空間に、無数の旋風が巻き起こった。風が起こすとは考えづらい、ギャリギャリッという恐ろしい音が響く。

右手に並ぶ窓が一瞬にして砕け散った。

「よく避《よ》けたな。別に死んでしまっても構わんと思って打ったんだが」

「っちぃ！　あの手この手で来やがるな……！」

「どうした、前と同じように拳闘で来ると思ったか？　戦いは多様性だと言っただろう」

ヒースは微笑むと、両手を広げてみせる。

「しかし。ここまでよくやってくれたな、デニス。お前の役目は本当に終わりだ。もう邪魔なだけだから、ここで死ぬといい」

「月並みな台詞《せりふ》で悪いが、死ぬのはてめえの方だ」

「いつの時代だって、最後には正義が勝つと決まっているだろう？　僕はこの世界を救ってやろうとしているんだ。その邪魔をするんじゃあない。ちんけなチンピラ風情が」

4

「えーっと……どこだここ、王城……？　でも、誰もいないし……」

ビビアが一人、王城の通路で迷子になっていると、通路の奥から、階段を下りてきたらしき二人組の姿が見えた。

「ど、どうなってるんですかー!?　大将が二人いたんですけどー!?」

「騎士さん！　一度通路を挟んで、別の階段から下りよう！　待ち伏せされているかも！」

それを見つけたビビアが、彼女らに向かって叫ぶ。

「あれ!?　ジュエルちゃんにヘンリエッタさん!?　何してるんですかー!?」

「はえ!?　ビビアくん!?」

「あら!?　食堂の美少年!?　何やってんのさ、こんなとこで!?」

「いや僕が聞きたいんですけど！　何してるんですか!?」

ビビアが駆けていき、ジュエルとヘンリエッタに通路の真ん中で落ち合う。

ジュエルは手に持っていた黄金の剣をビビアに見せた。

「これ！　本物の王剣スキルグラム！　エステルに届けないといけないの！」

「何やってんの!?　なんでお弁当届けるみたいなノリで国宝《レガリア》盗んでるの!?」

「ツッコミとしての血が騒ぐのはわかるけど、落ち着いて！　説明は後でね！」

◆◆◆◆◆◆

「とまあここまでが！　前王暗殺計画の全容なわけねえ！」

「ぐええっ！」

ポワゾンが叫び、全てを白状したエスティミアの背中にハイヒールの踵《かかと》を押し付けた。前王の病死に見せかけた毒殺、毒の入手ルートと協力者、計画の全貌。婚約者の知り得る範囲の情報が暴露された広場では、群衆が口々に何事かを言い合っている。

「今の、本当なのか？　だとしたら……」

「いやしかし、ただの証言にすぎないし……」

「でも、本当だとしたら……」

「くだらん！」

金神輿の頂点から、レオノールが一喝した。

「何事かと思えば！　俺様の婚約者たるエスティミアを捕まえて拷問し！　言いなりにしたうえで証拠も何もない滑稽な作り話を延々と聞かされるとは！　ポワゾンよ！　貴様はもう少し頭の良い、狡猾《こうかつ》な女だと思っていたがなあ!?」

「何をレオノール！　私の話はまだまだこれからよ！　お前のアブノーマルな性癖を一つずつ暴露してやるわ！」

「誰かマジであいつ捕まえろ！」

レオノールが金輿の上で焦っていると、ポワゾンはエステルに顔を寄せて、ひそひそ声で問いかける。

「本物の王剣はまだなわけ!?　次はあんたのターンでしょ！」

「よ、余にどうもできるわけないじゃろ！」

「こういうのは勢いが大事なのよ！　どうにかしなさい！　じゃないとマジで性癖暴露を始めるしかなくなるじゃない！」

「ハッ！　ここはこのオリヴィアがなんとかシナクテハ！　ミナサン！　本物の王剣が届くマデ、少々お待ちクダサイ！」

「この馬鹿メイド！　余計なことを言うんじゃない！」

急に取っ組み合いを始めた三人の様子を見て、レオノールはニヤリと笑う。

「おっとお、どうしたのかな？　そういえば……王剣が偽物だとかなんとか言っていたはずだが？」

レオノールはそう言って、腰の黄金の剣を抜いた。鞘《さや》から引き抜かれた王剣は、レオノールの手の中で眩《まばゆ》い七色の光を放ち、その威容を見せつける。

「国王たる何よりの証明であるこの剣が！　神聖なる輝きが！　偽物であると!?　なんたる不敬！　なんたる狂言！　早くその証拠とやらを持ってきたらどうだ!?」

背の高い神輿の頂点で王剣を輝かせるレオノールは、そう言って高らかに笑った。

「ぐ、ぐぅ……っ！」

それを見て、エステルは歯ぎしりする。

その直後。

「はえ？」

エステルは、レオノールの後方から飛来する何かを見つけた。

反論できない様子のエステルに、レオノールがさらに追い打ちをかけようとする。

「ははは！　ぐうの音も出まい！　この不敬なる狂言吐きどもめ！　貴様らは、あの国賊どもと一緒に処刑――」

「うおー！　どけて！　避けてー！　ひええーっ！」

「うわー！　お願いします！　避けてください！　うわーっ！」

「あっ？」

背後から悲鳴が聞こえてきて、レオノールは振り返る。

そこには、魔力の薄い膜を落下傘《パラシュート》のように広げて、自分めがけて飛来する少年の姿。

その少年の腰に脚を巻き付け、膜の後ろ側を握って進路を制御しようとしている少女。

その少女の背中に抱き着く、黄金の剣を握った若い女性騎士。

三人で絡み合って塊となって飛来する、『柔らかい手のひら《パーム》』の急ごしらえ落下傘《パラシュート》部隊。

「――は？　ごはぁっ!?」

伸ばされていたヘンリエッタの足甲がレオノールの顔面にヒットしながら、魔法の落下傘《パラシュート》三人組が広場に降り立つ。その着陸に巻き込まれたレオノールは金輿の上で倒れ、国王たる証明の王剣を手から落とした。

エステルたちの傍《そば》に着陸しながら、ビビアが引きつった悲鳴を上げる。

「うわあ！　王様が！　国王を蹴りつけちゃった！　何やってるんですかヘンリエッタさん！」

「だってえ！　進路に！　急に国王が来たから！」

「とんでもない不敬罪だあ！　死刑確定だあ！　やっぱり王城の窓から飛んでくるんじゃなかったあ！」

ヘンリエッタが泣き顔で慌てふためき、ビビアが頭を抱えている。

そんな混乱の中でジュエルは、黄金の剣――王剣スキルグラムを差し出した。

「持ってきたよ、お姫様」

「ありがとう……ジュエル！」

微笑んだエステルは、その小さな手で、王剣のグリップを握った。

5

「世界を救う、だと？」

デニスがそう聞いた。

王城の通路。拳を交えた中での、不意の静止。

互いに差し出した前腕を交差させる鍔迫《つばぜ》り合いの中。

「そうだ。僕たちは『世界の終わり《ハッピーエンド》』に到達する。全人類を救済する。全ての追放者たちを救い出す。そしてこの世界の終わりの扉は、二錠建てになっているのだ」

ヒースが嬉しそうに語るのを聞いて、デニスは眉をひそめる。

「わけのわからねえことを……っ！」

次の瞬間、先手を打ったのはデニスの方だ。交錯した左腕を滑らせるように打ち込む、デニスの予備動作なしの突き。ヒースはその突きを、元々かけていた押圧から最小の力で逸《そ》らす。しかしそこまでは、お互いに想定内。至近格闘の予定調和。

本手は、続けざまに繰り出す右の拳――をほんの僅かに引く予備動作を陽動《フェイント》として！

「シッ！」

次の瞬間に爆発の如き勢いで繰り出される、コンパクトな軌道の左ミドルの蹴り。

回避、防御共に不可能な速度と軌道。

脳筋のデニスの蹴りを受けるのはヒースといえども危険。

ヒースの選択は霧状化。無形化して物理攻撃を無効化し、そもそも避けないという選択。

それも想定内。

本当の本手は、左ミドルによって引かれた右の手に瞬時に錬金した、肉切り包丁。

「『強制退店の一撃』！」

異常なほど発達したデニスの体幹《フィジカル》が可能にする、滅茶苦茶《めちゃくちゃ》な連撃《コンビネーション》。

無形の敵を無理やり実体化させて強制発動させる、デニスの凶悪スキル。

ヒースの選択は実体化。右から襲い薙《な》ぐ致命スキルを帯びた肉切り包丁。これを手首から叩き落すように受け流すと同時に、デニスの胸へと突き刺すような掌底。脅威の排除と制圧を同時に行う、警騎部隊仕込みの護身格闘術。

「ヅァッ！」

命中。デニスは背後に背負った壁へと叩きつけられる。

流れるように繰り出す、ヒースの連撃《コンビネーション》の左。

最小の弧を描いて視界の外側から襲う、真横から顎と脳震盪《のうしんとう》を狙う軌道の殴打。

――――『反射神経ＳＳＳ＋』！

ヒースの左フックが顎を狩る直前、デニスは頭を先に振って衝撃を逃がした。

同時に肉切り包丁を手放し、デニスは右の掌底を当ててずっぽうに素早く突く。

手のひらの硬い部分が、骨を砕く手応えがあった。その瞬間、ヒースは素早いバックステップで距離を取る。息が詰まるような一瞬の攻防。

「ぐはっ……はぁ……はぁ……！」

デニスは壁を背中にしながら、肩で呼吸をする。

距離を取ったヒースは、自分の顔からダラリと流れる血に気付いた。

「鼻血だ」

ヒースがそう呟くと、デニスがニヤリと笑う。

「喰らわしてやったぞ……！　黒ずくめ説教野郎……！」

デニスがやや興奮した様子でそう呟き、ヒースは微妙に状況がわかっていなさそうな表情で、自分の鼻からボタボタと垂れる血を手で受け止める。

「鼻血……？　いつ以来だ？　当たったのか……？」

「現実を受け止めな……鼻を砕いてやったぜ。お揃《そろ》いだなあ？」

「そうだ。雑な掌底を喰らったんだな……鼻が砕けたのか……僕が……？」

ヒースは砕けてズレた鼻骨を正しい形に治しながら、礼服の胸ポケットから白いハンカチを取り出した。鼻孔からとめどなく溢《あふ》れる血を受け止めながら、彼は不思議そうに呟く。

「……やはりおかしいな。以前に戦った時と違うぞ」

「こちとら年中成長期なもんでね。人間、人様に説教するようになったら終わりだぜ」

「…………」

ヒースはハンカチを鼻に当てながら、デニスのことを見つめる。

上等そうなシルクの布地が、徐々に血の色へと染まっていく。

「まさか……『王剣』に、何かスキルを引き出されたのか？」

「あ……？」

「反応速度を上昇させる強化《バフ》スキルか？　そうだろうな。それはつまり……やれやれ……」

ヒースは真っ赤に染まったハンカチで鼻を覆いながら、デニスを睨《にら》みつけた。

「つまりはそういうことか……！　とてつもなく良い知らせであり、とてつもなく悪い知らせでもあるな……！　どうやらお前は、ここで全力をもって殺さなければならなくなったわけだ……その強化《バフ》スキルが、本当の意味で目覚めてしまう前に……！」

「いいか、能書き救世主野郎！　実は今まで本気じゃなかったみたいなことを言うのはなぁ！　この世で一番格好悪いことだってわからせてやるぜ！」

◆◆◆◆◆◆

エステルはジュエルから受け取った王剣を掲げて、その小さな声帯から声を張り上げる。

「これが本物の『王剣スキルグラム』である！　誰か、鑑定スキルを持っている者はおらぬか！　スキルを通せばわかるはず！」

金輿の上。落下傘《パラシュート》の巻き込み事故から立ち上がったレオノールは、目下で掲げられた黄金の剣を見て、眉をひそめた。

「なんだと……？　なぜ『宝物庫』にあるはずの『本物』が……？」

群衆の中で、賢者風の男が鑑定スキルを発動させている。

彼は上級の鑑定スキルの結果に、思わずアッと声を上げた。

「ほ、本物だ！　鑑定スキルの結果は本物だぞ！　あれは本物の王剣だ！」

「本当だ！　でも、国王陛下が握っている剣も本物って出てるぞ！」

「他に鑑定スキルが使える奴は!?　どうなってる!?　『本物』が『二本』あるぞ！　どっちも鑑定結果は『神話級《ミソロジー》』、『王剣スキルグラム』だ！」

群衆のどよめきと混乱を眺めるエステルは、その高い声で民衆に宣言する。

「これこそが王家の秘密！　『王剣』は『二本』存在する！　そして、あのレオノールが持つ王剣こそが偽物！　代々にわたって継承されてきた、王の偽剣である！」

「何を勝手なことを！」

レオノールは額に青筋を立てて叫ぶと、エステルに向かって七色に光る王剣の輝きを見せつける。

「この輝きこそが本物の証《あかし》！　鑑定スキルを攪乱《かくらん》する、改竄《かいざん》スキルを使用しているに違いない！　それ以上王家を侮辱するか！」

「ならば見せてみろ！　レオノール！」

『王剣』を握るエステルは、もう一本の『王剣』を握るレオノールに向かって叫ぶ。

「そのような子供騙《だま》しの輝きではなく……国王が継承するという伝説のスキルを！　王剣に封じられし、『この世界の全てのスキルを支配し、無効化する力』！　それをこの場で発動してみろ！」

「ぐっ……！　お、王家の神聖なスキルをなんと心得る！　このような場で安易に使用するような、安っぽい代物ではないわ！　口を慎め！　この薄汚い追放者め！」

「なるほど！　それは失敬……国王陛下！」

エステルはふっと身を引くと、『王剣』の切っ先を足元に突き刺し、周囲を見回す。

「しかし……果たして！　それで民衆は納得するか！　甚《はなは》だ疑問であるな！」

断固たる確信の声色。威風堂々たるその小さな姿。

論戦の趨勢《すうせい》は、確実にこの小さな反逆者の方へと傾きつつあることを、その場の誰もが感じていた。

「ちっ……この、小娘が……っ」

レオノール……レオノール・キングランド王は、自分の握る王剣をふと眺めると、目下に立つ小さなエステルと、それを見比べた。

「国王陛下」

レオノールの背後から、輿に上ってきた側近の役人が囁きかける。

「どうか、ご乱心なさらぬように……！」

「……わかっておる」

「王の『偽剣』には、たしかに国王の専用スキルが発現しております……。幾年にもわたる王家の歴史の中で、その存在は確認されています、しかし……」

「くどい。わかっておる。完全に未知のスキルゆえ、危険であるということだろう。王家の歪んだ歴史と思念の中で生まれた、『王の偽剣』の神話級《ミソロジー》スキル……」

「はい。そして恐らく、そのスキルとは……国王や民衆が期待するような形ではございません……！」

「…………」

レオノールはもう一度、エステルのことを見つめる。

「……一体、何が望みなのだ？　エステルよ」

レオノールはふと、そう聞いた。

「我々が明らかにしたいのは、お主の王権の不当性！　それに伴い遡って審議されるべき、王令の無効化である！　不当な王の勅命によって為《な》された暴虐の数々！　改めてもらうぞ、レオノール！」

エステルが声を張り上げる。

「それにより、公開処刑は無論中止！　捕らえている町民たちは解放し、そして……！」

エステルは拳を握りこむと、力の限りに叫ぶ。

「我が使用人であるデラニーに、エピゾンド！　余を命がけで逃した召使いたち！　彼らを一人残らず、囚われの身から解放するのだ！」

「デラニーに、エピゾンド？　召使いたち……？」

「そうだ！　彼らに恩赦を与えよ！　無罪放免とし、即刻牢獄《ろうごく》から解放するのだ！　そもそもが誤った王権の勅命！　それが道理である！」

レオノールはそれを聞くと、おかしそうに破顔し、苦しそうに笑った。

「あーはっははは！　ひぃ！　な、何を言い出すかと思えば！」

「な、なんだ？　何がおかしい……！」

「これが笑わずにいられるか！　何も知らないのか!?　まさか、何もわかっていないのか!?」

レオノールは腹を抱えて笑いながら、困惑した様子のエステルを指さす。

「お前の逃亡を助けた従者に、召使いたちだと!?　そんなもの、捕らえてはいないわ！」

「えっ。そ、それでは……？」

エステルは僅かに顔を綻ばせると、たどたどしい調子で尋ねる。

「げ、元気にしておるのか？　今、みんな、どこにおるのだ？　なるほど。禁固刑ではなく、追放刑に処されたというわけか。よ、余はてっきり……」

「一人残らず、処刑したに決まっているだろ！　誰一人！　もうこの世には存在せぬわ！」

「えっ？」

エステルは理解が追いついていない表情を浮かべた。

処刑？　えっと？

「処刑って、えっ。ど、どうして」

「国王の勅命に逆らい、生きていると本当に思っていたのか？　さすがはエステル姫！　なんの苦労も知らずに、温室で純真無垢《むく》に育てられただけはあるなあ！　グハハハ！　いやおかしい！　傑作だ！　そんな考えすらないとは！　どこまで世間知らずなんだ！」

レオノールの愉快そうな、嘲笑の声が響く。

エステルは段々と、言葉の意味を理解し始めている。

彼女は震える声で、誰にも届かない声で、喉から言葉を絞り出す。

「だ、だって、何も、殺すこと……ない……」

「安心しろ！　お前への恨み言を吐いて死んでいった者は、一人としていなかったと聞いているぞ！　愛されているなあ！　そのためにどれだけ死んだか！　奴らが最後の瞬間に、どんな表情で首を刎《は》ねられたか想像もつくまい！」

小さな身体が、その場に崩れ落ちた。地面に二つの幼い膝が着き、その膝頭を汚す。

彼女は口をパクパクとさせながら、その白い顔を、さらに青白くしていく。

「みんな、死んだのか？」

瞬《まばた》きの間隔が早くなる。呼吸が上手《うま》くできなくなり、息が苦しくなって、血の気が引いていくように、視界が色を失《な》くしていく。

「デラニーも、エピゾンドも、みんな……処刑……とっくの昔に？　じゃあ、余は、余は、なんのために……」

「エステル！　しっかりなさい！」

ポワゾンがエステルの肩を摑《つか》み、揺さぶって、立たせようとする。

幼い追放姫は、決壊したように眼《め》から涙を溢れさせて、泣きじゃくり始めた。

「なんで、どうじで……！　ぞんな、むごいことができるのだぁ……っ！」

エステルはその場で泣き喚く。先ほどまでの威風堂々とした佇《たたず》まいは、面影もない。

心の支えをポッキリと折られたエステルは、年相応の泣き顔をして、錯乱して叫ぶ。

「こ、この、悪魔ぁ！　人殺しぃ！　なんで、どうじで！　なんでぞんなごとができるのだぁ！

何も、何も殺すことないのに！　なぜだぁ！」

「エステル！」

「なんで、なんでみんな死んでじまうのだぁ！　なんで余だけが生きてるのだぁ！　ひぃっ！

ひぃぃいっ！」

過呼吸の症状が現れ始めている。

ポワゾンは、彼女をひっぱたいても正気に戻そうとするが……。

「近衛兵！」

レオノールが叫んだその瞬間、タイミングを窺《うかが》っていた赤黒の近衛兵から放たれた矢が、エステルを襲った。小さな身体めがけて飛ぶ矢は、一瞬前に気付いて庇《かば》ったポワゾンの肩に突き刺さる。

「づっぐぁ！」

ポワゾンは衝撃でその場に倒れて、周囲に展開していた病毒魔法の結合が解除される。

「ポワゾンさん！」

「ぐぅあっ！　くそ！　この、畜生がぁっ！」

周囲にもう一度病毒魔法を展開するために、ポワゾンは肩の矢を引き抜きながら立ち上がる。しかし……。

「遊びはここまでだ」

一段トーンの低い、冷たい調子の声が響いた。周囲を見ると、混乱の中で近づいた近衛兵たちが、剣と矢を構えてエステルたちを完全に包囲している。

ホバリングしながら砲身を向けるオリヴィアは、恐る恐る呟く。

「ど、どうスレバ、良いデショウカ……」

「……くそっ……」

ポワゾンは負傷した肩に手をやりながら、舌打ちする。

その様子を見て、レオノールは笑った。

「やれやれ。くだらん茶番に付き合ってやるのもここまでだ……ジョヴァン団長！」

名前を呼ばれて、ジョヴァンは自分で自分のことを指さした。

「私ですか？」

「そうだ、お前だ」

レオノールはジョヴァンを指さすと、冷酷に微笑む。

「お前が、あの小さな国賊の首を落としてやれ。最初の斬首と同時にな」

「……私が？」

「そうだ、ジョヴァン団長……俺様への忠誠を示してみろ。それで、これまでの不敬と失態の数々は許してやる。お前は他ならぬ、王政府の剣であるはずだろう。狂言で民衆を動揺させ、公衆の面前で王権を侮辱した国賊の首を刎ねるのだ……できるだろう、ジョヴァン」

9章 我、王国民の剣《つるぎ》なり

Welcome to cheap restaurant of outcast!

1

「……見てみろ、デニス」

ヒースは不意に、通路の窓の外を見やった。その先には、レオノールが立つ巨大な金の輿《こし》と、その眼下に広がる処刑台。群がる兵によって今まさに制圧されている様子の、米粒程度の大きさの人影が見える。

「エステル姫とその協力者……お前の仲間たちが、制圧されているぞ」

「だからよ。お前をサッサとぶっ倒して、俺が助けに行かなきゃならねえんだろうが……」

「その必要はない。もったいないことをするなよ」

ヒースは朱色に染まったハンカチで不快そうに鼻を押さえながら、顔をしかめた。

「他でもない僕が、わざわざここに出張ってきた意味がわからないのか？　僕の弟たるお前があの場にいたら、その場にいる全員ぶっ倒して、全部台無しにしてじまうがらだろうが」

頭に血が上ったのか、ヒースの折れた鼻から噴出する血の量が不意に多くなり、声が濁る。

「よく見てみろよ。あの場に誰がいると思っている……？　まったく」

そこまで言うと、ヒースは窓枠から見える王城前の広場から、デニスに目線を戻した。

「『王剣』に妙なスキルを引き出されたようだが……図に乗るなよ。お前はここまで、本当によくやってくれた。お前のおかげで、ほとんど全て計画通りだ。だからもういい加減……邪魔になる前にここで死んでくれ」

「お前と違って、こちとら店を経営してるもんでね」

デニスは膝を軽く曲げて重心を落とし、低く構えた。

「常連やら従業員やらのためにも……ここで死ぬわけにはいかねえんだ」

「安心しろ。最後にはみんな会えるさ。『世界の終わり《エンドクレジット》』でな」

ヒースは鼻血を押さえていたハンカチを捨てると、自身のスキルを発動させる。

「『ガラクタ趣味《アンパルフィクション》』！『電光煌速《こうそく》』・『紋章拳闘：纏《まとい》』・『蒼色《あおいろ》の破明』・『翠《すい》宝石の護槍《ごそう》』！」

ヒースの溜《た》め込んでいる強奪済《スナッチド》スキルが、多重発動した。

一つの職業《ジョブ》を生涯かけて究めた者が、ようやく一つ取得するかしないかという領域にあるはずの最上位《ハイエンド》スキルの数々。

ヒースのレベル100ユニークスキル、『強奪《スナッチ》』。

その真価は、性質も取得条件も異なる別職業《ジョブ》間の最上位《ハイエンド》スキルを、『強奪《スナッチ》』によって制限なしに取得できることにある。一個人が生涯をかけても同時取得が不可能なスキルの数々を、他人が費やした努力と才能の結晶ごと『強奪《スナッチ》』するのだ。

翠色《みどりいろ》に輝く十三対の槍《やり》がヒースの背後から立ち上がり、その身体《からだ》を取り囲むようにして一斉にデニスへと矛先を向ける。移動初速度がヒース自身も制御困難な次元まで上昇し、その指先が震え始めた。両拳の甲から身体全体に幾何学模様の紋章が走り、蒼色の破壊効果が追加付与され、その四肢が接触破壊の属性武器と化す。

その様子を見て、あれっ、とデニスは思った。

これ、普通に死ぬのでは？　確実に死ぬのでは？

「デニス！　因果な血を分けた僕の弟！　自分が死んだことに気付くまでに、十余回は殺してくれる！」

次の瞬間。ヒースの背後から致死属性を含む左右十三対の槍が同時射出され、雷のような速度で駆け出すと同時に踏み込んだ足跡が紋章として刻まれ、遅れて大理石の床が一直線に、爆発するように粉砕する。背後に残像を置き去りにしていく加速。

――あっと。待て待て、それは、死――。

デニスが避けようのない自分の死を自覚した瞬間。

彼の中のスキルが弾《はじ》けて、同質の別スキルへと変質する。

『反射神経ＳＳＳ＋』　スキルアップ

レベル１００ユニークスキル　『反転予知《ラプラス》』

◆◆◆◆◆◆

近衛兵《このえへい》たちが、エステルと共に広場に展開していた国賊たちを全員制圧した。

ジョヴァン団長はその傍《そば》に近寄っていくと、腰から自分の剣を抜く。

どこか、夢見心地のような気分だった。現実味がない。

小さな女の子が、近衛兵に押さえつけられながら、泣きじゃくっている。

「でらにぃ……えぴぞんどぉ……！　みんな、みんなぁ……っ！」

桃色の金髪をした少女は、鍛えられた大人の力によって首を差し出すように組み伏せられ、ボタボタと地面を涙で濡《ぬ》らしていた。

「すまぬ……すまぬ……！　余のせいで、余のせいでぇっ、余なんかのためにぃ……っ！」

他ならぬ国王陛下の命によって、ジョヴァンはその少女——エステル殿下の横に立った。

その手に、斬首のために引き抜かれた剣を握って。

その様子を眺めているレオノールは、邪悪な笑みでその端整な顔を歪《ゆが》める。

「さあ！　国賊どもの首を斬り落とせ！」

レオノールは拳を握りしめて、民衆たちに向かって力の限り叫ぶ。

「見ておくがいい！　神聖なる王家を侮辱した者が、どのような末路を遂げるか！　根拠も何もない狂言によって王国を転覆せしめんとした愚か者たちが、正義の剣によって断罪される様を！　この俺様の権力を！」

レオノールの唾が飛び散り、風の魔法によって拡声された尊大な声が、大広場全体に響き渡る。

ジョヴァンは腹の底に響いてくるようなその声色を聞きながら、剣を握り、組み伏せられて泣きじゃくるエステルを見下ろしていた。

王政府の決定に従うのが、王国騎士団の務め。

その務めを全うするよう計らうのが、騎士団長たる自分の任務。

王国民を守る剣となる夢を抱いて士官候補生の門を叩《たた》き、血反吐《ちへど》を吐くような厳しい訓練を首席で卒業し、期待の新鋭士官として警察騎士部隊に配属され、ゴリゴリの最前線戦闘士官として警騎副長の座まで上り詰め…………裏路地から拾って義子としたヒースの活躍もあり、王国騎士団の全ての部隊を束ねる、騎士団長となった。

その果てが、こんな少女の細首を斬り落とすことなのか？

それが務めなのか？

「みんなぁ……っ！　ごめん、ごめん……！　本当に、本当に！　ごめん……っ！」

足元で頭《こうべ》を垂れるエステルは、いまだに泣きじゃくっている。

それは、恐怖から零《こぼ》れる涙ではないようだ。

彼女の口から洩《も》れるのは、絶え間ない謝罪の言葉。

「余が、地獄に堕《お》ちるがらぁっ！　ずまぬ！　ごめん……っ！　うぇっ、うぇえっ……！」

ジョヴァンは剣を握り直した。

王国騎士団の各部隊は、『隊長』と『副長』の二面子《メンツ》が部隊の顔として君臨している。

『隊長』は事務職・指揮官上がりの政治屋士官のトップ。

『副長』は、押すに押されぬ前線戦闘員の頂点。

それが王国騎士団の伝統。それが王国騎士団の規律。

その中でも花形である、警騎部隊の『副長』上がりであるジョヴァン団長にとっては……前線を退いて久しいとはいえ、こんな幼子の首を刎《は》ねるなど造作もないことだ。

ジョヴァンはふと、士官候補教育を卒業し、警察騎士部隊に配属され、新米士官として、下士官たちと一緒に、王国騎士団本部の掃除をしていた時のことを思い出した。

「ジョヴァンさん」

下士官の一人がこう言ったのを覚えている。

「どうせ士官なんて、こんな隅々まで見てないんですから。テキトーにやっちゃ駄目ですかね？」

「駄目に決まってるだろ、アホが」

若いジョヴァンはそう言った。まだ、士官用の礼服すら支給されていなかった頃の記憶だ。

「だってねえ。毎日掃除と平和なパトロールばっかりで、嫌になっちまいますよ。俺だって、もっと前線で活躍したいなあ。犯罪者と戦ってさあ！　こう！　かっこよく！」

モップを剣に見立てて構える下士官を見て、ジョヴァンは笑った。

「こうやって王国のために務めるのが、俺たちの今の任務なのさ」

「棚の上の埃《ほこり》を、雑巾で拭うことがっすか？」

「立派な任務だな」

「こんなの『正義』でもなんでもねーよー」

「立派な『正義』さ。掃除すれば、みんな気持ち良く仕事ができるからな。それが国民を守る剣になるんだ」

「ジョヴァンさんは真面目っすねー。士官って感じがするなあ」

「そうか？」

「ジョヴァンさんはいつか」

「騎士団長になる気がするな」

最後の台詞《せりふ》は、いつの間にか口から零れていた。

いつかの不真面目な下士官が、新米の務めである掃除中に、自分に言った台詞だ。

ジョヴァンはそれに気付いた。しかし目の前にあるのは、埃を被《かぶ》った棚ではなく、泣きながら頭を垂れる、桃色の金髪をした少女の姿だった。

ジョヴァンは一瞬戸惑って、周囲を眺める。見えるのは、不安と恐怖の表情を浮かべる群衆と、近衛兵によって取り押さえられた数人の反逆者たち。

処刑台の方を見た。そこには、全てを諦めた様子で断頭台に並べられている町民たちと、その傍に立つ騎士団の斬首部隊。目の前に並ぶ国民が、極刑に値する凶悪な犯罪者とは到底思えず、膝を震わせている首切り人もいる。

ジョヴァンが目を白黒とさせていると、それを上から叩き付けるように、拡声されたレオノールの声が響く。

「ジョヴァン王国騎士団長！」

レオノール王の、怒鳴りつけるような叫び声。

「部下たちに斬首の命を出し、その手でその国賊の首を刎ねよ！　この俺様に忠誠を誓うのだ！　王国騎士団の力を見せてみろ！　国民にその『正義』の姿を見せつけるのだ！」

喉の底から張り上げられた、ビリビリと腹の底に響くレオノールの叫声。

ジョヴァンは剣を握ったまま、パクパクと口を開いた。

口の中が乾ききっているのを感じながらも、なんとか、号令の声を上げる。

「お、王国騎士団……！　総員……抜剣！」

号令の声は、静まり返った広場に響いた。

展開する騎士団員たちは、その号令をそのままの意味で受け取ることはできなかった。

抜剣の号令は、斬首部隊のみに告げられるはず。

『総員』はおかしい。

だから、その時点では、その剣の握りに手をかけようとする騎士団員は、その広場に存在しなかった。

ジョヴァン団長は繰り返す。

士官候補教育で一番の成績を取った、号令向きの、その恐ろしくよく通る声で。

「王国騎士団！　総員、抜剣！」

ジョヴァンは剣を地面に垂らし、足元のエステルではなく、金輿の頂点に立つレオノールに向き直ると、なお叫ぶ。

「目標……！　レオノール国王陛下！　総員抜剣！　戦闘用意！」

その言葉の意味を、字面通りに受け取ることのできた人間は……王国騎士団員だけではなく、近衛兵も、群衆も、一人として存在しなかった。

金輿の頂から命令を飛ばしていたレオノールは、それを聞いて、困惑した調子で言う。

「な、何を言っている、ジョヴァン団長？　お前の敵は……」

「やってられるかッ、このクソ国王がァっ！」

ジョヴァン団長は、普段の物腰からは想像もつかない、汚い罵り声を上げた。

それを聞いて、騎士団員たちがどよめきたつ。

「じょ、ジョヴァン団長がキレた！」

「あの穏健派のジョヴァン団長が！」

「怒らないじゃなくて怒れない団長が！」

「宴会の無礼講の窘《たしな》め時がイマイチわからないジョヴァン団長が！」

騎士団員たちの驚愕《きょうがく》の眼差《まなざ》しを一身に受けながら、ジョヴァンはレオノールを指さす。

「私は……私は！　こんな少女の首を斬り落とすために！　粛清と見せしめの血を流すために！

王国騎士団々長の地位まで上り詰めたわけではないわぁッ！」

「は、は？　ま、待て、ジョヴァンよ。落ち着け。一体何を言って……」

「訂正《ていせ》ェ！」

ジョヴァン団長の喉から、周囲の空気を切り裂かんばかりの号令の命が鳴り響く。

「これより騎士団長ジョヴァンは！　この汚らしい国王に宣戦布告を告げる！　この私に付いて来る者のみ抜剣！　目標！　国王陛下ァ！　現王政府！」

その号令を聞いた瞬間、処刑台の下に立っていたピアポイント警騎副長が、喜びの叫び声を上げる。

「その言葉を待っていたァ！」

ピアポイント警騎副長は腰の剣を抜くと、雄たけびの如《ごと》き金切り声を上げる。

「警騎副長より警察騎士部隊ィ！　総員抜剣！　『正義』を信じる馬鹿野郎はジョヴァン団長に続けェ！　こんな大喧嘩《おおげんか》、今逃したらもう一生参加できないぜ!?　あんたヤル時ゃヤル男だって信じてたよぉ！　団長殿ぉ！」

ピアポイント副長の下達号令が響き渡り、王国騎士団員たちは、戸惑いつつも腰の剣を抜き始めた。

ある者は、純粋にその場の空気に流されて。

ある者は、抱いていた違和感を払拭するために。

ある者は、自分の感じていた『正義』の形に突き動かされて。

金輿の上に立ったレオノールは、騒然とする広場の様子を見下ろしながら、動揺した声を上げる。

「な、何を!? 血迷ったか、ジョヴァン団長!? 貴様、自分が一体何をしているのか、わかっているのか!?」

「王国騎士団! 理念斉唱!」

ジョヴァンの叫び声と共に、ピアポイント警騎副長のソプラノ音域と、恐る恐るの騎士団員たちの声が響き渡る。

「我、王国民の剣なり!」

「もう一度!」

「我、王国民の剣なり!」

「声が足りんわァ!」

「我、王国民の剣なり!!!」

ジョヴァン団長はエステルを組み伏せていた近衛兵の兜《かぶと》を剣の切っ先で転がすと、流れるような剣捌《さば》きでその首に刃先を押し当てた。

「我、王国民の剣なり! 貴様のような外道が! 我が王国騎士団に上から命令できると思うなァ! こうなれば戦争だ! 本当の『正義』を見せてやれ! 王国一の喧嘩屋組織の意地! あの暴君に見せつけてやれェ!」

2

『反転予知《ラプラス》』

王剣に触れることで取得した新規スキル……『反射神経SSS＋』がランクアップした、デニスの新規レベル100ユニークスキル。

それが発動した瞬間、デニスの目に映ったのは奇妙な光景だった。

閃光《せんこう》の如き加速で真正面から襲いくる、致命スキルを多重発動させたヒース。その背後から遅れてやって来る、同じく致命スキルであろう鮮やかな翠色を帯びた魔力の槍。

肉眼では追いきれない超速度の多重攻撃。

その全ての攻撃が辿《たど》る未来の動きが、デニスには見えた。

それは実体と重なり合いながら伸びる、青色の影としてデニスの目に映る。その青い影がどこに命中し、突き刺さり、身体を破壊し、デニスにどのような痛みとダメージを与えるのか。デニスは一瞬の内に、その全てを感じ取った。

その攻撃が、実際に命中する一瞬前に。

「っヅぐぁアっ!?」

知覚した激痛を避けるため、デニスは目を瞑《つぶ》ってがむしゃらに、肉切り包丁と拳を振り回す。

訪れる一瞬の静寂。デニスが恐る恐るに目を開けると、周囲には、デニスの身体を綺麗《きれい》に掠《かす》めて避けていき、足元に突き刺さった翠色の槍の数々。接触破壊のスキルを叩き落とし、崩壊していく肉切り包丁。空ぶって、デニスの頬横を掠めたヒースの拳。がむしゃらに突き出したデニスの拳は、ヒースの顔面にめり込み、その頬骨を粉砕していた。

「……えっ？」

「がっ？　はぁ……っ!?」

デニスの目の前で、ヒースがよろめく。

しかしその一瞬後、ヒースはキッと眼《め》を見開き、幅を取って開いた両足に力を込めた。

「グッアラァッ！」

獣のような雄たけびと共に、ヒースは雷光のような瞬発力で拳を繰り出す。

デニスにはその拳の軌道が、ヒースの未来の動きの全てが見えた。それは青い影の形となって、デニスの瞳に映っている。その青い拳の影がデニスの鎖骨を粉砕し、軌道上の筋肉を軒並み切り裂き、乗せられた致命スキルによって周囲の臓器を不可逆的に破壊する恐ろしい激痛も、全て当たる前に知覚できる。知覚してしまう。

「いっ！　ヅッ！　ぐぁああっ！」

デニスは実際にはまだ受けていない苦痛に顔を歪めながら、その青い影を躱《かわ》して、ヒースの顔面にもう一撃叩き込んだ。

カウンターの形で拳が交差し、衝撃でヒースの目玉が飛び出る寸前までその顔を歪める。

「ギァッ!?　ヅッ、グラァアッ！」

再度、それでも怯《ひる》まぬヒースの爆発的な拳撃。

結果は同じ。

青い影となって見える未来の動きと、実際には受傷していない予知激痛。

「いってえんだよっ！　この野郎がぁっ！」

「ゴバぁッ！」

今度は鳩尾《みぞおち》に突き刺さるようなカウンターを喰《く》らったヒースは、今度こそ背後によろめいて、腰を折った。屈《かが》みながら後ろへ数歩後退し、その口から大量の血反吐を吐く。

「おっ、オガァッ！　ゴエッ！　オェエッ！」

デニスの全力の拳を腹部にもろに喰らって、内臓が破裂していた。

吐血が嘔吐《おうと》のように溢《あふ》れ続ける。

「がっ！　がばっ！　あ、アンバる、ガオェッ、ァ、『ガラクタ趣味《アンバルフイクション》』……ッ！」

高名な治癒師から強奪《スナッチ》した緊急回復スキルを発動させて、ヒースはかろうじて致命的な損傷を治癒する。彼はなおも腰を折って吐血しながら、片膝を震わせ、痛々しい内出血の赤青に染まったグシャグシャの顔で、デニスのことを睨《にら》みつけた。

「な、何を、した……ッ！　ゲェっ！　貴様……ッ!?」

「はぁっ……はぁ……っ!?」

混乱する両者。

しかし本当に混乱しているのは、デニスの方だ。

『反転予知《ラプラス》』……？　なんなんだ、このユニークスキルは。

未来の動きが見えた。動きの全てが。

それが自分にどう影響し、どこに命中し、どんな苦痛を与えるのかも。

全て、予知できた。

「王剣が……っ！」

礼服の袖で血まみれの口元を拭いながら、ヒースが掠れた声で呟《つぶや》く。

「引き出したというわけだな……そのスキル……！」

「悪いがこっちも……わけがわかってないもんでね……」

「僕も触ったんだがなぁ……僕では駄目だったのか……クソッ……何が違うんだ、貴様と僕は……っ！」

ヒースは折っていた背中を伸ばすと、歯ぎしりをしながら首を鳴らす。

「しかし、悪いだけの知らせではない……お前がそういうスキルを引き出されたということは、『王剣』のスキルもまた！　同系統のスキルということ！」

乱れた礼服の襟を正しながら、ヒースは革靴の先端をカツカツと叩き鳴らした。

「『未来予知』か！　貴様の新規レベル１００スキル！　そうとしか思えない動き！　そうでないと辻褄《つじつま》の合わない超反応！」

「どうやらそうみたいだぜ！　俺も驚きだがなあ！」

「貴様の高すぎる身体能力！　並み外れて高度な反射神経が限界点を突破し、事象の前後を貫通して未来の動きに反応することを許したわけだ！　『強制退店の一撃』が貴様の料理人としてのユニークスキルなら！　その『未来予知』こそが！　貴様が持って生まれた本来のユニークスキルというわけか！」

「良い子にしてればプレゼント貰《もら》えるもんだ！　土壇場でなぁっ！」

◆◆◆◆◆◆

王城前の広場。

先陣を切るジョヴァン団長は、剣を振りかざして声を張り上げる。

「近衛兵たちは極力、非殺傷で無力化！　同じ国民同士で殺し合うな！　狙うは国王だ！」

その背後では、騎士団と近衛兵の正面衝突が巻き起こっていた。処刑台に立っていた騎士団の斬首部隊は、壇上に駆け上ってくる近衛兵たちを蹴り飛ばし、その処刑人の剣の丸先で押して舞台から突き落とす。

広場を俯瞰《ふかん》すれば、剣を捨てて組み合いで敵を制圧しようとする者、致命傷とならないようにためらいながら剣を振る者。真正面からぶつかっているとはいえ、騎士団と近衛兵は同じ旗下の国民同士、突然斬り合うのに躊躇《ちゅうちょ》があるのはお互い様だった。

「うおおっ！　王国騎士団万歳！」

「こ、国王陛下を守れ！　くそぉっ！」

その微妙な突発的状況が明らかに有利に働いたのは、王国騎士団の方だった。騎士団員が身に着けているのは、儀礼用とはいえ金属製の全身甲冑《かっちゅう》。対して近衛兵が着用しているのは、布製なうえに動きやすいとはいえない儀礼用制服。誰も戦闘を予期していなかった中でぶつかり合う青黄の甲冑騎士団員と、赤黒の制服近衛兵。

取っ組み合いの混戦の中で、その装備の差が明確に現れようとしていた。

騒乱の中で、群がる近衛兵たちを弾き飛ばして引き回す、一人の小柄な全身銀甲冑。

「おおおっ！　ぴ、ピアポイント副長が！」

「離れろ！　巻き込まれるぞ！　ピアポイント警騎副長の『流体装甲』だ！」

「ヒィィィッ！　ハァァァァアッ！　誰かオレを止めてみろォ！　死にたい奴《やつ》からかかってきてくれェェっ！」

高いハイソプラノ音域の悲鳴にも似た叫声を上げながら暴れ回っているのは、身に纏《まと》った銀甲冑を液体のように自在に形状変化させているピアポイント副長。彼女は近衛兵が接近した瞬間に、液状化した甲冑を身体から引き剝がし、叩き付け、金属流体の装甲を触手のように伸ばして足を狩り、絡みついて引きずり回し、圧《お》し潰して装甲攻撃《アーマーバッシュ》を加えている。

「あれマジ何なんすか!?　どういうスキルなんすか!?」

王国騎士団の一人がそう叫んだ。

「『錬金』の応用らしいぞ！　とにかく近づくな！　あの人はああなったら止められない！」

「あの人、大剣担いでる意味あんの!?」

「よく見ろ！　剣も液状化してるだろ！」

「質量が欲しいだけかー！　なるほどー！」

〝彼女〟の周りは、敵味方問わず阿鼻《あび》叫喚《きょうかん》の渦となっていた。

合戦状態の広場は、青黄の甲冑姿の王国騎士団が優勢に見える。レオノール王はその様子を金輿の上から眺めながら、奥歯が砕け散ろうとするほどの歯ぎしりを立てていた。

「こ、この……！　クソどもがァ……っ！」

王剣を握りしめ、絞り出すような声を漏らすレオノール。

輿に上っていた側近の役人が、彼の肩を摑《つか》んだ。

「こ、国王陛下！　こちらへ！　退避してください！」

「尻尾を巻いて逃げろというのか！　この俺様にぃ！」

「陛下！　どうか落ち着いて！　ここは……」

「どけぃ！」

レオノールは役人の手を振り払うと、その手に握り込んだ王剣を掲げた。

「この俺が、王の力を見せてくれる！　国王直々に！　奴らを地獄に叩き落としてくれる！」

「陛下！　危険です！　そのスキルは……！」

「『王の偽剣』！　その力を解放せよ！」

七色に瞬く王剣。それを掲げて、レオノールは力の限りに叫ぶ。

「脈々と受け継がれし、王家の闇の歴史よ！　光の裏に影あり！　浴びる光が大きいほど影は大きく！　影とはすなわち光なり！　光とはすなわち影なり！　この俺に、今こそ力を貸せ！　王家の闇のスキルよ！」

バキンッ、という音が響いた。七色に発光していた王剣が、突然ひび割れたのだ。

レオノールの目下に立ち、今まさに跳躍してその首を取ろうとしていたジョヴァン団長は、その光景を目撃していた。太陽の下で掲げられた王剣から、どす黒い煙が噴出している。それは首を斬られて勢いよく噴き出す、鮮血のようにも見えた。

「なんだ……？」

ジョヴァンは思わず、そんな風に呟いた。その漆黒の煙は気体であると同時に、血液のような液体でもあり、吐き出した痰《たん》のような粘性も有している。それは真実を覆い隠す濃霧のようでもあり、王国の歴史の闇で流れてきた粛清の血のようでもあり、斬首されようとする咎人《とがにん》が、死に際の悲鳴と共にまき散らす怨嗟《えんさ》の唾のようでもある。

それはつまり、その全てであった。

「ガバァッ！　ゴバッ　ブバァッ！」

レオノールは発作を起こして痙攣《けいれん》し、その場で全身の筋肉を攣《つ》らせたように硬直する。ピクピクと震えて白目を剝《む》きながらも、その手に握って掲げた王剣を手放す気配はない。

否、手放すことができない。『王の偽剣』は、ひび割れから噴出したどす黒い何かによってレオノールの手と癒着し、血管の中へと滑り込み、その身体の奥深くへと侵入していく。

首の血管が浮き上がり、どす黒い血液の網が葉脈のように広がっていく。

「ゴヴァッ、ガッ、ギィッ……！」

突然、竜巻のような激しい魔力の渦が、彼の足元から立ち上った。その漆黒の渦巻きは、金輿の頂点から天高くまで貫くように発生し、レオノールの身体を覆いつくす。

広場で取っ組み合っていた王国騎士団と近衛兵たちは、その異様な光景に気付くと、思わず手を止めた。

「なんだあれ……」

「えっ、と……？」

広場の誰もが、その異常な現象に釘付《くぎづ》けとなっている中で。

黒い竜巻から獣のような二本の太い腕が伸び、そのゴツゴツとした指が巨大な金輿を左右から鷲《わし》摑《づか》みにした。

群衆の悲鳴が上がる。金輿を担いでいた者たちが、蜘蛛《くも》の子を散らすように逃げ出した。竜巻はなおも勢いを増して金輿を飲み込み、そこから伸びる巨大な獣の腕が、苦しんで呻《うめ》くように周囲の地面を滅多やたらに叩いた。

「きゃあああっ！」

「うわあ！　化物だ！　逃げろ！」

周囲の地面が次々と割れて、広場を悲鳴と戦慄が支配する。

四角錐《すい》の形状をした黄金の神輿《みこし》は、竜巻に巻き込まれて逆さまになりながらその一部と化して、その下部から太く巨大な獣の足を伸ばした。四角錐の一面からは、レオノールに似たおぞましい化物の顔が浮かび上がろうとしている。その竜巻が収束した時に現れたのは、黄金の神輿に寄生するように発生した、何もかもがこの世の物とは思えぬほど歪《いびつ》で醜い、そのどれもが巨大で不揃《ふぞろ》いな黒い獣の腕と足を有した、とてつもなく大きい化物の姿。

『王の偽剣』に隠されたスキル。

王家の長い偽りの歴史。

これと常に共にあった偽り《イツワリ》の王剣に発現した、その歪んだ権力の歴史を体現するようなスキル。

歴代の王たちが追い求め渇望した、偽りの力と権力への欲望。その蓄積の発露。

この秘密を王と共に守り抜いたのは、参謀長に比肩する王政府の最上級役人たちと、最有力諸侯たちの一部。それにジュエルの祖先に、一等王族護衛官の歴任者たち。彼らが脈々と受け継ぎ秘匿してきた、血塗られた闇の歴史。

その中で醸成されていったナニカ。

強制変化スキル、『偽王たちの顕現』。

金輿の面から出現した化物の顔。レオノールの面影を残した、おぞましい悪魔の顔。その口が裂けるように大きく開いて、悲鳴とも呻き声とも、怒声とも似つかない鳴き声を上げる。

「ギャッ！　ギャァァアアァッ！　ギャァァアァァアァァアアッ！」

目の前でその巨大な化物の顕現を見ていたジョヴァン団長は、しばし呆気《あっけ》に取られながらも、なんとか正常な判断能力を取り戻した。

「た、退却！　総員退却！　民衆を避難させろ！」

ジョヴァンが叫ぶと、衝突していた騎士団と近衛兵たちが、恐怖に顔を引きつらせながら駆け出した。恐怖に支配された群衆は、発狂したように我先にと広場から逃げ出そうとする。

「お、落ち着いて！　国民のみなさん、落ち着いて避難――」

「誰か！　た、助けてくれ！　うわあ！」

「化物だ！　逃げろ！　逃げるんだ！」

「どけ！　俺が先だ！　どけえっ！」

恐ろしい混乱状態の中、ジョヴァンは身を翻して駆け出し、避難の指揮に当たろうとする。

その途中で、広場の中央に跪《ひざまず》くエステルの姿が見えた。彼女は呆気に取られたように、その化物の姿を眺めている。ジョヴァンは彼女の肩を摑むと、悲鳴の渦にかき消されないように叫ぶ。

「エステル姫！　ここは危険です！　お逃げください！」

ジョヴァンに怒鳴りつけるようにそう言われて、エステルはビクリとしながら正気を取り戻す。

「あ、ああ！　に、逃げなくては！　民衆の避難は可能か、ジョヴァン！」

「わかりません！　やれるだけやるだけです！」

ジョヴァンと一緒に駆け出そうとしたところで、エステルは何かに気付く。

「町民たちは!?　拘束されている！　自力で避難できない！」

エステルにそう言われて、ジョヴァンは処刑台の周りに集められている町民たちを見やった。公開処刑される予定だった町民たちは、全員が手枷《てかせ》と足枷《あしかせ》を嵌《は》められ、鎖で繋《つな》がれている。いまだ処刑台の上で、断頭台に嵌め込まれている者もいる。

「くっ……！　か、彼らを避難させるのは困難です！　動ける者を優先的に避難させるしかない！」

「ならぬ！」

エステルが叫んだ。

「ギャァアッ！　ギャアアァァアッ！」

化物へと変化したレオノールが背後で動き出し、激しい地鳴りが響く。

揺れの中でよろめきながら、エステルは足元の、本物の王剣スキルグラムを拾った。

「もう誰も死んではならぬ！　死んではならぬのだぁっ！」

「エステル姫！」

エステルはジョヴァンの手を振り払うと、その手には大きすぎる本物の王剣を握って、巨大な醜い化物と対峙《たいじ》する。

町民の拘束を解いている時間はない！

誰もあの化物を止められない！　みんな死んでしまう！

また死んでしまう！　余のせいで！

エステルは王剣スキルグラムを両手で握り、瞳に涙を溜めながら叫ぶ。

「もう、嫌なのじゃあ！　誰も死んで欲しくない！　生きてるだけでいいのに！　生きててくれるだけでいいのに！　なんでそんな簡単なことが！　なんでそんなことすら、みんなできないのだあっ！」

王剣を握り、握り直し、震える手で王剣を握りしめる。

「このっ！　何か発動しろぉ！　『本物の王剣』！　何か言わぬかぁっ！」

ボロボロと泣きながら、王剣に向かって喚《わめ》くエステル。ジョヴァンは彼女を殴りつけて気絶させてでも、ここから連れ去ろうか逡巡《しゅんじゅん》した。

「余が守らないと！　みんな死んでしまうのだ！　嫌なのじゃぁ！　もうそんなのは嫌なのだあ！なんでも良いから発動しろ！　発動しろぉ！」

緊張と恐怖で王剣の握りを手汗まみれにしながら、エステルが叫ぶ。

力の限り祈る。心の底から乞う。切に命令する。

「余がみんなを守るからぁっ！　余に力を貸せ！　どうにかしろ！　このガラクタぁっ！」

その瞬間。エステルが震える手で握りしめていた王剣が……本物の王剣スキルグラムが、突然眩《まばゆ》い光を放った。

「……へっ？」

剣に向かって怒鳴りつけていた当の本人が、その光を見て間の抜けた声を上げる。

瞬くような、激しい七色の発光。

至近距離で見ていれば目が潰れるほど眩《まぶ》しい光の爆発。

『王剣スキルグラム』は発動した。

初代王ユングフレイ以来、王家の歴史の中で初めて。

エステルは、その剣の発動条件を満たした。

3

「なっ――――!?」

そのあまりの眩しさに、ジョヴァン団長は思わず腕で顔を覆う。

エステルの手元に太陽が出現したかのような、光が炸裂《さくれつ》したかのような閃光。

『偽王たちの顕現』によって出現した、レオノールを母体とした化物がその光に迫る。

眩しい光を刈り取ろうとするように、化物はその巨大な腕を伸ばした。

まずい。何が起こっているのかわからないが、とにかくエステル姫の首根っこを捕まえて、この場から退避させなくては――!

しかし、次の瞬間。

ジョヴァンは爆発に巻き込まれたかのような、激しい衝撃を受けて背後へと吹っ飛んだ。

「うっ、ぐぉおっ!?」

何も状況がわからないまま、ジョヴァンは背後へと一直線に吹き飛んでいく。

すると不意に、背中から網に捕らえられたかのような感覚があった。

「大丈夫っすかー!? 団長ー!」

「ぴ、ピアポイント!」

吹き飛ばされたジョヴァンを捕まえたのは、流体化した甲冑を網のように広げたピアポイント副長だった。ジョヴァンはクッションとなった液状網から脱出すると、ピアポイントに尋ねる。

「な、何があった!? エステル姫は!?」

「い、いや。オレが聞きたいっすよ。突然、ジョヴァン団長とあの化物が吹っ飛んで……」

ピアポイントが、兜の下からそう言った。ジョヴァンが見ると、つい一瞬前まで前進していたレオノールの化物が、広場の後方――王城前付近まで吹き飛ばされて、逆さまに転がっていた。視線を戻すと、広場の中央には、変わらずエステル姫がいる。

何も変わりはない。

彼女は王剣を握ったまま、放心したように突っ立っている。

しかし次の瞬間、エステルはその場に崩れ落ちると、地面に倒れ込んだ。

「ぐっ!? ぐっ、ぁあっ!? がっ、あぁっ!?」

エステルは苦痛に悶《もだ》えるような声を上げて、その場でもがき始めた。

その身体が、先ほどの王剣と同じように、七色の光を帯びる。

「あれって……」

ピアポイントが呟いた。ジョヴァンもその光景に目を疑いながら、口を開く。

「レベルアップしている……?」

その光景は、処刑台の下部に繋がれている町民たちも、今まさに目撃している最中だった。

そこには近衛兵たちによって制圧されて、エステルとは離される形で一緒に繋がれていたポワゾンやビビア、ジュエルたちもいる。

「何が起こってるの、あれ」

手枷を嵌められて、鎖で繋がっているポワゾンがそう聞いた。突然広場の中央で倒れ、もがき始めたエステル。その身体が放つ七色の光は、レベルアップ時に一瞬だけ、全身を駆け巡る視覚現象。

しかしその発光は、止まる気配がなかった。

「レベルアップし続けている、っていうこと？」

ジュエルが呟いた。

「いやいや。どんだけ上がってるのよ。光りっ放しなんだけど？」

「というか、あれって『本物の王剣』が発動したっていうこと？　なんで？」

ポワゾンとジュエルが何かと言い合っている傍で、処刑台の柱に背中を寄せていたビビアが、突然口を開く。

「国造りの神話だ……」

「何？　どういうこと、ビビア君」

「食堂で話しましたよね？　初代王ユングフレイと邪の者イニスの、国造りの神話ですよ」

「それがどうしたの？」

「い、いや。僕にも、わからないんですけど……」

ビビアは髪をかき分けると、嵌《はま》り始めたピースを探すように、思考を巡らせた。

「神話の中では……初代王ユングフレイは、初めから王だったわけじゃないんです。親友だったイニスが邪悪な心に支配され、彼から民を守るために剣を握った。国を造ろうとしてスキルを発動させたわけじゃない……」

「いやいや、どういうこと？」

「神話には、ユングフレイは『守る力』を手に入れたって。つまり、それは……」

ビビアは確信がもてない様子で、それでも言葉を絞り出す。

「『王剣スキルグラム』の力は、国を『支配する』ための力ではなく……『守る』ための力……？　邪の者イニスの圧政から、民を守るために振るわれた力！　そうだ！　そもそも真逆なんだ！　『支配』から『守る』ための力！」

ポワゾンとジュエルは、その話をポカンとした顔で聞いていた。

ビビアは、興奮したように力説する。

「だから、王城で行われるような儀式では発動しない！　国を『支配』するために、『統治』するために、『王となる』ために握っても、王剣は発動しない！　あれは、そもそもそれに対抗するための力だから！　『支配』から民を『守る』ための力だから！　エステルは『守る』ために握ったんだ！　だから『王剣』が反応した！　彼女に『守る』ための力を授けるために！」

ビビアがまくし立てると、ポワゾンはわかったようなわからないような顔をして、視線を離す。

「それじゃあ……あれは？　まだ、レベルアップし続けてるけど……」

視線の先には、いまだ地面の上でのたうち回り、もがき苦しむエステルの姿。

その小さな身体は、いまだレベルアップの七色の光を帯びて、発光し続けている。

「ええっと……『王剣』のスキルが、エステルに入らないのでは?」

「入らない?」

「だから、その、大きすぎて……」

ビビアは自信なげにそう言った。

何かを理解したジュエルが口を開く。

「『王剣』のスキルを取得できるレベルまで、強制的にレベルを上げられている?」

「強制的にって……」

ポワゾンは、エステルの姿を眺めながら呟く。

「一体どこまで?」

「今、何レベルですか?」

「わからない。サーチスキルが通らない」

「それって……」

ポワゾンは、信じられないという表情を浮かべた。

「少なくとも、レベル80は超えてる。まだ上がり続けてる」

◆◆◆◆◆

「がっ! ぁっ! ぐぅぁあっ! いっぎぃぃいっ!」

エステルは噛《か》み締めた両歯の隙間から苦痛の息を漏らして、全身を引き攣らせていた。

万力のような力で、絶えず頭を割られ続けるような激痛。身体の中の何かの領域を引き裂かれ、限界を超えて引き伸ばされ続けるような、耐えがたい苦痛。意識を失うことすら許さぬ、発狂した傍から正気に戻される、拷問にも似た時間の継続。

「がぁぁっ！　ぐぁあっ!?　いっづぁ、ぎゃぁあっ!?」

その手には、まだ王剣が握られていた。

王剣は彼女の手のひらに吸い付くようにして引き寄せられ、そこから離れようとしない。

「ひぃっ！　ひぃいっ！　ぐっ、ぅっ　ぁがっ……！」

エステルはもがきながら足を動かし、何かを探すように手を伸ばした。歯ぎしりをしながら徐々に身体を起こし、膝をつき、その場に跪く。身体を内部から切り裂く激痛が、どこか遠い場所から感じられるようになる頃。エステルはふと、空を見上げた。

空から、無数の歯車が降ってきている。

大小様々な歯車の雨は、広い空を覆い尽くすように降り注いでいる。

その奇妙な光景は、エステルだけが見ているわけではなかった。

その場にいる全員が、たしかに目撃しているものだった。

「なんすか!?　なんすかこれー!?」

空を見上げるピアポイントが、空を埋め尽くして降り注ごうとする無数の歯車を見て叫んだ。それらの歯車は互いに引き寄せられるようにして空中で噛み合いながら、地上を目指している。大きさも形状も異なる無数の歯車の雨。最大の物は、地上から見える月ほども大きい。その傍に立っているジョヴァンも、すっかり混乱している様子だった。

「わ、わからん！　なんだ!?　どう避難すればいいんだ!?」

「団長！　エステル姫にサーチスキル通ります!?　オレ通らないんですけど！」

「私も通らん！　もうずっと前から！」

「…………団長、レベル87っすよね!?」

「ああ……」

ジョヴァンはどういう表情を浮かべていいか、わからない。レベル差があるとサーチスキルが通らなくなるとはいっても、それは両者に20前後の差がある場合。だから、レベル87であるジョヴァンのサーチスキルが通らない者は存在しない。レベル１００のヒースにさえ通るのだから。

「何が起こってるんだ……？　これは、世界の終わりか？」

空からゆっくりと降る歯車は、上空の一定のラインで、何かに吸い込まれるように消えていくのがわかった。目には見えない水面があるかのように、噛み合って回転しながら降り立つ歯車たちが消滅していく。

違う、とジョヴァンは思った。消えているのではない。目には見えない、もっと大きな何かに、吸収されている。この世のものとは思えない、その奇妙な光景に釘付けになっていたジョヴァンは……視界の端で、エステルが立ち上がったことに気付いた。

ゆらり、とエステルは立ち上がっている。

その手には、切っ先を地面に垂らした王剣。その身体はいまだに、七色の光を放つことをやめていない。口を半開きにしながら、彼女はどこに焦点が合っているのかわからない目をしている。

「ぁ………」

しかし、その口から洩れるのは、もはや苦悶《くもん》の呻き声ではなかった。

彼女は何かを理解したように、王剣を両手で握り直す。

それが、自分の身体の一部になったことを確認するように。

「そうか……」

エステルはうわ言のようにそう呟くと、自分には大きすぎる剣を自分の前に掲げてみる。

「わかったぞ……お主は、そういう名前か……！」

彼女はそう言うと、今まさに、遠く前方で起き上がろうとする巨大な化物の姿を見つめる。

エステルは王剣を構えた。そのスキルの名前がわかる。

自分の中に入ったそのスキルの名が。

自分の一部となったスキルの名前が。

エステルは剣を握りしめ、喉の奥から轟《とどろ》かせるように、その名前を呼ぶ。

「『全ての美しい記憶《バタフライ・エフェクト》』！」

カチカチ
カチカチ
チチチチチチチチチ
ジリリリリリリリリ
カチ　カチ　カチ　カチ
カチッ……

10章 バタフライ・エフェクト

1

「女王様？」

ふとそんな声が聞こえて、エステルは目を開いた。

そこは王城の、『王の間』だった。父上が国王だった頃、何度も入ったことのある神聖な部屋。

しかし以前と違うのは、他でもない自分が、その玉座に座っているということだ。

エステルがきょとんとした様子でそこに座っていると、声をかけた人物が、エステルのことをもう一度呼ぶ。

「エステル女王陛下？　どうされました？」

ハッとして、エステルは声の方へと振り向く。自分の左横に、親愛なるメイドであるデラニーが立っている。髪をショートカットに纏《まと》めた彼女は、いつものメイド服を着込んで、エステルに優しく微笑《ほほえ》みかけていた。

「あ……デラニー？　ええと……」

「まったく。姫様はたまーに、ボケッとしてしまうでおじゃるなあ」

デラニーとは反対側の右横から、そんな声が聞こえた。丸々と太ったエピゾンドだ。彼はいつものように、ハンカチで額の汗を拭っていた。

エステルが目を白黒とさせていると、デラニーがエピゾンドにつっかかる。

「なぁーにぉ!? エピゾンド! エステル陛下のどこがボケボケの呆《ぼ》け野郎ですってぇ!?」

「全然違うでおじゃる! デラニーの方がひどいでおじゃる!」

「あとぉ! いい加減『姫様』と呼ぶのはやめなさい! 『女王陛下』と呼びなさい!」

「それは悪かったでおじゃるなあ」

デラニーとエピゾンドが、玉座に座るエステルを挟み込んでガミガミと言い合っている。

いつものように。

「ええと」

エステルは口を開いた。

「どういうことであるか?」

エステルがそう聞くと、デラニーとエピゾンドはきょとんとした。

「どういうこと……というと?」

「いや。なんというか……余が……『女王』? 余って、『女王』であったか?」

「なーにを言っておられますか、女王陛下」

デラニーがおかしそうに笑った。

「エステル様は、女王陛下に決まってるじゃないですか」

「いや、違う気がする……余は、『王剣の儀』に失敗して……」

「そうだ! あのレオノールときたら! エステル様の即位にちょっかいを出してぇ!」

「でも、未然に防がれて良かったでおじゃるなあ」

「本当ですよー」

デラニーとエピゾンドが笑った。

「そうじゃったか」

エステルはそう呟《つぶや》くと、ふと違和感を覚えて頬を撫《な》でてみた。

涙が伝っている。なぜだかわからないが、涙が止まらない。

ボロボロと涙が零《こぼ》れてきて、エステルは嗚咽《おえつ》し始めた。

「それは……本当に、よかった……」

「ど、どうしましたか？　女王陛下？　エピゾンドぉ！　貴様が失礼なことを言うから、エステル様が泣いてしまったではないかぁ！」

「ええええっ!?　麻呂《まろ》のせい!?　でも、本当にどうしたでおじゃるか？」

「ひっく……うぇっ……よかった、本当によかった……デラニぃ、エピゾンドぉ……」

「どうしました？」

「そこにおるか？　余の傍《そば》におるか？　触ってもよいか？」

「どうぞ！　ほら！　身体《からだ》の隅々までお触りください！　わたくしはお触りオッケー系のメイドですので――！」

「デラニー!?　あんまりエステル様に変なことを教えないで欲しいでおじゃる！」

エステルは玉座に座り込みながら、背中を丸めて、泣き続ける。どうしてこんなに泣いてしまうのかわからない。二人が傍にいてくれることが、嬉《うれ》しくてたまらない。

「そういえば！」

デラニーが思いついたように、ポンと手を叩《たた》いた。

「ティア様も、病気が良くなられたそうですよ！　よかったですね！」

「ティアが……？」

エステルは泣き腫らした顔を上げると、そう聞いた。

「よくなったのか？　病気が？」

「そうでおじゃった！　王都の治癒術師たちが、尽力してくれたのでおじゃる！　もう全快のピンピンという話でおじゃるぞ！」

「本当に？　よくなったの……？　本当に……？」

消え入りそうな声でそう尋ねたエステルは、また何かに気付く。

「あれ……？」

「どうされました？」

「余は……余は、どうやってティアと知り合ったのだ？」

「何を言っておられますか」

「田舎町を視察しに行った際に、偶然仲良くなられたのでおじゃる」

「えっ？」

エステルは頭を抱えた。

「そうだっけ？」

辻褄《つじつま》が合わないような気がする。

違ったような気がする。そうではなかったような気がする。

「エステル陛下ときたら。ティア殿に車椅子を作ってあげようと言い出した時には、麻呂も困り果てたでおじゃるよ」

「でも！　街のみなさんが協力してくれて、良かったですよねー。ま！　女王陛下ですから！　当然ですけどぉー！」

違う。何かが違う。でも、何が違うのかわからない。

「ティア殿も、今まさに王城に向かっているところでおじゃる！　元気な姿をいち早く、エステル陛下に見せたいと！」

「もうそろそろのはずですけど……」

エピゾンドとデラニーがそう言うと、『王の間』の扉が、不意に開かれた。

扉を開いたのは、あのティアだった。病気で臥《ふ》せっていたはずの少女。エステルの親友。

エステルはその姿を見るなり、玉座から立ち上がると、彼女の下へと駆け出した。

「ティア……！　ティア！」

転びそうになりながら駆けると、エステルはティアに抱き着いて、その身体に縋《すが》り付いた。

彼女の服を摑《つか》んで、なおも泣きじゃくり、その顔を寄せる。

「ティア……！　よかった！　良くなったのだな！　病気は、もう大丈夫なのだな！」

「エステル……？」

「うぇっ。うぇえっ……！　よがっだぁ！　余をしっかり抱きしめておくれ！　お主が生きていることをもっと伝えておくれ！　ずっと余の傍にいておくれ！」

「ねえ……」

「どこに行こう？　もっと違う所へ遊びに行こう！　どこまでも一緒に歩いていこう！　一緒に原っぱを駆けよう！　死んでいないのだな？　生きているのだな？　たしかにここにおるのだな？　お主は、お主はぁ……っ！」

「エステル！」

叫び声が響いた。

抱き着いてすすり泣いていたエステルは、顔を上げる。

ティアは、彼女に真剣な眼差《まなざ》しを向けていた。

「エステル、私に付いてきて」

「どうしたのだ、ティア……怖い顔をして……」

「あなたはここにいてはいけない」

ティアがそう言った。

「何を言っているのだ？」

ティアはエステルの手を取ると、王の間から飛び出した。

エステルは彼女に引っ張られながら、わけもわからずに叫ぶ。

「どうしたのだ!?　ティア！」

「この偽り《イツワリ》の世界にいてはいけない！　ここは、あなたのいるべき世界じゃない！」

「わからぬ！　どういうことであるか！」

「エステル！　私を信じて！」

エステルの手を握りながら、ティアは王城の通路を駆ける。

「早く戻らないと、大変なことになる！　今度は、私があなたを助けるから！」

ティアに手を取られて引っ張られるエステルは、わけもわからずに王城の通路を疾走し始めた。

「エステル女王！」

「捕まえるでおじゃる！　エステル姫が攫《さら》われてしまったでおじゃるー！」

背後から、デラニーとエピゾンドが追ってくる。

その脇の通路が次々に開いて、エステル付きの召使いたちが慌てた様子で駆け出した。

「エステル女王！」

「行かないで！」

「エステル様！　エステル様！」

「ずっと一緒にいましょう！」

「ここで幸せになりましょう！」

エステルは走りながら振り返り、自分を求めて背後から追ってくる使用人たちを見た。

「てぃ、ティア！　どうなっている!?　何が――」

「いいから走って！　外に出ないと！　世界が出来上がってしまう前に！」

エステルはふと、通路の窓の外を見た。

そこから広がる光景を見て、彼女は悲鳴を上げる。

「な、なんだ！　あれは！　ここは、ここは一体なんなのだ!?」

窓の外には、真っ白い世界が広がっている。どこまでも続く、地平線の見えない白い世界の中に、無数の歯車が今まさに立ち上がり、回転し、噛《か》み合いながら相互に影響し合い、また分かれて、別の歯車と接続しようとしている。無数の歯車の山が形を成し、背の高い建物となろうとしている。人の形を成そうとしている物もある。

それは、歪《いびつ》で機械仕掛けな創世の光景だった。

◆◆◆◆◆◆

「な、なんですか、これ……」

処刑台の柱にもたれかかっているビビアが、そう呟いた。

広場の中央。そこには、エステルが先ほどまで立っていた場所を中心として、円形をしたエネルギーの竜巻が巻き起こっている。

水晶のような輝きを放ちながら、力を込めて回したばかりの独楽《こま》のようにその表面部を高速回転させている円形の竜巻は、少しずつ、徐々に拡大しているように見えた。

目を見張るのは、その輝きの中で蠢《うごめ》く、黄金の歯車の蠕動《ぜんどう》。円形のエネルギーの竜巻の内部は、無数の歯車によって埋め尽くされている。それらは竜巻の中で回転し、互いに位置を入れ替えて、噛み合い、相互に崩壊し、また生成され、沸騰する水泡のように目まぐるしく変質しながら、そのエネルギーの原動力であるかのように蠢き続けている。

あの中にいるはずのエステルは、どうなっているのだろうか……。

バヂンッ、と電撃が走った。円形の竜巻から鋭い電流が複数伸びて、それは白い触手のように揺らめきながら周囲の地面に根を張る。不安定な自らを安定させるように。まるで、そこから何かが生まれようとしているように。その生き物のような姿は、想像もつかないほど高出力で、かつ人知を超えた種類の胎盤を思わせた。

「な、なんなの……一体……」

ポワゾンがそう呟いた。どんな状況でも怖《おそ》れを知らぬと見える彼女ですら、さすがにその光景には面喰《く》らっているようだ。

そこで、ビビアはあることに気付く。

「ポワゾンさん……肩の傷はどうしたんですか？」

「えっ？」

見てみると、ポワゾンが肩に受けたはずの矢傷が綺麗《きれい》に消えている。

傷がないどころか、その衣服に穴すら開いていない。

まるで、何もなかったかのように。

その現象は、周囲の人間たちにも広がっていた。正面衝突によって傷を負った騎士団と近衛兵《このえへい》たちは、自分が受けたはずの傷が綺麗に治っていることに気付く。治っているというよりも、それは最初から、何事もなかったかのような感じがあった。

「何……これ……」

ポワゾンはさらに気付く。周囲を見るたびに、あの化物によって破壊されたはずの広場の地面が直っていく。視線を移すたびに、砕けて穴が開いていたはずの広場の敷石は、まるで何事もなかったかのように元の状態に戻っていく。奇妙な光景だった。夢を見ているような、性質《たち》の悪い騙《だま》し絵を見ているような気分だ。

「これは……」

◆◆◆◆◆◆

「始まったな」

窓の外を眺めるヒースが、そう呟いた。

デニスも今ばかりは、目の前の強敵から視線を外し、通路の窓枠から覗《のぞ》く広場の光景に釘付《くぎづ》けとなっている。

「……何が起こってるんだ？」

「こっちにも影響が来てるぞ。見てみろよ」

ヒースにそう言われて、デニスは自分たちの変化に気付く。

血まみれだったはずのヒースが、まるで戦い始める前のように綺麗な身なりをしている。

「過去を起点とした現実の改変……いや、過去改変と言うべきか」

そう言って、ヒースは自分の足元に視線を落としてみた。砕け散って血だまりを作っていたはずの床が、綺麗さっぱり、何事もなかったように大理石の輝きを取り戻している。

「王剣のスキルの正体。後世に『この世の全てのスキルを支配し、無効化する』と伝えられた、初代王の無敵のスキル。過去に遡って、不都合な出来事の全てを改竄《かいざん》し修正する、究極のスキルだ」

ヒースはそこまで呟くと、デニスの方を見る。

「どんどんなかったことになっているぞ。一体どこまで修正されるのかな」

デニスは自分の鼻を触った。互いに折り合ったはずの鼻骨が治っている。

「あの、丸い竜巻みたいなのは？」

「さあな。僕だってなんでも知ってるわけじゃないから、あくまで推測にすぎん。改変があまりにも大規模なので、元々の世界を変えるよりも、それらしい世界を新しく作っちまった方が早いのかもしれん。おそらくは、その辺が拮抗《きっこう》して混乱している最中なんだ」

「新しい世界？」

「なんでもかんでも聞き返さないでくれよ。僕にだって、よくわからないことはあるんだぜ」

ヒースはすっかり身体が元に戻っていることを確認すると、腕を組んだ。

「お前の『未来予知』は、あの『過去改変』スキルに引っ張られる形で発現したわけだな。磁石のN極とS極が引き合うように。同系統ながらも対極に位置するスキルが引き出されたわけだ」

「これから、何が起こる？」

「あのお姫様は、この世界の全てを『守ろう』としている。すでに死んだ者たちさえもな。その死の事実の全てを修正し、過去を改竄して」

「できるのか？」

「できる。今の彼女は、この世に現れた小さな神のようなものだ。しかし……」

ヒースが続けた。

「それだけの過去を修正して改竄し尽くして、耐えられないのはこの世界の方だ。見境なく中抜きして、積み上げすぎたジェンガは必ず崩れる。欲しいピースだけを抜いて、別の場所に新しいジェンガを建てるつもりかもしれん。そんなことをしたら、こっち側は崩壊しちまうだろうがね。僕たちは生き残れるかな。『世界の終わり《バッドエンド》』になってしまうかな」

ヒースはデニスに向き直ると、いつもの軽薄な笑みを取り戻す。

「さて、僕たちも決着をつけようじゃないか。世界が終わってしまう前にな」

◆◆◆◆◆◆

ティアはエステルの手を握り、王城内を駆けている。背後から追ってくるのは、エステルの名を叫び立て、彼女を求めながら走る大勢の召使いたち。

「エステル様！　行かないで！」

「ずっとここにいましょう！」

「ここで幸せになりましょう！」

いくつもの扉を抜け、いくつもの廊下を駆け抜けていく。

まだ生成途中だった空間には、いささか歪《ゆが》んでいる部分もあった。真っすぐ走っているはずなのに、段々と身体が傾いていく騙し絵のような通路。赤い絨毯《じゆうたん》以外には何も存在せず、左右にどこまでも続く真っ白い空間だけが広がる通路。

王城の正面扉から『王の間』へと続く赤い絨毯。白と金で細やかに装飾された壁。その道を逆走していく。すると左右に延びる階段で囲まれた広間が現れ、ついに王城の正面扉が見えた。

それを見て、ティアは叫ぶ。

「エステル！　行って！　今ならまだ間に合う！」

そこで、繋《つな》いでいた手が振りほどかれた。

ティアが振り返ると、息を切らせたエステルが立ち止まっている。

王城の正面扉前の広場。左右から囲うように延びる階段と、壁に施された無数の装飾。

その中で、二人が対峙《たいじ》する。

「ど、どうしてだ……ティア……」

「エステル……？」

肩で息をする二人は、立ち止まって見つめ合う。

エステルは半泣きのまま、ギクシャクとした笑みを浮かべた。

「こ、ここにいればいいではないか。ここであれば、みんな、みんな、幸せに暮らせるのだ」

エステルはティアに歩み寄りながら、彼女に泣き笑いで訴える。

「余が、余がみんなを守ってやるから。誰も傷つけさせないぞ。誰も追放されん。誰も殺されない……誰も不幸にならん！　余と一緒に、幸せな世界を作ろうではないかぁ……」

「エステル……」

戸惑った様子のティアは、彼女に尋ねる。

「それでいいの？」

「何が……」

エステルはぐしゃぐしゃに泣きながら、それでも笑って、ティアに問いかける。

「何が、悪いのじゃあ……っ！　幸せになりたいと思って、みんなを幸せにしたいと思って、みんなを守りたいと思って！　何がいけないのであるかぁ……っ！」

「…………」

エステルの背後に、大勢の召使いたちが追いつく。

彼女らはエステルの味方をするようにその周囲を囲むと、声高に叫びたてる。

「そうだ！　エステル女王陛下の言う通り！」

「女王陛下は誰よりもお優しい！」

「貴方《あなた》も、エステル陛下の言う通りになさい！」

「さあ、私たちと一緒に幸せに暮らしましょう！」

ティアは厳しい表情を浮かべて、エステルのことを見つめた。

新しく生まれようとしている世界の中で、二人は対峙する。

泣き虫の小さな神と、死んだはずの少女は、世界の過去《イママデ》と未来《コレカラ》を巡って、対立しようとしていた。

「それでいいの？」

ティアはもう一度、そう尋ねた。

周囲にたくさんの召使いたちを控えさせるエステルは、彼女に微笑みかける。

ポタポタと、その顎先から涙滴を落としたまま。

「余はわかったのだ。この世にはどうしようもないことがある。余の想像が及ばぬほど残酷な者がおる。平気でひどいことができる者がおる。自分のことしか考えない者がおる」

エステルは続ける。

「本当にとんでもないことばかり起きる。争わなければ良いのに、誰かの物を欲しがらなければ良いのに、殺し合わなければいいのに。そんな簡単なことが、誰もできないのだ」

エステルはティアに歩み寄る。

彼女を求めるように。彼女に賛同して欲しいように。

「でも、それらはみんな、余が解決してあげよう。余が守ってあげよう。余がみんなを庇護《ひご》してあげよう。なかったことにしてしまえばいい。悪だくみも悪意も戦争も悲劇も何もかも、全部なかったことにしてしまえばいい。余は理解したのだ。今の余には、それができるのだ」

「…………」

ティアは悲しそうな目で、エステルのことを眺めた。

「ティア、どうしてそんな目をするのだ？」

「……たしかに、そうなればいいかもしれない。悲しいことは、全部なくなってしまえば」

「そうであろう？　余がそうしてあげよう。余が永遠に、この世界を守ってあげよう。生きとし生ける者は、あまねく余の庇護下に置こう。だから……」

ティアは、エステルに非難の目を向ける。

「あなたは、そんなに自分勝手な人じゃなかった」

「どうしてそんなことを言うのだ、ティア。余は……」

「こんな世界に閉じこもって、自分に都合の良いことだけ起きてくれればいいわけ？　全ての人の運命を、あなたが操ろうというわけ？　何が良くて何が悪いのか！　あなたが決めてあげようってわけ？」

「違う。どうして理解してくれないのだ。余は、みんなを守るために……」

「エステルは！　そんなに傲慢な人じゃなかったわ！　元の世界はどうなるの!?　今までは？　こ

れからは？　あなたがそれを全部決めようっていうの!?」

「ティア！　余は……余はっ！　この王国の！　この世界の女王であるぞ！　口を慎まんかぁっ！」

◆◆◆◆◆

「『ガラクタ趣味《アンバルフィクション》』！」

「『反転予知《ラプラス》』！」

ヒースとデニスが、互いに向かって駆けだした。

最後の激突になることは、お互いに理解している。語り合うことはもう何もない。

突き崩した瞬間に、再起不能か絶命まで徹底的に追い込むのみ。

「『翠宝石の護槍《すいごそう》』！」

ヒースの背後に、再び左右十三対の接触破壊槍が立ち上がる。

両手に肉切り包丁を握ったデニスに対し、ヒースは自動攻撃スキルを展開して動きを制限しながら、その側面から回り込もうとする。

ヒースの背面から、計二十六本の魔法の槍《やり》が射出された。デニスは『反転予知《ラプラス》』でその槍が辿《たど》る青い影の軌道を確認しながら、躱《かわ》せないものだけを肉切り包丁で叩き落とす。付与されていた破壊スキルと接触し、左手の肉切り包丁が自壊を始める。

次の瞬間、ヒースはデニスの懐へと踏み込んだ。

「『紋章拳闘：纏《まとい》』！」

近接格闘スキルを発動させたヒースが、デニスに襲い掛かる。

無論、その動きはすでにデニスには見えている。

ヒースの未来の動きをなぞるように追い越してゆらめく、青い影の軌道。

「オッラアァッ！」

その影の頭部に向かって放たれた渾身《こんしん》の右ストレートが、ヒースの顔面に完璧なカウンターで突き刺さった。頬骨を粉砕し、衝撃でその身体が浮き上がり、地面と水平になって吹き飛ぶまで拳を突き抜く。追撃で、とどめの一撃――ッ！

しかし、その瞬間。

「舐《な》めるなよ……ッ！」

顔面を砕かれ、飛び出る寸前までギョロリと飛び出したヒースの左目が、拳撃を喰らいながら、なおも怯《ひる》まぬ闘志と憎悪を滾《たぎ》らせてデニスを睨《にら》みつける。

「この僕をォッ！」

右拳で顔面を粉砕されながら後方へと吹き飛んでいく最中、ヒースはそれを予期していたように、顔面に突き刺さるデニスの右腕を素早く取り、衝撃で浮き上がっていた足を腹筋のバネで振り上げて、デニスの上体に絡める。

関節技《サブミッション》――！

デニスはその未来を予知したものの、すでに全体重を込めて打ち抜いた直後で、回避が間に合わない。

ヒースはカウンターの右ストレートに飛びつき腕十字で合わせると、デニスの右腕を空中で極《き》めて――そのままの勢いで身体を逸《そ》らし、肘関節を破壊した。

「ゔッグァアッ！」

右肘靭帯《じんたい》がバリバリと断裂する音が響き、関節が完璧に外れる。

「捕まえたぞっ！　デニス！」

関節を破壊した後も、ヒースはデニスの腕から離れない。絡めた足でデニスの身体をコントロールし、関節技《サブミッション》の技術でその斬撃攻撃が繰り出せないように押さえつけ、別の関節を極めにかかる。

こんな技術まで、持ってやがるのか……っ！

デニスには未来の動きを知らせる青い影が見えるものの、身体に密着して絡みつくヒースの極技から、上手《うま》く逃れることができない。

「貴様の『未来予知』ィ！　やはり！　捕まえて極めてしまえば関係ないなァッ！」

「ぐっ、おおぉっ！」

デニスは遠心力と関節技で投げられ、地面に転がされると、マウントを取られる形になった。上に乗られると同時に、デニスは生きている方の腕を押さえつけられる。

ヒースはデニスの動きを封じたまま、血の混じった唾を散らしながら叫ぶ。

「〝予知〟して避《よ》けてみろォッ！　この虫ケラがァッ!!」

致命スキルが重ねられたヒースの拳が振りかざされた。

頭部ではなく、どう身体をよじっても回避不可能な、胸部へと撃ち下ろす必殺の一撃。

未来がわかったところで避けられない！

くそっ――――！

◆◆◆◆◆◆

「どうして理解してくれないのだぁっ！　ティアぁ！」

　エステルが叫んだ。

「あの世界は辛《つら》いことばっかりじゃ！　お主も！　余の愛する使用人たちも！　みんな死んでしまった！　もうあんなのは嫌なのだ！　あんな残酷な世界は嫌じゃあ！　余は力を手に入れたのだ！　この世の全てを守る力を手に入れたのだぁっ！」

「元の世界の人たちはどうなるの!?」

　ティアが負けじと、叫び返す。

「あの世界の過去から！　あなたが欲しい人だけを引っ張ってきて！　あなたのことを助けてくれた人たちは！　心配してくれた人たちはどうなるのよ！」

「ぐっ、うぅっ……！」

　エステルはボロボロと泣きながら、両歯を噛み締める。

「余は、余はぁ……っ！」

「思い出して、エステル！」

　ティアは歩み出す。今度は彼女の方から、エステルの方へと歩いていく。

「あなたは車椅子を作ってくれた！　町のみんながそれに協力してくれた！　夢を語ってくれた！　立派な王様になって、私みたいな病気の子を助けるって！　みんなを助けてあげるって！　そんなあなたを、みんなが命がけで守ってくれた！」

「ティア。余は、余は！　ただお主に、みんなに会いたくて！　まだ一緒にいたくて！」

「エステル」

ティアはエステルの手を取った。

正面から向き合い、エステルの瞳を真っすぐ見据える。

「あなたは優しい人。でも、強い人にもならないと。あなたは王様なんでしょ？」

「ティア。余は……」

「守るっていう意味を、間違えたら駄目。あなたが守らなきゃいけない人は、ここにはもういないの。あなたは、自分の守りたい人だけを守ればいい人じゃないから」

「どうしてであるか？」

「あなたは誰？」

「余はエステル……エステル・キングランド……」

「何になりたかったの？」

「余は、国王に……」

「それなら」

泣き虫の小さな神に、死んだはずの少女が微笑みかける。

「元の世界に帰って、みんなを守ってあげないと。それが王様だから」

「…………」

「ここでお別れしよう。エステル」

ティアは、彼女のことを抱きしめた。

エステルは泣きじゃくっている。その衣服を掴んで、彼女の頬に顔を寄せている。

「ひぃぐっ……うえぇっ……」

「また会えて良かった。あなたのことが大好き。みんなにもお別れしないと」

そう言って、ティアは彼女のことを離す。

エステルは後ろを振り向いた。

自分に仕え、死んでいった召使いたちが。デラニーが、エピゾンドが。

彼女のことを、心配した様子で見ている。

「……みんな……」

エステルは口を開く。伝えなければいけないことを言うために。

「余は……行かなくては」

「どこへですか？」

デラニーがそう聞いた。

「元の場所に……」

「どうしてでおじゃるか？」

エピゾンドがそう聞いた。

「みんなを、守るために」

エステルがそう言うと、デラニーとエピゾンドはにっこりと微笑んだ。

先頭の二人がその場に跪《ひざまず》くと、大勢の召使いたちも一斉に跪き、その頭《こうべ》を垂れる。

「それが貴方のご決断ならば」

「どうぞ行ってらっしゃいませ」

「我が王よ」

彼女らは、声を揃《そろ》えてそう言った。

ティアがエステルの手を握る。

「それじゃあ行こう、お姫様。手を繋いでてあげるから」

「……うむ」

エステルは泣き腫らした目で頷《うなず》くと、彼女と一緒に、王城の正面扉へと歩いていく。

その扉を開けて、ここから出るために、その小さな足を踏み出す。

「女王陛下」

「どうか健《すこ》やかに」

「どうかお幸《しあわ》せに」

後ろから、召使いたちのそんな声が聞こえた。

その声は次第に遠くなり、消え失《う》せていく。

白い光に包まれていく中で、エステルはふと、疑問を口にする。

「どうしてお主は……余のスキルで、完全に改変されなかったのだろう」

エステルがそう尋ねると、
光の中で薄れていくティアが笑った。

「危ない時には、助けてあげるって言ったでしょ」

◆◆◆◆◆◆

広場の中央で拡大していたエネルギーの球体が、最後の余力を振り絞るかのように爆縮した。その衝撃波は広場全域に広がり、周囲の人たちを吹き飛ばして、その前方に聳《そび》える王城を揺らし、大きな地鳴りとなって響いた。

デニスを上から突き殺そうとしていたヒースは、その突然の轟音《ごうおん》と衝撃によって、ほんの少しだけ体勢を崩す。

「ぐっ――!?」

普段の彼ならば問題はなかっただろう。しかし、デニスによって加えられていたダメージが、砕かれた頬骨と脳味噌《のうみそ》に響く衝撃波が、彼にほんの少しだけ動揺を与えた。

デニスは、その未来を見逃さなかった。

「グラァッ！」

両足を大きく開き、背筋と腹筋の力を最大に利用して地面から反発し、肘を破壊された右腕も使って、ヒースのマウントを跳ね返す。

「な、にぃッ――！」

ヒースは横に転がされると、最短の動きで体勢を立て直す。顔を上げたその正面には、至近距離で肉切り包丁を構え、すでに攻撃の予備動作を終えているデニスの姿。

避けられない。ヒースは瞬時に理解した。

「オォォラァッ！」

「グぅぁああッ！」

デニスの斬撃と、ヒースの返しの素拳が交差する。

先に届いたのはヒースの拳。後から繰り出したはずのその拳は、圧倒的な速度でデニスの腹部に深く突き刺さる。しかしあまりに咄嗟《とっさ》に繰り出したため、スキルが装填されていない。

一瞬の前後で、肉切り包丁がヒースの身体を捉える。

「『強制退店の一撃』ッ！」

二人の攻撃は、ほぼ同時に命中したといって差し支えない。

攻撃の応酬で先に吹き飛んだのは、デニスの方だった。ヒースの拳を腹に貰《もら》ったデニスは、後方に突き飛ばされると、何度か転がって大理石の床に這《は》いつくばる。

「ぐはぁっ！　ぐぉあっ！」

レベル100の鋭い打撃を腹にモロに喰らって、デニスは嘔吐《おうと》しそうになる。

一方のヒースは、その場で突きを繰り出したまま、身体を硬直させていた。

『強制退店の一撃』に発生する、一瞬の硬直とタイムラグ。最後の瞬間に与えられる、刹那の猶予時間。ヒースは身じろぎ一つできないまま、目を見開いてデニスのことを睨む。

「き、さ、ま……ッ！」

「ははっ、ようやく当ててやったぜ……説教野郎……」

次の瞬間、ヒースは後方へと、凄《すさ》まじい速度で吹き飛んだ。引き寄せられるように壁に叩き付けられ、堅い壁面をバキバキと背中で破壊しながら、ヒースは叫び声を上げる。

「ちぃぃいっ！　クソがぁぁあぁぁぁあぁっ！」

まるで巨人の手に捕まれたかのように、否応《いやおう》なしに強烈な力で背後へと引っ張られ、その途中にある何もかもを全て破壊していく。

「ぐっ、ぉぉおぉあああああぁっ！」

「吹き飛んでいきなっ！　この世の果てまでなあっ！」

恐ろしい轟音と共に、王城のあらゆる壁と床を破壊しながら吹き飛んでいくヒースを眺めて……。

「あー……」

デニスは薄れゆく意識の中で、最後に小さく呟く。

「勝ったなあ……」

◆◆◆◆◆◆

広場に現れていた球体の爆縮が終わった後。衝撃で吹き飛んで揉《も》みくちゃになっていた民衆たちは、そこに一人の少女がいることを発見した。

広場に帰ってきたエステルは、一瞬呆《ほう》けた表情を浮かべて、自分の手のひらを眺める。

ティアと繋いでいたはずの手のひらは、空っぽのままだった。ふと気付くと、あんなに大きかった王剣が、エステルが振り回すにはちょうどいいサイズに縮んでいる。

エステルは自分の両手を眺めた。

空っぽの手と、小さくなった王剣が握られた手。

少女の手のひらと、王の手のひら。

「ギャァアァアアアアッ！」

不意に、腹の底に轟《とどろ》くような悲鳴が聞こえてくる。前方を見ると、転んだ状態から立ち上がってきた様子の巨大な化物が、その口を大きく開いていた。歪められて引き伸ばされたレオノールの口が、裂けるようにして開かれて、そこにおぞましい力の迸《ほとばし》りが見える。

それは黒い火球の形となり、その大口から吐き出された。

小さな家ほどの大きさもある漆黒の火の玉。それを見て、民衆が悲鳴を上げる。

「ひぃいっ！」

「今度はなんだ！」

エステルは、自分に向かって飛来する黒炎の塊をぼうっと見つめる。

彼女は何かできるような気がして、それに手をかざして、ふっと払ってみる。

するといつの間にか、その火球は消えていた。

「……えっ？」

まるで何事もなかったかのように。

攻撃などなかったかのように。

レオノールが変化した化物は、自分が吐き出したはずの魔法がいつの間にか消えていることに気付き、やや混乱しているようにも見えた。

その様子を見ていた民衆たちも、同様に何が起こったのかわかっていない。

広場の中央に向かって撃ち込まれたはずの巨大な火炎が、空中でふっと消えたのだ。

「そうか……そういうことか」

エステルは何かわかりかけてきたように、そう呟いた。

「同じだけど、少し違う……さっきよりも近い……」

彼女は自分の手によく馴染《なじ》むようになった、自分の身の丈に合った大きさの王剣を握る。

遠く前方に見える化物に向かって歩を進める。

完全に自らのものとなった、自分だけのユニークスキルを理解して。

「『全ての鎮魂の記憶《バタフライ・エフェクト》』。決着をつけようぞ、レオノール」

2

「づゥッ！　グッ、ォオオォオオォアァアァアァアァアッ！」

デニスのレベル100ユニークスキル――『強制退店の一撃』を喰らったヒースは、王城の最上階付近から下方へ、巨大な宮殿建築を対角線に突き破りながら吹き飛び続けている。

強制退店の一撃……っ！　空間・座標位置の強制移動スキル！　このままだと、この角度だと！　地面に衝突したところで、どこまで移動させられ続けるんだッ!?

壁も床も柱も破壊しながら、ヒースは強奪済《スナッチド》スキルを多重発動させて物理的な圧殺を凌《しの》いでいる。強化《バフ》スキルを緩めたら、その瞬間に潰されてしまうっ――！

「クソがぁぁあっ！」

王城の一階付近まで引きずり込まれながら、ヒースは自分の頭を鷲摑《わしづか》みにした。

「『ガラクタ集め《メリメロ》』ォッ！」

ヒースは強奪《スナッチ》スキルを、自分自身に対して発動させた。デニスによって付与された『強制退店の一撃』の発動効果を、自分自身から強奪《スナッチ》して抜き取るために。

「ギャァッ！　ガァアァアアッァアアアッ！」

自分自身の深部から、押し付けられた移動効果を無理やり引き剝がす。侵食して結びついていた他の能力までも、バリバリと音を立てて剝がれていくのがわかる。身体から生肌を剝がすような、内臓を抜き取るようなおぞましい激痛——！

このスキル効果ッ！　とんでもなく深い所まで侵食して、結びついている——ッ！

「ギィイ！　ギャァアアァアッ！」

二階の床をぶち抜いて、一階の床と壁に激突しようとする瞬間、ヒースは〝それ〟を自分から強奪《スナッチ》して、そのまま引き剝がすことに成功した。

その瞬間に、自分に付与された強制移動効果が切れて、彼の身体は床に叩き落とされる。

「ひぃーっ！　ひぃっ！　ぐぅうぅぅっ……！」

ヒースはよろめきながら立ち上がると、壁に手を伸ばす。壁に身体を押し付けてほとんど這うようにして歩きながら、彼は礼服のポケットの中から、手のひら大の鉱石を取り出した。

「メルマ……！　メルマぁ！　聞こえるか！」

ヒースがそう呼びかけると、鉱石が鈍く発光して、微《かす》かに振動する。

『……どうされました？　お声が……』

「『強制退店の一撃』を喰らった……！　そっちは……そっちはどうなってる！」

『デニス・ブラックスのユニークスキルを!?』

鉱石から響く少女の声が、悲鳴のように響いた。

『大丈夫なのですか!?』

「『ガラクタ集め《メリメロ》』で無理やり引き剝がした！　一緒に引っついていた内臓機能をいくつかと、五感を持ってかれた感じがある……あの野郎！　どんな凶悪スキルだっ！」

『行動できますか!?　応援を送りますか!?』

「吐き気がする、頭が割れる……！　口の中が血だらけなのに……クソッ、鉄の味がしないぃ！　目がほとんど見えない！　左目が完全に失明してるぞッ！　畜生がぁっ！」

ヒースは震える足を引きずりながら、泣き笑いのような怒声を上げた。

「だが……奴《やつ》もあれ以上は行動できまい！　僕の勝利だ……！　勝負にゃ負けたが、試合に勝つのは僕の方だ……！　常に！　絶対にィ！」

「ひぃいっ！」

そんな悲鳴が聞こえて、ヒースはふと前を見た。

ぼやけた視界の奥に、一人の女性が立っているように見える。

王城からは人を捌《は》けさせていたつもりだったが、命令に従っていない奴がいたのか……。

「ちょうどいいや、君」

ヒースは唇の端から血を垂らすと、焦点の合っていない目を向けて微笑んだ。

「眼鏡を持ってないかい。目がほとんど見えなくなっちまって……必要なんだ」

◆◆◆◆◆◆

『偽王たちの顕現』によって出現した化物が、自身に対して真っすぐ向かってくるエステルに狙いを定める。

寄生した金輿《きんこし》に浮かぶ歪んだレオノールの顔面が、再び黒い火球を吐き出した。今度は複数、立て続けに。吐き飛ばされ、放物線を描いてエステルを襲う漆黒の炎の塊。

エステルはそれを見ると、頭上に王剣を掲げた。

「『全ての鎮魂の記憶《バタフライ・エフェクト》』！」

エステルの未知のスキルが発動する。

その瞬間、放物線を描いて落下しようとしていた複数の火球が、不意に空中で消滅した。

まるで蜃気楼《しんきろう》が消え去るかのように。ゆらめく煙が、宙で霧散するかのように。

「ギャァアアァアァアァアァアアアァアッ！」

二度もスキルを無効化された化物は、激昂《げきこう》したようにその巨大な手足を駆り、エステルへと向かってくる。

巨大な建造物ほどの背丈がある化物が、地響きを伴って小さな少女へと迫る。

エステルは、建物を見上げるほど大きい怪物の姿を見据えた。

「レオノール……余を誰と心得る！　頭《ず》が高いわぁっ！」

エステルがそう叫んだ瞬間。

猪突猛進《ちょとつもうしん》してきた化物は突然、地面に突き刺さるようにして転倒した。

「ギャッ!? ギャァアァッ!?」

突然わけもわからないまま地面に這いつくばった化物は、その大手を振り回して再び立ち上がろうとする。しかし……ズギャンッ、という音が響き渡り、振り上げた腕が、跳ね上げた足が、動かした傍から地面に突き刺さる。

「ギャァ!? ギャアァアアッ!?」

まるで、全ての動きを巻き戻されているように。

あらゆる行動を無効化されているように。

レオノールが変化した巨大な怪物は、立ち上がるという行為を無効化され続ける。

化物は何が起こっているのかわからないまま、地面に頭を垂れて、這い悶《もだ》えた。

「『全ての鎮魂の記憶《バタフライ・エフェクト》』!」

エステルは手に馴染んだ王剣を振りかざして、自身のユニークスキルを発動させながら、もがく化物へと自分の方から歩を進める。

「余の膝元で！ 余の許可なしに勝手な真似《まね》ができると思うな！ 貴様の愚行など、片っ端からなかったことにしてくれるわぁっ！」

◆◆◆◆◆◆

「どうなってるわけ……？」

小さなエステルの目の前でのたうち回る、大きな図体《ずうたい》の化物の姿を見ながら、ポワゾンがそう呟いた。

「行動を無効化されてる、のかな……？」

目を細めたジュエルが、自信なげにそう言った。

地面を這ってのたうち、エステルの前でもがき暴れる化物の姿。それは、全て同じ状態に戻されているようにも見える。

振り上げた腕は、瞬時に振り上げる前の位置まで戻され。

地面についた足は、次の瞬間には転げた直後のように宙を舞う。

金輿に浮かび上がる醜悪な顔は、地面から持ち上げた傍から、再び地面へと突き落とされる。

よくよく見てみれば、それは時間が飛び飛びに巻き戻されているようだ。

化物の行動は、全てその行動する以前の状態まで戻されているように見えた。

「真王だ……」

ビビアがそう呟いた。

視線の先には、王剣を握るエステル。その圧倒的な力に蹂躙《じゅうりん》される、王家の影の歴史。

「初代王以来、王国に初めて……真の王が生まれたんだ……！」

◆◆◆◆◆◆

『全ての鎮魂の記憶《バタフライ・エフェクト》』

王剣に封印されていた無制限の過去改変スキル『全ての美しい記憶《バタフライ・エフェクト》』が、エステルの内部にて彼女に適応し、極度に圧縮されたユニークスキル。

あらゆる死者を過去から呼び戻し、無制限に世界を改変する力は、すでにエステルにはない。彼女はそれを手放したのだから。代わりに手に入れたのは、十数秒という制限付きの近接過去改変スキル。自身の御前における、あらゆるスキルと魔法と行動と意思決定の発現を、過去に遡ってその発動から無効化する近接過去改変。

自身の許可しないあらゆる事象の発生を無効化する、真王の絶技。

「ギャァアァアッ！　ギャァアァァアァアァアッ!!」

エステルは、もがき喚《わめ》く化物のすぐ目の前に立った。歪んで浮かび上がるレオノールの巨大な顔の眼前。その醜く歪められた顔を、彼女は真正面から見つめる。

王家の闇の歴史に呑《の》まれた男の顔を。自身の血脈が為《な》してきた、歪んだ歴史の発露を。

「レオノール」

エステルが剣を構える。彼女の表情は、目の前の化物を憐《あわ》れんでいるのか、軽蔑しているのか、怒っているのか、悲しんでいるのか、判別がつかない。

つまりは、その全てを内包した表情だった。

「楽にしてくれる。頭を垂れよ」

エステルがそう言って剣を差し出した瞬間、嚙み付かんばかりに頭を持ち上げていた化物の顔が、再び地面へと突き戻された。

バキンッ、とガラスが割れるような音が周囲に響く。

エステルは自身に目覚めた、もう一つの攻撃用スキルを発動させようとしていた。彼女を中心として、空中にひび割れが走る。それは空間それ自体に走る亀裂で、まるで張り巡らされた透明なガラスが、激しい振動によって周囲で割れようとしているようにも見えた。

「こうかな……？」

そう呟いた瞬間、エステルの目の前に巨大な破壊の衝撃が満ちる。

目も眩《くら》むような閃光《せんこう》。舞い上がる砂塵《さじん》。

世界が割れるかのような、悲鳴にも似た轟音。

それは厳密に言えば、スキルですらない。

巨大な物体と高速ですれ違う際に巻き起こる、風や揺れのような現象に近い。

王剣によって、人間の限界点を遥《はる》かに超えた先まで強制的に引き上げられたエステルのレベル。

『全ての美しい記憶《バタフライ・エフェクト》』という規格外な大きさの極大スキルを内包していた、彼女の器としての領域。

そのスキルを、自身が扱えるサイズまで極小圧縮した際に生まれた、途方もないほどの容量を誇る余剰領域。新生されようとした世界の破片が今なお散らばる、外部からは観測できないエステルの内部空間。

この遠大な領域の一部を解放し、この世界に重ねて押し付けることで、空間それ自体を破損させる。

「『虚実重なる王の逸話《エクスカリバー》』」

エステルはその現象を、そう名付けた。

なかなか格好いい名前だな、と思った。

3

『虚実重なる王の逸話《エクスカリバー》』

副次的に生まれたエステルの攻撃用スキルが、化物の巨軀《きよく》をいとも簡単に吹き飛ばした。

周囲の空間それ自体を破損させ、その衝撃に対象を巻き込む。

エステル・キンググランドが自由に引き起こす、破壊的現象。

真っ白い破壊の光が広場の後方に満ちて、砂塵が巻き上がる。指向性を有した白光の大爆発によって、地面に隙間なく並べられた敷石が砕け散り、軽石のように引き剝がされて周囲に飛び散った。

天界から降りた神が、その巨大な鉄槌《てつつい》を力任せに振り下ろしたかのような光景。

その非現実的な威力に、群衆は沸き立った。

「うおぉおおっ!?」

「なんだアレ!?」

「すっげえええっ！」

処刑台に嵌《は》められていた町民たちを急いで助け出していた騎士団員たちは、そのあまりの光景を目の前にして、みな固まってしまっている。

高レベルの賢者が操るような魔法には、広範囲攻撃というのがたしかに存在する。

しかしエステル姫が発生させた破壊の規模は、その常識を遥かに超えるものだった。

彼らは、これでもエステルが相当な加減をして撃ったことを知らない。

慎重に、その力のほんの一部だけを解放して、試してみたにすぎないことを知らない。

ちょうど首枷《くびかせ》から外されていた馬車屋の親父《おやじ》は、いまだに痛んでいる太腿《ふともも》をさすりながら、疲れたように笑った。

「やったなあ……エステルちゃん」

金の神輿《みこし》から生えていた巨大な腕が空中で千切れ、ズタズタに引き裂かれた足が周囲に四散する。

レオノールが『偽王たちの顕現』によって変化していた化物は、吹き飛んだ先で王城にぶち当たった。

その途方もない巨体で王城の右半分を薙《な》ぎ倒し、粉々に叩き崩す。

あまりに甚大なダメージを喰らい、醜悪な怪物は腕も足も千切れ飛んでいた。

歴代の王たちの欲望と闇の歴史が作り出した怪物は、変化状態を維持することができず、その姿を崩壊させていく。金輿に寄生するように顕現していた力の塊が剝がれて、液状化し、ドロリとした黒い水銀のように滴り、汚臭を放つ黒濁した水たまりを作った。

半壊した王城の中央付近に残されたのは、人間の姿に戻ったレオノールだった。

「がぁっ……！　ひぐ、ぐはぁ……っ！」

彼は身体に侵食していた『王の偽剣』のスキルによって、虫の息となっている。

◆◆◆◆◆◆

自然災害にも似た破壊の衝撃によって巻き上げられた砂塵。

それが晴れようとしたとき、そこに立っていたのは一人の少女だった。

小ぶりな剣を握った、たった一人の少女。桃色の金髪をした、小柄な体軀の姫。

その全てを見ていた民衆たちの中に、一体何が起きていたのかを理解できた者はいない。

しかし彼らは、一つの共通認識として、あることを理解していた。

あそこに立っている少女が、今まさに即位した本物の王なのだと。

これからあの少女が、みなの国王として、この王国に君臨するのだと。

「ぁー……」

広場の民衆の視線を一心に受けているエステルは、そんな掠《かす》れ声を上げた。

なんだか眠い。とっても疲れた……。

ふらり、とその小さな身体が倒れようとした、その時。

「——おっとぉ」

砂塵の中から伸ばされた腕が、その場に倒れようとしていたエステルの手を握る。

その手はエステルの身体を抱き寄せると、気絶した彼女が倒れぬように支えてやった。

その姿を見て、処刑台の下で捕まっていたヘンリエッタが声を上げる。

「大将ーっ！　やったぁ！」

「いや、ヘンリエッタさん！」

近くにいたビビアが叫んだ。

「違う！　あれは……デニスさんじゃない！」

多くの民衆は、エステル姫が倒れなかったことに安堵《あんど》していた。

砂塵の中から現れて、咄嗟に彼女の手を掴んで抱き寄せた男に感謝していた。

事態に気付いたのは、ほんの少数だった。

「エステル姫……よくぞやってくれました。貴方ならできると思っていた……貴方でないと駄目だった……」

気絶したエステルを抱き寄せたのは、ボロボロの黒色礼服を着た、背の高い男。

砕けて腫れ上がった顔面と、血まみれの口元。

その目元には、度の強そうな丸眼鏡がかけられている。

「僕はあまり他人を尊重する人間じゃあないんだが……貴方には敬意を表しましょう。貴方こそが真の国王だ……前人未踏を成し遂げてくれた……っ！」

ヒースはそう言って、抱き寄せたエステルの頭を掴んだ。

「『ガラクタ集め《メリメロ》』……っ！」

強奪《スナッチ》スキルを発動させたヒースは、エステルの頭からお目当てのスキルを抜き取る。

それは、彼が今まで想像したことすらないほど巨大なスキルだった。

溜《た》め込んでいた強奪済《スナッチド》スキルが、その巨大なスキルによって圧《お》し潰され、場所を空けるために消滅していくのがわかる。入りきらない……！　ヒースはそう感じた。

なるほど、これは――！

「がっ！　ガァッ！」

大きな物体が喉に詰まったように、ヒースは呼吸ができなくなる。

その場で倒れそうになり、彼は足を踏ん張った。袖から覗く手首には、紋章のような幾何学模様が焼け付くように走り始める。

入りきらないので、体外にまで現れ始めたか――！

ヒースは歯を食いしばり、エステルの巨大なスキルをなんとか強奪《スナッチ》しきろうと奮闘する。

その時。遠目から、凄まじい速度で疾走してくる、王国騎士団長の姿が見えた。

「ヒィィイス！」

事態に気付いたジョヴァン団長が、疾走スキルで一瞬にして距離を詰める。

その手に握られた剣は、すでに抜かれて振り上げられていた。

「っちぃ！」

ヒースはエステルを手放し、咄嗟に防御姿勢を取る。

防御スキルが間に合わない。というより、すでに強奪済《スナッチド》スキルの全てが、エステルの極大スキルに圧迫されて消滅してしまっている――！

ジョヴァンの高速の剣が、斜め上から斬り下げるようにヒースを襲った。

その首を落とすために振り下ろされる一撃。ジョヴァンの剣はヒースの首を側面から薙ぎ、その頸椎《けいつい》に到達する。しかし、その骨を叩き折る直前で剣刃が止められた。

防御するために上げられたヒースの両腕が、剣に食い込んでいる。

その腕の肉は断たれ、骨も肘と手先から真っ二つに切断されている。しかし、犠牲にされた三本の太骨が、首の骨を叩き斬られる直前で、ジョヴァン団長の剣撃を押し止《とど》めていた。

「ガボッ！　ガバァッ！」

首を半分切断され、そこから大量の血を噴出させながら、ヒースはニヤリと笑った。

「お、お義父上《ちちうえ》……ッ！」

ヒースはそれ以上首に剣が食い込まないように、ジョヴァンの剣を握って、さらに腕へと深く刺し込む。

「ヒース……！　貴様……！」

「躊躇《ためら》ったな……！　最後のチャンスだっだのに！　貴方ば、僕を殺ぜだのに……！」

「これが……！　貴様の狙いだったのか！」

「剣を振り切れながっだな……！　嬉しいよ、義父《とう》さん……！」

ヒースは剣刃を首にめり込ませながら、ジョヴァンに向かって微笑む。

「血が繋がっていなぐとも、僕のごどを、愛しでくれでいだんだな……っ！　知っていたさ……っ！　僕も、小ざい頃がら！　貴方のごどが大好きだ……っ！」

「――――っ！」

ヒースを前蹴りにして、ジョヴァンは剣を引き抜いた。

「ギャァッ！」

両腕と首に食い込んでいた剣が抜かれて、さらにおびただしい量の血が噴き出す。

鮮血をバタバタと垂れ流しながら、腕も首も千切れかけているヒースは、その場に倒れ込みそうになっている。

ジョヴァンは素早く剣を振り上げた。

今度こそ、全力で――っ！

その瞬間。砂塵の中から近づくもう一人の敵影を感じて、ジョヴァンは咄嗟に防御の構えを取った。砂煙を掻《か》き分けて、細剣の高速連撃がジョヴァンを襲う。

「――ちぃっ！」

その攻撃を全て凌ぎ切ったジョヴァンは、反射的に背後に跳び退《すさ》った。

見てみると、瀕死《ひんし》のヒースの身体が誰かに抱きかかえられている。

白色の幹部礼服。ショートカットの銀髪。恐ろしく綺麗で、鋭利な冷たい顔立ち。

それは、彼の腹心であるフィオレンツァだった。彼女の手の中でお姫様のように抱きかかえられたヒースは、彼女の顔を見て、嬉しそうに笑う。

「ハハハハハガババァ！　フィオレンツァア！　遅かっだじゃないがぁ！」

「ヒース様、あまり大きな声を出さないでください。首が千切れますよ」

「やはりお前が一番だ！　僕ば！　お前はやってくれると信じでいだぞ！」

「首を支えておいてください。跳びますので。もげますよ」

フィオレンツァが、その脚に強化《バフ》スキルを装填した。

それを見て、ジョヴァンは歯ぎしりする。

「……ヒース。お前の目的は、一体なんなんだ……？」

ジョヴァンが聞くと、ヒースは千切れかけた腕で自分の頭を支えながら、微笑んだ。

「鍵は揃ったよ、義父《とう》さん。『世界の終わり《ハッピーエンド》』はもうすぐだ。僕は、この世界の救世主になるぞ」

ヒースがそう言った瞬間、フィオレンツァはスキルを用いて跳躍した。

周囲に漂っていた砂塵を吹き飛ばす勢いで跳んだフィオレンツァは、ヒースを抱きかかえたまま、後方の王城の屋根まで一跳びで到達する。屋根に着地すると、フィオレンツァは再び両脚を曲げて、強化《バフ》スキルを再装塡した。

そのスラリと長い脚に補助の筋肉がブーストされて、太腿とふくらはぎがはち切れんばかりに膨張する。そのブーストを用いて、フィオレンツァはもう一度跳んだ。

王城の最上部から、二人の姿がその背後へと消えていく。ジョヴァンは二人の姿が見えなくなったのを確認すると、倒れていたエステルに駆け寄った。

「エステル姫……いえ、女王陛下！」

エステルを抱き上げて、ジョヴァンはそう声をかけた。

彼女はうっすらと瞳を開くと、眠そうな眼《め》で、ジョヴァンのことを見る。

「……ぁー……どうしたのだ？」

「だ、大丈夫ですか？　お怪我《けが》は？　体調は？」

「あまり大きな声を出すな……眠いわ……腹も空《す》いた……」

エステルはジョヴァンの腕の中で、怠《だる》そうに呟く。

「カツ丼が食べたいなぁ……半熟の……卵がな……美味《おい》しいのだ……」

エステルの破壊的スキルによってその右翼を吹き飛ばされた王城は、半壊状態のままで運営されていた。修繕の目処《めど》は立っておらず、崩壊した部分にはお抱えの魔法使いたちが急ごしらえで展開した『柔らかい手のひら《パーム》』の魔法でうっすらとカバーがかけてある。

その異様な姿はすでに、国民たちの間では噂《うわさ》のタネとなっていた。

当時の状況をその目で見ていた者は、その光景を何度も仲間に、家族に乞われて話すこととなった。破壊された王城の姿を見ようと、広場には連日多くの者が足を運んでいる。訪れた者たちに当時の状況を伝えるために、ずっと立ちっぱなしで声を張り上げている者もいた。

「それで」

王城の『王の間』で、エステルは玉座に座りながら口を開いた。

「その後はどうなっておる」

新しい幼王の前で跪《ひざまず》き、頭《こうべ》を垂れているのは、王国騎士団のジョヴァン団長だ。

「レオノール殿下の体調は、安定し始めました」

そう言ったジョヴァン団長は、頭を上げないままで続ける。

「話ができる状況になり次第、彼は『王剣スキルグラム』と『王権』の秘密を知っていた役人と共に集められ、国民への説明のための聴取が行われます。報告が纏《まと》められ次第、女王陛下へも説明されることでしょう」

「嘘偽《うそ》りは許さん」

エステルはそう言った。

その手には小ぶりな『王剣』が握られ、鞘先《さやさき》が地面に垂らされている。

「これについては、ありのままで報告するように。誰も処分はせん」

「かしこまりました」

「他に報告することはあるか？　ジョヴァン・ホワイツよ」

エステルがそう聞いた。彼女は、わざわざジョヴァンの苗字《みようじ》を付けてそう呼んだ。

「正式な戴冠式は、一週間後の予定です。王国臣民を集めた、盛大な……」

「それよりも、報告することがあるのではないか？」

エステルにぴしゃりとそう言われて、ジョヴァンはほんの少し、躊躇《ちゆうちよ》するような表情を浮かべる。

「〝元〟一等王族護衛官のヒース……ヒース・ホワイツ騎士官につきましては……」

ジョヴァンは何かを言いにくそうにしながら、言葉を絞り出す。

「第一級の国賊、最重要の犯罪者として、指名手配しなければならぬところではありますが……彼の武官としての多大な功績と、騎士団員並びに近衛兵《このえへい》、それに諸侯たちが寄せる絶大な信頼と人気、それに女王陛下の現在の状況も鑑みまして……」

そこまで言って、ジョヴァンは再び頭を垂れた。

「指名手配ではなく、王国騎士団を〝追放処分〟とし……以後は王政府と騎士団の内偵部隊が、奴《やつ》を追う予定であります……」

「ジョヴァンよ」

頭を垂れたままのジョヴァンは、エステルが玉座から立ち上がったのがわかった。

彼女はコツコツと足音を鳴らして、ジョヴァンの下へと歩み寄る。

「その曖昧とも取れる対応は……あのヒースが他ならぬ、お前のただ一人の養子であるという事実に、影響されたことではあるまいな？」

「はっ！　決して……！」

「諸状況を鑑み、客観的に合理的に、それが最善であると判断したのだな？」

「その通りでございます……っ！」

頭を下げながらそう答えたジョヴァン団長は、背中にびっしょりと冷や汗をかいていた。

女王エステルが発する威圧の雰囲気。圧倒的に大きな存在に迫られる、恐怖にも似た感覚。

あのレオノールにも、前王にも味わわされたことのない怖気《おじけ》だった。もしくは、レベル87というほとんど最上位の実力を誇るジョヴァンを、近づくだけで圧倒することのできる存在は……この世界に、他にいないだろうと言える。

「それならよい」

エステルはそう言うと、またコツコツと足音を鳴らし、玉座へと戻っていった。

「下がってよいぞ、ジョヴァンよ。王政府の参謀と相談しながら、良きに計らうといい」

「……かしこまりました。失礼いたします、我が王よ」

ジョヴァンは立ち上がりながら、エステル女王のことを一瞥《いちべつ》した。

赤と黒のサーコートを身に纏った、桃色の金髪少女。

大きすぎる玉座に座る、大きすぎる存在。大いなる空白。

あれから魔法学校の教授たちがその状態を調べたが、結果は〝測定不能〟ということだった。現代の解析《サーチ》スキルや魔法の技術では、彼女が現在何レベルにあるのかすらわからない。

まさに、この国に並び立つ者の存在しない王。

ジョヴァンにはその姿が、どこか孤独の影が差しているように見えて仕方ない。

「そうだ」

ジョヴァンの去り際、エステルは思い出したように口を開いた。

「戴冠式の前に、余はちょっと出かけるからな。騎士団の方からも、少し人を頼むぞ」

◆◆◆◆◆

彼女が訪れるのを、町民たちは待ちわびていた。

街の入り口門にいた誰かがそれに気付くと、彼は街を走り回ってそれを声高に叫び、誰も彼もが家を店を飛び出す。彼女が配下を従えてその街に辿《たど》り着く頃には、門の前は人だかりで大変なことになっていた。

彼女——エステルは馬から降りると、彼らに向かって、どこか照れくさそうに笑う。

「えーと。凱旋《がいせん》に参ったぞ、みなの者」

「エステルちゃーん!」

「おかえりー!!」

「おめでとうー!!」

町民たちが我先にとエステルを揉《も》みくちゃにしようとすると、彼女は指の爪先ほどの威力で『虚実重なる王の逸話《エクスカリバー》』を発動させて、それをみな吹き飛ばす。

「馬鹿者がぁ！　余は女王であるぞ！　あまり気安く近寄るでない！」

「えー！　固いこと言うなよぉ！」

「タメ口止《よ》さんか！　あと、お主ら胴上げするつもりじゃったじゃろ!?　そういうムーブじゃったな!?　余、もうそういうことして良い存在じゃないからな!?」

「マジで!?　みんなで胴上げしようって決めてたのに！」

「逆にお主ら、胴上げされる国王って聞いたことある!?」

エステルと町民が言い合っていると、馬車屋の親父《おやじ》が現れた。

「おお、親父殿。脚の調子は？」

「おかげさまで。乗馬できるとは知らなかった」

「余も苦手だったのじゃが、最近乗れるようになったのだ。馬というのは存外、大人しくて利口な生き物である」

「……それ、レベル差がありすぎて、馬が恐怖で服従しているだけでは……？」

なんとなく怯《おび》えた様子の馬を見て、馬車屋の親父がそう呟《つぶや》いた。

エステルの後ろには、ホバリングしているオリヴィアと、ちょうど馬から降りたヘンリエッタもいた。

「おー!!　オリヴィアちゃんじゃねえか！　助けに来てくれてありがとうな！」

「ワア！　みなさん！　オリヴィア、あんまりお役に立てなかったかもしれマセンー！」

「そんなことない！　大丈夫！　メイドが飛んできてみんなビビってたから！　ああいうのはハッタリ大事だから！」

「ヘンリエッタも、立派になったもんだなあ！　もういっぱしの騎士じゃねえか！」

「お久しぶりですー！　私、今回の件でまた階級上がりましたー！」

「あの食堂のニートが……立派になったもんだなあ……」

入り口門を抜けて、みな思い思いに話し込みながら、街の中央通りを歩いていく。

そこでエステルは、道の前方に、一人の男が立っているのに気付いた。

それは、ティアの父親だった。エステルが彼に向かって真っすぐ歩いていくと、ティアの父親はなんとなく戸惑った様子で、その場に跪く。

「久しぶりであるな」

エステルがそう声をかけた。

「え、エステルちゃん……いや、その、女王陛下……」

「それでよい。調子はいかほどか？」

「ええ……おかげさまで……」

ティアの父親は、どう接していいかわからない風に、とにかく畏《かしこ》まってそう答えた。

それを見て、エステルは微笑《ほほえ》む。

「ティアと会うたぞ。あれからな」

「えっ……？」

「ついては、お主を王城に迎えなくてはならんのだが……」

「あの、お話が、よくわからず……」

ティアの父親が戸惑った様子でそう答えた。

「これから、余は王国民の健康をあまねく保護する公的医療制度を立ち上げるつもりじゃ。王国民の力は王国の力であるからな。その健康状態の維持は、王政府が追求すべき第一の課題である」

エステルはそう言って、ふと遠い目をする。

「まだどういった形になるかは議論が必要だが、お主にはこれに傍聴者《オブザーバー》として参画して欲しい。難病と闘う者たちのパンフレットを作成して配布し、国民の健康意識を高めるのだ。執筆はエントモリという作家が協力してくれる予定であるから、彼女にお主と、ティアの情報を提供するとよい」

「あ……は、はい……」

「協力してくれるか？」

エステルがそう言って、ティアの父親に手を差し出した。

彼はその手を取ると、涙ぐみながら答える。

「はい……喜んで……」

◆◆◆◆◆◆

「はあーっ。まーじ、やってらんないわぁー」

王城の通路を歩くポワゾンはそう呟いた。

「なんで私《わたくし》が、王政府〝公的医療制度研究会〟の委員長なわけー？」

「エステルに、いや女王にそれだけ信頼されてるってことでしょ」

隣を歩くジュエルがそう言った。

「食いっぱぐれなくて良かったじゃん」

「私はもっとこうさー。働かずに贅沢《ぜいたく》したいわけー！　こんな毎日論文読んで有識者会議してって生活は望んでないわけー！」

「どんな制度になるのか、大体決まったの？」

「うーん。まずは国民健康調査から医学校の独立開設、将来的には国民皆保険制度の導入じゃない？」

「なんだか、壮大な話だね」

「抜本的には、貧富の差もどうにかしないといけない。経済力と国力の増強に制度改革、とにもかくにも大変なことになるわよ。既得権益との闘いにもなる」

「ポワゾンはそういうの、得意だもんね。こりゃ適任だ」

「ジュエル、あんたはどうなのさ」

多忙な生活のおかげで、すっかり早足で歩く癖のついたポワゾンがそう聞いた。

「あたしはとりあえず、『王剣スキルグラム』による王位継承についての会議に参加してるよ。王家お抱えの鍛冶職人としての立場からね」

「何それ？」

「エステルは、全てを国民に公表するつもりなんだ。そうなると、『王剣』による王位継承ってぶっちゃけもうできないじゃん？　そのあたりをどうしようかって会議さー」

「あんたはあんたで大変そうねー」

「エステルは、自分が最後の〝国王〟になるかもしれないって言ってるよ」

ジュエルは頭の後ろに手をやりながら、そう言った。

「未来《コレカラ》はどうなるんだろうね」

「少なくとも、大きく変わろうとしてるってことしかわからないわ」

「きっと、良い方にね。そう信じたいな」

◆◆◆◆◆

追放者食堂に、エステルは足を踏み入れた。

最初にここを訪れた時とは違う。堂々とした歩みで、彼女はその食堂に現れた。

「いらっしゃい」

そう言ったのは、カウンターに立つデニスだ。

その横で、アトリエもサムズアップでエステルを迎えている。

カウンターにはビビアも座っていて、彼女のことを待ち構えていたようだった。

「従業員割引は利くかな？」

エステルは冗談交じりにそう聞きながら、カウンターに座り込んだ。

「〝元〟従業員だからなあ。一割引きってとこだ」

「ケチケチしておるのう。それと、もう余は国王であるからな。タメ口は止さんか」

「つってもなー。俺はいっつもこんな感じだしなー」

「今の余、たぶんお主よりも強いからな?」

「なんだとこの野郎。俺だってかなりパワーアップしたんだぜ」

「余が全力出したら、たぶんお主から王都まで跡形もなく吹き飛ぶからな」

「予知しちまえば関係ないね」

デニスとエステルが笑いながらそう言い合っている横で、水を汲《く》んできたアトリエが、カウンターにコップを置いた。

「何にする?」

アトリエがそう聞いた。

「カツ丼である」

エステルが微笑んで、そう答えた。

それを聞いたデニスは、シャツの袖を捲《まく》って笑う。

「よーし! 腕によりをかけて作ってやるぜ! 最近ゲットした未来予知スキルのおかげでなあ! 卵の絶妙な半熟具合に磨きがかかったんだ!」

「ええっ!? あの凶悪スキル、そうやって使ってるのか!? 普段使いで未来予知しないでくれ!」

カウンターの端に座るビビアがそんなツッコミを入れたのを見て、エステルはおかしそうに笑った。

◆◆◆◆◆◆

………どこかの暗がり。どこかの狭い部屋で。

一人の男が、椅子に座り込んでいた。

「はぁ……ぐぁ……」

その男は、一人苦しそうな吐息を漏らしている。

すると、不意に扉が開かれて、光が差し込んだ。

「……ヒース様。お身体《からだ》の具合はいかがですか？」

「フィオレンツァ」

その男……ヒースは、彼女を見て微笑むと、すっかり繋《つな》がった自分の首を見せた。

「かなり良くなったよ。傷もほとんど回復してる」

「治癒スキルを無茶苦茶に重ねたのですから、しばらくは寝ていないと……」

「眠れなくてね。見てみろよ」

袖のない白シャツを着ているヒースは、自分の顔や腕がよく見えるようにした。

その顔や腕には幾何学的な黒い紋様が刺青《タトゥー》のように走っており、それを縁どるように発光した赤いラインが、暗闇の中でも蛍光色のようにほのかな光を発している。

「あのエステル姫から強奪《スナッチ》したスキルが……僕にはちょっと入りきらなかったみたいでさ。体外にまで現れてるんだ。僕に適応するために、『バタフライ・エフェクト』が少しずつ変質してるのがわかる」

ヒースはそう言うと、脂汗の浮き上がった顔で微笑んだ。

「それが疼《うず》くもんで……眠れないんだ。もう少しすれば、きっと落ち着くよ」

「ヒース様……」

フィオレンツァが何かを言いかけると、その後ろから、女の子がぴょこんと顔を出した。

「ヒース様ー？　炒飯《チャーハン》作ったんですけど、食べませーん？」

「こ、こら！　ヒース様は、それどころじゃ……！」

「いやいや。食べてみようかな。ちょうど、お腹《なか》が空《す》いてたんだ」

ヒースはそう言って立ち上がると、ふらつきながら廊下に出た。

さりげなくフィオレンツァの肩を借りると、声をかけてきた女の子の頭を撫《な》でる。

「ミニョン、みんなとは仲良くなれたかい？」

「はい！　みんな、良い子ばっかりです！　もうみんな友達です！」

「そりゃ良かった。僕も仲良くなれると思ってたよ」

「炒飯《チャーハン》、美味《おい》しく作れたと思うんですよ！　みんなで食べましょう！」

「ははは。そいつは楽しみだな」

フィオレンツァの肩を借りながら、通路を歩いていく。

そこは地下壕《ちかごう》のようにも見えた。通路の行き当たりに扉があり、そこを開くと、土造りの壁が剝《む》き出しの広い部屋が現れた。長椅子が並べられたその部屋には、同じ服を着た、年端もいかぬ子供たちがたくさん座っている。彼らのテーブルには炒飯《チャーハン》が並べられていたが、一人として手を付けている者はいなかった。みな、ヒースのことを待っていたのだ。

子供たちを見渡すような位置に備え付けられた、奥の席。

そこに着席すると、一人の少女が、彼の目の前に炒飯《チャーハン》を置いた。

「どれどれ。ああ、いいぞ、フィオレンツァ。飯を食べるだけだ」

眼鏡を差し出そうとしたフィオレンツァを制したヒースは、傍《そば》に置かれたスプーンを探るように手にする。

「それじゃあ、みんな。いただきます」

「いただきます」

ヒースに続いて、子供たちは口を揃《そろ》えてそう言った。

どこかまごつきながら炒飯《チャーハン》を頬張るヒースに、ミニョンが聞く。

「どうですか？　美味しいですか？」

「うん。味覚がなくなっちまったもんでよくわからんが、たぶん美味しいよ」

それを聞いた子供たちの一人が、何かに気付いた様子で顔を覗《のぞ》かせた。

彼には足が一本なかった。

「あれ？　それ、グリーンピース入ってますよ？」

「なんだと？　それじゃあ美味《うま》くない。妙な歯ごたえがすると思ったらそれか」

「そんなあ。グリーンピース嫌いなんですかあ？」

ミニョンがそう言ったのを聞いて、子供たちが笑った。

「ミニョンは新入りだから知らないと思うけど、ヒース様はグリーンピースが嫌いなんだ」

「あとピクルスもね」

「そうだ。みんな、よくわかってるじゃないか」

「意外と舌が子供だからなあ」

「なんだとガキども、ぶっ飛ばすぞ。頭からスキル抜くぞ」

ヒースがそう言うと、子供たちはみんな笑った。

そんな食事がひと段落した頃。

ヒースはスプーンを置くと、フィオレンツァからハンカチを受け取って、口元を拭った。

「みんな」

ヒースがそう言うと、子供たちは何かを察して静まり返る。

「わかっていると思うが……鍵が揃った。一つは僕の弟が、もう一つは僕が持っている」

子供たちは膝に手を置いて、彼の話を聞く体勢に入っていた。

「ここにいるのはみな、この世界から追放された者たちばかりだ。ある者は生まれながら。ある者は子を子と思わぬ人でなしの親のせいで。ある者は親を亡くし、ある者は幼い頃からひどく虐げられて、足蹴にされて、この世界から、社会から追放された。僕もそうだった。僕もみんなと同じだった」

ヒースは口元を拭っていたハンカチを、隣に座るフィオレンツァに渡す。

「誰もが幸せになる権利がある。この世界に生きている全ての人が。僕たちは奪われたものを取り戻す。全人類にとっての『世界の終わり《ハッピーエンド》』に到達する時が来た」

「お母さんにまた会えますか?」

子供の一人がそう聞いた。

「もちろん」

「死んだ妹にまた会えるかな」

「もちろん」

「また、抱きしめてあげられるかな」

「もちろんだ！」

ヒースは立ち上がると、その場にいる子供たちを見回した。

視力の大部分を失ったせいで、実際にはよく見えなかった。

しかし、そこにいることを確認するだけでよかった。

「みなは子供とはいえ、それぞれの才能に応じたレベル90クラスのスキルを僕から授けられている。君たちはたった一人で王政府の軍勢を圧倒し、制圧し、攪乱《かくらん》する力を持っている。君たちはまさしく、世界最強の部隊だ」

子供たちが息を呑《の》んだ。ヒースは両手を広げると、彼らに伝える。

「みんなで幸せになろうな。『世界の終わり《ハッピーエンド》』はもうすぐだ」

◆◆◆◆◆◆

半壊したままの王城前に、広場から溢《あふ》れんばかりの国民が集まっていた。

新しい国王たるエステルの武勇が、国民の噂の種として過熱していった先に、正式に開かれた戴冠式。少数の仲間と共に立ち上がり、粛清の嵐と偽りの王権を打倒したという真の女王の姿を見るために、国民は興奮しきった様子で声を張り上げている。

「エステル姫ー！」

「追放姫ー！」

「食堂王ー！」

「皿洗い姫！」

「最強スキル見せてー！」

そんな声が、王城の最上部にまで轟《とどろ》いている。

お立ち台の後ろに控えていたエステルは、それを聞いて眉をひそめた。

「な……なんか、思ってた反応と違うのだが……」

「まあまあ……国民も、興奮していることですし……」

「たしかに食堂で働いてたけど。皿洗いもしてたけど？　もしかして、余の愛称ってそういう感じ？　これからずっとそんな感じ？」

「女王陛下の、人気の表れということで……」

王冠を運ぶジョヴァン団長が、エステルにそう言った。

エステルはお立ち台へと進みながら、ぶつくさと何かを呟いている。

「余って、歴代の王でもぶっちぎりで最強なんだけどなあ……というか多分、『バタフライ・エフェクト』なくても世界最強に近いと思うんじゃけどなあ……最強系の国王なんじゃけどなあ……」

お立ち台から小さなエステルの姿が覗くと、国民はさらに沸き立った。

「おおー！　追放姫ー！」

「可愛《かわい》いー！」

「結婚してくれー！」

それを聞いて、エステルは額にピクピクと青筋を立てる。

「じょ、ジョヴァン！　あれはさすがに不敬であるぞ！　どうにかせんか！」

「まあまあ……！」

「大丈夫か⁉　余の威厳は大丈夫か⁉」

お立ち台に立ったエステルに、ジョヴァンが王冠を被《かぶ》せた。

その瞬間、割れんばかりの声援が王都に響く。エステルはその声を一心に受けながら、なんだか納得がいかない顔をして、仕方なしに王剣を頭上に掲げる。

さらに大きな声と拍手が王都に鳴り響いた。

初代王以来、王国に初めて真の王が即位したその式典は……王国の歴史上、最も無礼講の激しい戴冠式であったことは、あまり知られていない。

あとがき

Welcome to cheap restaurant of outcast!

『追放者食堂へようこそ！』第一巻のメイン追放者は、デニスとアトリエでした。

第二巻のメイン追放者は、オリヴィアでした。

第三巻のメイン追放者は、エステルでした。


そして第二巻と同様、第三巻の実質的な主人公は、エステルとなります。


しかし第三巻のＭＶＰは、ぶっちぎりでティアだと思っています。

ダントツの功労賞第一位です。

世界の再構成と崩壊を、たった一人で食い止めた女の子でした。

ティアは元々、最初のプロット段階では存在しないキャラクターでした。しかしＷＥＢ版の連載中に、本文にいきなり現れて、全てをかっさらっていった子でした。凄《すご》い子です。こういうことは、本当にたまに、あります。

作者がティアという女の子に込めた想《おも》いとしましては、いわゆる『最強物』と呼ばれる物語への、アンチテーゼのような物だったのかもしれません。この世界で、最悪かつ強大で、多くの人間を苦しめ、死なせ、打ち勝つのも戦うのも難しい敵は何でしょうか。その答えは複数あるかもしれません。しかし間違いなく、そのうちの一つは『病気』です。

『病気』は、人類にとって最強の敵の一つです。

第三巻を書く前に、作者は白血病と闘う子供たちのことを調べたことがありました。色んな闘病記がネット上で見つかりましたが、その中には、闘病の末に亡くなってしまった子も多くいました。それはとても辛《つら》い物でした。小さな身体《からだ》で必死に頑張った子供たちが、病の前に為《な》す術《すべ》なく、幼い命を奪われていました。

それはこの現実の世界で、実際に、無数に起こったことでした。

ところで、『最強』というのはどういう人のことを指すのでしょう。誰よりも腕っぷしが強ければ『最強』なのでしょうか。誰よりも知略に優れていれば『最強』なのでしょうか。『最強』と呼ぶに値する人物がいるとしたら、それはどんな人なんでしょうか。

もしも『病気』を『人類最強の敵』の一つとして位置付けるならば、そんな『最強の敵』と必死に戦い、身体一つで諦めずに打ち勝とうとしている人たちこそ、『最強』と呼ぶに相応《ふさわ》しいのではないでしょうか。これは破綻したこじつけのロジックで、僕が一体何を言っているのか、わからないかもしれません。

しかしとにかく、そう呼びたいという感情がありました。病気と闘っている人たちは、みんな最強なのです。彼らは毎日、最強の敵と戦っているんですから。

ティアという女の子は、だからこそ、この『追放者食堂』世界で最も非力でか弱い存在ながらも、世界への貢献度としては最高クラスの偉業を成し遂げました。

彼女は肉体的に死んでも、この世界を崩壊させようとする親友の前に立ち現れて、泣きじゃくって絶望する彼女を説得し、自分の足で立たせてあげて、元の世界に帰してあげました。

それができるのはティアだけでした。

この一連のストーリーラインは、ティアという女の子が本文の中に登場した瞬間に、急に作者の中に浮上してきたものでした。それまで存在していたストーリーラインは全て消え去り、ティアという一人の女の子の登場によって舗装し直されて、そのまま新しいゴールに向かって、第三巻の本編は突き進んでいきました。

ティアが登場する以前のプロットでは、エステルは最後、たった一人でレオノールと戦う予定でした。どちらが良かったのでしょうか。僕にはいまだにわかりませんが、とにかく、感情はこちらの方が大きかったように思えます。


ＷＥＢ版の第三部は非常に長い分量になってしまい、書籍として一冊の形にするために、担当編集のＹ様が様々な力添えをしてくれました。破格の対応をして頂きました。本当に様々な手段を尽くして頂き、何とか形になった、という感じです。

一巻からパーフェクトすぎるイラストを担当して頂いている『がおう』様にも、頭が上がりません。

完璧すぎるコミカライズを担当して頂いている『つむみ』様と、コミカライズの担当編集様にも、感謝してもしきれません。

そしてもちろん、読者の皆様にも。

僕は誰にも頭を上げることができません。間違いなく、作者が序列最下位です。

ということで。

第三巻を手に取って頂いて、本当にありがとうございます。

よろしければ、『つむみ』様が描いてくださっているコミカライズ版の方も、読んで頂けますと幸いです。

それでは――――――――――!!

作品のご感想、
ファンレターを
お待ちしています

あて先

〒141-0031　東京都品川区西五反田 7-9-5 SGテラス5階
オーバーラップ編集部
「君川優樹」先生係／「がおう」先生係

スマホ、PCからWEBアンケートにご協力ください

アンケートにご協力いただいた方には、下記スペシャルコンテンツをプレゼントします。
★本書イラストの「無料壁紙」　★毎月10名様に抽選で「図書カード（1000円分）」

公式HPもしくは左記の二次元バーコードまたはURLよりアクセスしてください。
▶ **https://over-lap.co.jp/865546828**
※スマートフォンとPCからのアクセスにのみ対応しております。
※サイトへのアクセスや登録時に発生する通信費等はご負担ください。

オーバーラップノベルス公式HP ▶ **https://over-lap.co.jp/lnv/**

追放者食堂へようこそ！③
～追放姫とイツワリの王剣～

発　行　2020年6月25日　初版第一刷発行
著　者　君川優樹
イラスト　がおう
発行者　永田勝治
発行所　株式会社オーバーラップ
〒141-0031
東京都品川区西五反田 7-9-5
校正・DTP　株式会社鷗来堂
印刷・製本　大日本印刷株式会社

ISBN　978-4-86554-682-8 C0093

【オーバーラップ　カスタマーサポート】
電　話　03-6219-0850
受付時間　10時～18時（土日祝日をのぞく）